A Haunted House and Other Short Stories
Una casa encantada y otros cuentos

Virginia Woolf

A Haunted House and Other Short Stories

Una casa encantada y otros cuentos

Texto paralelo bilingüe
Bilingual edition

Ingles - Español
English - Spanish

texto en español, traducido del inglés por Guillermo Tirelli

Rosetta Edu

Título original: *A Haunted House and Other Short Stories*

Primera publicación: *1944*

Ilustración de tapa: Fotografía de Asheham (o Asham) House, cerca de Beddingham, E Sussex. Casa de campo de Leonard y Virginia Woolf 1912-1919. Arrendamiento compartido con Vanessa Bell.

Primera edición: Noviembre 2023

Publicado por Rosetta Edu
Londres, Noviembre 2023
www.rosettaedu.com

ISBN: 978-1-916939-19-6

Rosetta Edu
Ediciones bilingües

Páginas enfrentadas

Páginas enfrentadas de la traducción y texto original en libros impresos.

Párrafos alineados en libros impresos

En libros impresos, los párrafos alineados entre los dos idiomas facilitan la comparación y la comprensión, ahorrando la necesidad de referirse constantemente al diccionario.

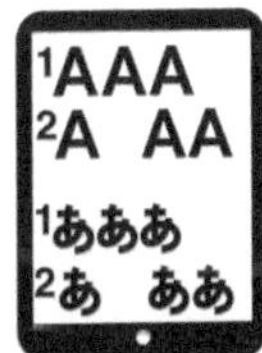

Párrafos enlazados en libros electrónicos

En libros electrónicos la comparación y la comprensión son facilitadas por citas al pie colocadas al principio de cada párrafo enlazando el texto en el idioma original y su traducción.

Integridad y fidelidad

Traducciones íntegras, fieles y no abreviadas del texto original.

Cuidado del vocabulario

Traducciones especiales para ediciones bilingües, con especial cuidado por la hegemonía de vocabulario utilizando glosarios en el proceso de traducción.

Contexto educativo

Ediciones enfocadas a estudiantes intermedios y avanzados del idioma original del texto en libros coleccionables y aptos para el contexto educativo.

INDICE

FOREWORD BY LEONARD WOOLF /
PRÓLOGO DE LEONARD WOOLF — 8-9

A HAUNTED HOUSE /
UNA CASA ENCANTADA — 12-13

MONDAY OR TUESDAY /
LUNES O MARTES — 16-17

AN UNWRITTEN NOVEL /
UNA NOVELA NO ESCRITA — 18-19

THE STRING QUARTET /
EL CUARTETO DE CUERDAS — 40-41

KEW GARDENS /
JARDINES DE KEW — 50-51

THE MARK ON THE WALL /
LA MARCA EN LA PARED — 64-65

THE NEW DRESS /
EL VESTIDO NUEVO — 80-81

THE SHOOTING PARTY /
EL DIA DE CAZA — 96-97

LAPPIN AND LAPINOVA /
LAPPIN Y LAPINOVA — 114-115

SOLID OBJECTS /
OBJETOS SÓLIDOS — 132-133

THE LADY IN THE LOOKING-GLASS /
LA DAMA EN EL ESPEJO — 144-145

THE DUCHESS AND THE JEWELLER /
LA DUQUESA Y EL JOYERO — 154-155

MOMENTS OF BEING /
MOMENTOS DE VIDA   168-169

THE MAN WHO LOVED HIS KIND /
EL HOMBRE QUE AMABA A LOS SUYOS   182-183

THE SEARCHLIGHT /
EL REFLECTOR   194-195

THE LEGACY /
EL LEGADO   204-205

TOGETHER AND APART /
JUNTOS Y SEPARADOS   220-221

A SUMMING UP /
UN RESUMEN   232-233

FOREWORD BY LEONARD WOOLF

Monday or Tuesday, the only book of short stories by Virginia Woolf which appeared in her lifetime, was published 22 years ago, in 1921. It has been out of print for years. All through her life, Virginia Woolf used at intervals to write short stories. It was her custom, whenever an idea for one occurred to her, to sketch it out in a very rough form and then to put it away in a drawer. Later, if an editor asked her for a short story, and she felt in the mood to write one (which was not frequent), she would take a sketch out of her drawer and rewrite it, sometimes a great many times. Or if she felt, as she often did, while writing a novel that she required to rest her mind by working at something else for a time, she would either write a critical essay or work upon one of her sketches for short stories.

For some time before her death we had often discussed the possibility of her republishing *Monday or Tuesday,* or publishing a new volume of collected short stories. Finally, in 1940, she decided that she would get together a new volume of such stories and include in it most of the stories which had appeared originally in *Monday or Tuesday,* as well as some published subsequently in magazines and some unpublished. Our idea was that she should produce a volume of critical essays in 1941 and the volume of stories in 1942.

In the present volume I have tried to carry out her intention. I have included in it six out of the eight stories or sketches which originally appeared in *Monday or Tuesday.* The two omitted by me are «A Society», and «Blue and Green»; I know that she had decided not to include the first and I am practically certain that she would not have included the second. I have then printed six stories which appeared in magazines between 1922 and 1941; they are: «The New Dress», «The Shooting Party», «Lappin and Lapinova», «Solid Objects», «The Lady in the Looking-Glass», and «The Duchess and the Jeweller». The magazines in which they appeared were: *The Forum, Harper's Bazaar, The Athenaeum, Harper's Monthly Magazine.* Finally I have included six unpublished stories. (It is possible that one of these, «Moments of Being», was published. My own recollection was that it had been, but there is no record of its publication, and I have printed it from a typescript.) It is with some hesitation that I have included them. None of them, except «Moments of Being» and «The Searchlight», are

PRÓLOGO DE LEONARD WOOLF

Lunes o martes, el único libro de relatos de Virginia Woolf que apareció en vida de ella, se publicó hace 22 años, en 1921. Lleva años fuera de catálogo. Durante toda su vida, Virginia Woolf solía escribir, a intervalos, relatos cortos. Tenía por costumbre, cada vez que se le ocurría una idea para uno, esbozarlo de forma muy tosca y guardarlo después en un cajón. Más tarde, si un editor le pedía un relato corto y ella se sentía de humor para escribir uno (lo que no era frecuente), sacaba un boceto de su cajón y lo reescribía, a veces muchas veces. O si sentía, como le ocurría a menudo, mientras escribía una novela que necesitaba descansar la mente trabajando en otra cosa durante un tiempo, escribía un ensayo crítico o trabajaba en uno de sus bocetos para relatos cortos.

Durante algún tiempo antes de su muerte habíamos hablado a menudo de la posibilidad de que volviera a publicar *Lunes o Martes*, o de que publicara un nuevo volumen de cuentos recopilados. Finalmente, en 1940, decidió que reuniría un nuevo volumen de dichos relatos e incluiría en él la mayoría de los cuentos que habían aparecido originalmente en *Lunes o martes*, así como algunos publicados posteriormente en revistas y otros inéditos. Nuestra idea era que ella produjera un volumen de ensayos críticos en 1941 y el volumen de cuentos en 1942.

En el presente volumen he intentado llevar a cabo su intención. He incluido en él seis de los ocho relatos o bocetos que aparecieron originalmente en *Lunes o martes*. Los dos omitidos por mí son «Una sociedad» y «Azul y verde»; sé que ella había decidido no incluir el primero y estoy prácticamente seguro de que no habría incluido el segundo. A continuación he impreso seis relatos que aparecieron en revistas entre 1922 y 1941; son: «El vestido nuevo», «El día de caza», «Lappin y Lapinova», «Objetos sólidos», «La dama en el espejo» y «La duquesa y el joyero». Las revistas en las que aparecieron fueron: *The Forum, Harper's Bazaar, The Athenaeum, Harper's Monthly Magazine*. Por último, he incluido seis relatos inéditos. (Es posible que uno de ellos, «Momentos de vida», fuera publicado. Mi recuerdo es que lo había sido, pero no hay constancia de su publicación, y lo he impreso a partir de una copia mecanografiada). Los he incluido con cierta vacilación. Ninguno de ellos, excepto «Momentos de vida» y «La linterna», está finalmente revisado por ella, y sin duda habría trabajado mucho en ellos antes de publicarlos. Al me-

finally revised by her, and she would certainly have done a great deal of work on them before she published them. At least four of them are only just in the stage beyond that of her first sketch.

nos cuatro de ellos se encuentran apenas en la fase posterior a la de su primer esbozo.

Whatever hour you woke there was a door shutting. From room to room they went, hand in hand, lifting here, opening there, making sure—a ghostly couple.

«Here we left it,» she said. And he added, «Oh, but here too!» «It's upstairs,» she murmured. «And in the garden,» he whispered. «Quietly,» they said, «or we shall wake them.»

But it wasn't that you woke us. Oh, no. «They're looking for it; they're drawing the curtain,» one might say, and so read on a page or two. «Now they've found it,» one would be certain, stopping the pencil on the margin. And then, tired of reading, one might rise and see for oneself, the house all empty, the doors standing open, only the wood pigeons bubbling with content and the hum of the threshing machine sounding from the farm. «What did I come in here for? What did I want to find?» My hands were empty. «Perhaps it's upstairs then?» The apples were in the loft. And so down again, the garden still as ever, only the book had slipped into the grass.

But they had found it in the drawing room. Not that one could ever see them. The window panes reflected apples, reflected roses; all the leaves were green in the glass. If they moved in the drawing room, the apple only turned its yellow side. Yet, the moment after, if the door was opened, spread about the floor, hung upon the walls, pendant from the ceiling—what? My hands were empty. The shadow of a thrush crossed the carpet; from the deepest wells of silence the wood pigeon drew its bubble of sound. «Safe, safe, safe,» the pulse of the house beat softly. «The treasure buried; the room ...» the pulse stopped short. Oh, was that the buried treasure?

A moment later the light had faded. Out in the garden then? But the trees spun darkness for a wandering beam of sun. So fine, so rare, coolly sunk beneath the surface the beam I sought always burnt behind the glass. Death was the glass; death was between us; coming to the woman first, hundreds of years ago, leaving the house, sealing all the windows; the rooms were darkened. He left it, left her, went North, went East, saw the stars turned in the Southern sky; sought the house, found it dropped beneath the Downs. «Safe, safe, safe,» the

UNA CASA ENCANTADA

A cualquier hora que te despertaras había una puerta cerrándose. Iban de habitación en habitación, de la mano, levantando por aquí, abriendo por allá, asegurándose... una pareja fantasmal.

«Aquí lo dejamos», dijo ella. Y añadió, «¡oh, pero aquí también!». «Está arriba», murmuró ella. «Y en el jardín», susurró él. «En silencio», dijeron, «o los despertaremos».

Pero no fueron ustedes los que nos despertaron. Oh, no. «Lo están buscando; están corriendo la cortina», una diría, y así se leería en una o dos páginas. «Ahora lo han encontrado», una estaría segura, deteniendo el lápiz en el margen. Y entonces, cansada de leer, una podía levantarse y ver por sí misma, la casa toda vacía, las puertas abiertas, sólo las palomas torcaces burbujeando su contenido y el zumbido de la trilladora sonando desde la granja. «¿Para qué he venido aquí? ¿Qué venía a buscar?». Mis manos estaban vacías. «¿Quizás esté arriba entonces?». Las manzanas estaban en el desván. Y así, abajo de nuevo, el jardín seguía como siempre, sólo el libro se había deslizado en la hierba.

Pero lo habían encontrado en el salón. No es que una pudiera verlos. Los cristales de las ventanas reflejaban manzanas, reflejaban rosas; todas las hojas eran verdes en el cristal. Si se movían en el salón, la manzana sólo mostraba su lado amarillo. Sin embargo, un momento después, si se abría la puerta, se extendía por el suelo, colgaba de las paredes, pendía del techo... ¿qué? Mis manos estaban vacías. La sombra de un tordo cruzaba la alfombra; de los pozos más profundos del silencio la paloma torcaz sacaba su burbuja de sonido. «A salvo, a salvo, a salvo», el pulso de la casa latía suavemente. «El tesoro enterrado; la habitación...», el pulso se detuvo en seco. ¿Era ese el tesoro enterrado?

En un instante la luz se había desvanecido. Entonces, ¿en el jardín? Pero los árboles tejían la oscuridad para que un rayo de sol errante se destacara. Tan fino, tan raro, fríamente hundido bajo la superficie el rayo que yo buscaba siempre ardía tras el cristal. La muerte era el cristal; la muerte estaba entre nosotros; llegando primero a la mujer, hace cientos de años, dejando la casa, sellando todas las ventanas; las habitaciones se oscurecieron. Lo dejó, la dejó a ella, se dirigió al Norte, se dirigió al Este, vio las estrellas girar en el cielo del Sur; buscó la casa, la

pulse of the house beat gladly. «The Treasure yours.»

The wind roars up the avenue. Trees stoop and bend this way and that. Moonbeams splash and spill wildly in the rain. But the beam of the lamp falls straight from the window. The candle burns stiff and still. Wandering through the house, opening the windows, whispering not to wake us, the ghostly couple seek their joy.

«Here we slept,» she says. And he adds, «Kisses without number.» «Waking in the morning—» «Silver between the trees—» «Upstairs—» «In the garden—» «When summer came—» «In winter snowtime—» The doors go shutting far in the distance, gently knocking like the pulse of a heart.

Nearer they come; cease at the doorway. The wind falls, the rain slides silver down the glass. Our eyes darken; we hear no steps beside us; we see no lady spread her ghostly cloak. His hands shield the lantern. «Look,» he breathes. «Sound asleep. Love upon their lips.»

Stooping, holding their silver lamp above us, long they look and deeply. Long they pause. The wind drives straightly; the flame stoops slightly. Wild beams of moonlight cross both floor and wall, and, meeting, stain the faces bent; the faces pondering; the faces that search the sleepers and seek their hidden joy.

«Safe, safe, safe,» the heart of the house beats proudly. «Long years—» he sighs. «Again you found me.» «Here,» she murmurs, «sleeping; in the garden reading; laughing, rolling apples in the loft. Here we left our treasure—» Stooping, their light lifts the lids upon my eyes. «Safe! safe! safe!» the pulse of the house beats wildly. Waking, I cry «Oh, is this *your* buried treasure? The light in the heart.»

encontró caída debajo de los Downs. «A salvo, a salvo, a salvo», el pulso de la casa latía alegremente. «El tesoro es suyo».

El viento ruge por la avenida. Los árboles se inclinan y se doblan hacia un lado y otro. Los rayos de luna salpican y se derraman salvajemente en la lluvia. Pero el haz de la lámpara cae directamente desde la ventana. La vela arde rígida y quieta. Paseando por la casa, abriendo las ventanas, susurrando para no despertarnos, la pareja fantasmal busca su alegría.

«Aquí dormimos», dice ella. Y él añade, «besos sin número». «Despertando por la mañana...». «Plata entre los árboles...». «Arriba...». «En el jardín...». «Cuando llegó el verano...». «En invierno, la nieve...». Las puertas se cierran a lo lejos, golpeando suavemente como el pulso de un corazón.

Se acercan; se detienen en la puerta. El viento cae, la lluvia se desliza plateada por el cristal. Nuestros ojos se oscurecen; no oímos ningún paso a nuestro lado; no vemos a la dama extender su fantasmal manto. Sus manos protegen la linterna. «Mira», respira. «Duermen profundamente. El amor en sus labios».

Inclinándose, sosteniendo su lámpara de plata sobre nosotros, miran larga y profundamente. Se detienen por mucho tiempo. El viento se dirige directamente; la llama se inclina ligeramente. Rayos salvajes de luz de luna cruzan el suelo y la pared y, al encontrarse, manchan los rostros inclinados; los rostros que reflexionan; los rostros que escudriñan a los durmientes y buscan su alegría oculta.

«A salvo, a salvo, a salvo», late orgulloso el corazón de la casa. «Largos años...», suspira él. «Otra vez me encontraste». «Aquí», murmura ella, «durmiendo; en el jardín leyendo; riendo, haciendo rodar manzanas en el desván. Aquí dejamos nuestro tesoro...». Inclinándose, su luz levanta los párpados de mis ojos. «¡A salvo!, ¡a salvo!, ¡a salvo!», el pulso de la casa late salvajemente. Despertando, grito «oh, ¿es este *tu* tesoro enterrado? La luz en el corazón».

Lazy and indifferent, shaking space easily from his wings, knowing his way, the heron passes over the church beneath the sky. White and distant, absorbed in itself, endlessly the sky covers and uncovers, moves and remains. A lake? Blot the shores of it out! A mountain? Oh, perfect—the sun gold on its slopes. Down that falls. Ferns then, or white feathers, for ever and ever——

Desiring truth, awaiting it, laboriously distilling a few words, for ever desiring—(a cry starts to the left, another to the right. Wheels strike divergently. Omnibuses conglomerate in conflict)—for ever desiring—(the clock asseverates with twelve distinct strokes that it is midday; light sheds gold scales; children swarm)—for ever desiring truth. Red is the dome; coins hang on the trees; smoke trails from the chimneys; bark, shout, cry «Iron for sale»—and truth?

Radiating to a point men's feet and women's feet, black or gold-encrusted—(This foggy weather—Sugar? No, thank you—The commonwealth of the future)—the firelight darting and making the room red, save for the black figures and their bright eyes, while outside a van discharges, Miss Thingummy drinks tea at her desk, and plate-glass preserves fur coats——

Flaunted, leaf-light, drifting at corners, blown across the wheels, silver-splashed, home or not home, gathered, scattered, squandered in separate scales, swept up, down, torn, sunk, assembled—and truth?

Now to recollect by the fireside on the white square of marble. From ivory depths words rising shed their blackness, blossom and penetrate. Fallen the book; in the flame, in the smoke, in the momentary sparks—or now voyaging, the marble square pendant, minarets beneath and the Indian seas, while space rushes blue and stars glint—truth? or now, content with closeness?

Lazy and indifferent the heron returns; the sky veils her stars; then bares them.

LUNES O MARTES

Perezosa e indiferente, sacudiendo el espacio con facilidad desde sus alas, conociendo su camino, la garza pasa sobre la iglesia bajo el cielo. Blanco y distante, absorto en sí mismo, sin cesar, el cielo se cubre y se descubre, se mueve y permanece. ¿Un lago? ¡Borra sus orillas! ¿Una montaña? Oh, perfecta... el sol dorado en sus laderas. Por debajo cae. Helechos entonces, o plumas blancas, por siempre y para siempre...

Deseando la verdad, esperándola, destilando laboriosamente algunas palabras, por siempre deseando... (un grito se empieza a oír por la izquierda, otro por la derecha. Las ruedas golpean divergentes. Los omnibuses se conglomeran en conflicto)... por siempre deseando... (el reloj asevera con doce golpes distintos que es mediodía; la luz derrama escamas de oro; los niños pululan)... por siempre deseando la verdad. La cúpula es roja; las monedas cuelgan de los árboles; el humo sale de las chimeneas; los ladridos, los gritos, los gritos de «se vende hierro»... ¿y la verdad?

Irradiando hasta un punto preciso los pies de los hombres y los pies de las mujeres, negros o con incrustaciones de oro... (Este tiempo de niebla... ¿Azúcar? No, gracias... La mancomunidad del futuro)... la luz de la hoguera se dispara y hace que la habitación se vuelva roja, salvo por las figuras negras y sus ojos brillantes, mientras que fuera una furgoneta descarga, la señorita Fulana de Tal bebe té en su escritorio, y los cristales protegen los abrigos de pieles...

Enarbolado, con luz de hoja, a la deriva en las esquinas, soplado a través de las ruedas, salpicado de plata, en casa o no en casa, reunido, dispersado, despilfarrado en escalas separadas, barrido hacia arriba, hacia abajo, desgarrado, hundido, ensamblado... ¿y la verdad?

Ahora a recogerse junto al fuego en el blanco cuadrado de mármol. Desde las profundidades de marfil las palabras que surgen se desprenden de su negrura, florecen y penetran. Caído el libro; en la llama, en el humo, en las chispas momentáneas... o ahora viajando, el cuadrado de mármol colgante, los minaretes debajo y los mares de la India, mientras el espacio se precipita azul y las estrellas brillan... ¿la verdad? o ahora, ¿contento con la cercanía?

Perezosa e indiferente vuelve la garza; el cielo vela sus estrellas; luego las revela.

Such an expression of unhappiness was enough by itself to make one's eyes slide above the paper's edge to the poor woman's face—insignificant without that look, almost a symbol of human destiny with it. Life's what you see in people's eyes; life's what they learn, and, having learnt it, never, though they seek to hide it, cease to be aware of—what? That life's like that, it seems. Five faces opposite—five mature faces—and the knowledge in each face. Strange, though, how people want to conceal it! Marks of reticence are on all those faces: lips shut, eyes shaded, each one of the five doing something to hide or stultify his knowledge. One smokes; another reads; a third checks entries in a pocket book; a fourth stares at the map of the line framed opposite; and the fifth—the terrible thing about the fifth is that she does nothing at all. She looks at life. Ah, but my poor, unfortunate woman, do play the game—do, for all our sakes, conceal it!

As if she heard me, she looked up, shifted slightly in her seat and sighed. She seemed to apologise and at the same time to say to me, «If only you knew!» Then she looked at life again. «But I do know,» I answered silently, glancing at the *Times* for manners' sake. «I know the whole business. 'Peace between Germany and the Allied Powers was yesterday officially ushered in at Paris—Signor Nitti, the Italian Prime Minister—a passenger train at Doncaster was in collision with a goods train...' We all know—the *Times* knows—but we pretend we don't.» My eyes had once more crept over the paper's rim. She shuddered, twitched her arm queerly to the middle of her back and shook her head. Again I dipped into my great reservoir of life. «Take what you like,» I continued, «births, deaths, marriages, Court Circular, the habits of birds, Leonardo da Vinci, the Sandhills murder, high wages and the cost of living—oh, take what you like,» I repeated, «it's all in the *Times*!» Again with infinite weariness she moved her head from side to side until, like a top exhausted with spinning, it settled on her neck.

The *Times* was no protection against such sorrow as hers. But other human beings forbade intercourse. The best thing to do against life was to fold the paper so that it made a perfect square, crisp, thick,

UNA NOVELA NO ESCRITA

Aquella expresión de infelicidad bastaba por sí sola para que los ojos se deslizaran por encima del borde del papel hacia el rostro de la pobre mujer... insignificante sin aquella mirada, casi un símbolo del destino humano con ella. La vida es lo que se ve en los ojos de la gente; la vida es lo que aprenden, y, habiéndolo aprendido, nunca, aunque traten de ocultarlo, dejan de ser conscientes de... ¿qué? De que la vida es así, parece. Cinco rostros opuestos —cinco rostros maduros— y el conocimiento en cada rostro. Sin embargo, ¡qué extraño es que la gente quiera ocultarlo! En todos esos rostros hay marcas de reticencia: labios cerrados, ojos cubiertos, cada una de las cinco personas hace algo para ocultar o dificultar que la conozcan. Una fuma; otra lee; una tercera revisa las anotaciones en un libro de bolsillo; una cuarta mira fijamente el mapa de la línea de tren enmarcado frente a ella; y la quinta... lo terrible de la quinta es que no hace nada en absoluto. Ella mira la vida. Ah, pero mi pobre y desafortunada mujer, juega el juego... por el bien de todos, ¡disimula!

Como si me hubiera oído, levantó la vista, se desplazó ligeramente en su asiento y suspiró. Pareció disculparse y, al mismo tiempo, decirme: «¡Si supieras!». Luego volvió a mirar a la vida. «Pero lo sé», respondí en silencio, mirando el *Times* por educación. «Conozco todo el asunto. «La paz entre Alemania y las Potencias Aliadas fue instaurada ayer oficialmente en París... el señor Nitti, primer ministro italiano... un tren de pasajeros en Doncaster chocó con un tren de mercancías...». Todos lo sabemos, el *Times* lo sabe, pero fingimos que no lo sabemos». Mis ojos se habían deslizado una vez más por el borde del papel. Ella se estremeció, movió el brazo de forma extraña hasta la mitad de la espalda y sacudió la cabeza. Volví a echar mano de mi gran reserva de vida. «Coge lo que quieras», continué, «nacimientos, muertes, matrimonios, la Circular de la Corte, los hábitos de los pájaros, Leonardo da Vinci, el asesinato de Sandhills, los altos salarios y el coste de la vida... oh, coge lo que quieras», repetí, «¡todo está en el *Times*!». De nuevo, con infinito cansancio, movió la cabeza de un lado a otro hasta que... como un trompo agotado de dar vueltas se posó en su cuello.

El *Times* no era una protección contra una pena como la suya. Pero otros seres humanos prohibían las relaciones. Lo mejor que se podía hacer contra la vida era doblar el periódico de modo que formara un

impervious even to life. This done, I glanced up quickly, armed with a shield of my own. She pierced through my shield; she gazed into my eyes as if searching any sediment of courage at the depths of them and damping it to clay. Her twitch alone denied all hope, discounted all illusion.

So we rattled through Surrey and across the border into Sussex. But with my eyes upon life I did not see that the other travellers had left, one by one, till, save for the man who read, we were alone together. Here was Three Bridges station. We drew slowly down the platform and stopped. Was he going to leave us? I prayed both ways—I prayed last that he might stay. At that instant he roused himself, crumpled his paper contemptuously, like a thing done with, burst open the door, and left us alone.

The unhappy woman, leaning a little forward, palely and co-lourlessly addressed me—talked of stations and holidays, of brothers at Eastbourne, and the time of year, which was, I forget now, early or late. But at last looking from the window and seeing, I knew, only life, she breathed, «Staying away—that's the drawback of it——» Ah, now we approached the catastrophe, «My sister-in-law»—the bitterness of her tone was like lemon on cold steel, and speaking, not to me, but to herself, she muttered, «nonsense, she would say—that's what they all say,» and while she spoke she fidgeted as though the skin on her back were as a plucked fowl's in a poulterer's shop-window.

«Oh, that cow!» she broke off nervously, as though the great woo-den cow in the meadow had shocked her and saved her from some indiscretion. Then she shuddered, and then she made the awkward angular movement that I had seen before, as if, after the spasm, some spot between the shoulders burnt or itched. Then again she looked the most unhappy woman in the world, and I once more reproached her, though not with the same conviction, for if there were a reason, and if I knew the reason, the stigma was removed from life.

«Sisters-in-law,» I said—

Her lips pursed as if to spit venom at the word; pursed they remained. All she did was to take her glove and rub hard at a spot on the window-pane. She rubbed as if she would rub something out for

cuadrado perfecto, crujiente, grueso, impermeable incluso a la vida. Hecho esto, levanté la vista rápidamente, armada con un escudo propio. Ella atravesó mi escudo; me miró a los ojos como si buscara cualquier sedimento de valor en el fondo de ellos y lo redujera a arcilla. Su movimiento negó toda esperanza, descartó toda ilusión.

Así que atravesamos Surrey y cruzamos la frontera con Sussex. Pero con los ojos puestos en la vida no vi que los demás viajeros se habían ido, uno a uno, hasta que, salvo el hombre que leía, nos quedamos a solas. Aquí estaba la estación de Three Bridges. Nos acercamos lentamente al andén y nos detuvimos. ¿Nos dejaría él? Recé en ambos sentidos; recé por último... para que él se quedara. En ese momento se levantó, arrugó su periódico despectivamente, como si fuera una cosa acabada, abrió de golpe la puerta y nos dejó solas.

La infeliz mujer, inclinándose un poco hacia delante, se dirigió a mí pálidamente y sin color... hablando de estaciones y vacaciones, de hermanos en Eastbourne y de la estación del año, que era... lo he olvidado... temprana o tardía. Pero al final, mirando desde la ventana y viendo, yo sabía, sólo la vida, suspiró, «Estar lejos... ése es el inconveniente...». Ah, ahora nos acercamos a la catástrofe, «Mi cuñada...», la amargura de su tono era como el limón en el frío acero, y hablando, no a mí, sino a sí misma, murmuró, «tonterías, diría ella... eso es lo que dicen todos», y mientras hablaba se agitaba como si la piel de su espalda fuera como la de un ave desplumada en el escaparate de un pollero.

«¡Oh, esa vaca!», interrumpió nerviosa, como si la gran vaca de madera en el prado la hubiera conmocionado y salvado de alguna indiscreción. Luego se estremeció, y entonces hizo el torpe movimiento angular que yo había visto antes, como si, después de un espasmo, le ardiera o le picara algún punto entre los hombros. Entonces volvió a parecer la mujer más infeliz del mundo, y yo volví a reprocharle, aunque no con la misma convicción, pues si había una razón, y si yo conocía la razón, el estigma se quitaba de la vida.

«Cuñadas», dije...

Sus labios se fruncieron como si fueran a escupir veneno al oír la palabra; y siguieron fruncidos. Lo único que hizo fue coger su guante y frotar con fuerza una mancha en el cristal de la ventana. Frotó como si

ever—some stain, some indelible contamination. Indeed, the spot remained for all her rubbing, and back she sank with the shudder and the clutch of the arm I had come to expect. Something impelled me to take my glove and rub my window. There, too, was a little speck on the glass. For all my rubbing it remained. And then the spasm went through me; I crooked my arm and plucked at the middle of my back. My skin, too, felt like the damp chicken's skin in the poulterer's shop-window; one spot between the shoulders itched and irritated, felt clammy, felt raw. Could I reach it? Surreptitiously I tried. She saw me. A smile of infinite irony, infinite sorrow, flitted and faded from her face. But she had communicated, shared her secret, passed her poison; she would speak no more. Leaning back in my corner, shielding my eyes from her eyes, seeing only the slopes and hollows, greys and purples, of the winter's landscape, I read her message, deciphered her secret, reading it beneath her gaze.

Hilda's the sister-in-law. Hilda? Hilda? Hilda Marsh—Hilda the blooming, the full bosomed, the matronly. Hilda stands at the door as the cab draws up, holding a coin. «Poor Minnie, more of a grasshopper than ever—old cloak she had last year. Well, well, with two children these days one can't do more. No, Minnie, I've got it; here you are, cabby—none of your ways with me. Come in, Minnie. Oh, I could carry *you*, let alone your basket!» So they go into the dining-room. «Aunt Minnie, children.»

Slowly the knives and forks sink from the upright. Down they get (Bob and Barbara), hold out hands stiffly; back again to their chairs, staring between the resumed mouthfuls. [But this we'll skip; ornaments, curtains, trefoil china plate, yellow oblongs of cheese, white squares of biscuit—skip—oh, but wait! Halfway through luncheon one of those shivers; Bob stares at her, spoon in mouth. «Get on with your pudding, Bob;» but Hilda disapproves. «Why *should* she twitch?» Skip, skip, till we reach the landing on the upper floor; stairs brass-bound; linoleum worn; oh, yes! little bedroom looking out over the roofs of Eastbourne—zigzagging roofs like the spines of caterpillars, this way, that way, striped red and yellow, with blue-black slating]. Now, Minnie, the door's shut; Hilda heavily descends to the basement; you unstrap the straps of your basket, lay on the bed a meagre nightgown, stand

fuera a borrar algo para siempre... alguna mancha, alguna contaminación indeleble. De hecho, la mancha permaneció a pesar de todos sus frotamientos, y ella volvió a hundirse, con el estremecimiento y el aferramiento del brazo que yo había aprendido a esperar. Algo me impulsó a coger mi guante y frotar la ventana. También allí había una pequeña mancha en el cristal. Por mucho que la frotara, permanecía allí. Y entonces el espasmo me atravesó; torcí el brazo y me toqué la mitad de la espalda. También sentía mi piel como si fuera la piel húmeda del pollo en el escaparate del pollero; un punto entre los hombros me picaba e irritaba, se sentía húmedo, en carne viva. ¿Podía alcanzarlo? Lo intenté subrepticiamente. Ella me vio. Una sonrisa de infinita ironía, de infinito dolor, revoloteó y luego se desvaneció de su rostro. Pero se había comunicado, había compartido su secreto, había pasado su veneno; no hablaría más. Recostada en mi rincón, protegiendo mis ojos de los suyos, viendo sólo las pendientes y los valles, los grises y los morados del paisaje invernal, leí su mensaje, descifré su secreto, leyéndolo bajo su mirada.

Hilda es la cuñada. ¿Hilda? ¿Hilda? Hilda Marsh... Hilda la floreciente, la de los pechos llenos, la matrona. Hilda se queda en la puerta cuando el taxi se acerca, sosteniendo una moneda. «Pobre Minnie, más chaparra que nunca, la vieja capa que tenía el año pasado. Bueno, bueno, con dos niños hoy en día no se puede hacer más. No, Minnie, yo me encargo; aquí tiene, taxista... no te salgas con la tuya. Entra, Minnie. Oh, ¡incluso podría cargarte a *ti*, deja allí tu cesta!». Así que entran en el comedor. «Niños, Tía Minnie».

Lentamente, los cuchillos y los tenedores se hunden desde arriba. Se bajan (Bob y Bárbara), extienden las manos con rigidez; vuelven a sus sillas, mirando fijamente entre los bocados reanudados. [Pero esto nos lo saltaremos; los adornos, las cortinas, el plato de porcelana con tréboles, los quesos amarillos alargados, los cuadrados blancos de galletas... lo saltaremos... ¡oh, pero esperen! A mitad del almuerzo, uno de esos escalofríos; Bob la mira fijamente, con la cuchara en la boca. «Sigue con tu pudín, Bob»; pero Hilda lo desaprueba. «¿Por qué *tendría* ella que retorcerse?». Lo saltamos, lo saltamos, hasta que llegamos al rellano del piso superior; las escaleras están cubiertas de bronce; el linóleo está desgastado; ¡oh, sí! un pequeño dormitorio con vistas a los tejados de Eastbourne... techos zigzagueantes como las columnas de las orugas, por aquí, por allá, a rayas rojas y amarillas, con pizarra azul y negra].

side by side furred felt slippers. The looking-glass—no, you avoid the looking-glass. Some methodical disposition of hat-pins. Perhaps the shell box has something in it? You shake it; it's the pearl stud there was last year—that's all. And then the sniff, the sigh, the sitting by the window. Three o'clock on a December afternoon; the rain drizzling; one light low in the skylight of a drapery emporium; another high in a servant's bedroom—this one goes out. That gives her nothing to look at. A moment's blankness—then, what are you thinking? (Let me peep across at her opposite; she's asleep or pretending it; so what would she think about sitting at the window at three o'clock in the afternoon? Health, money, hills, her God?) Yes, sitting on the very edge of the chair looking over the roofs of Eastbourne, Minnie Marsh prays to God. That's all very well; and she may rub the pane too, as though to see God better; but what God does she see? Who's the God of Minnie Marsh, the God of the back streets of Eastbourne, the God of three o'clock in the afternoon? I, too, see roofs, I see sky; but, oh, dear—this seeing of Gods! More like President Kruger than Prince Albert—that's the best I can do for him; and I see him on a chair, in a black frock-coat, not so very high up either; I can manage a cloud or two for him to sit on; and then his hand trailing in the cloud holds a rod, a truncheon is it?—black, thick, thorned—a brutal old bully— Minnie's God! Did he send the itch and the patch and the twitch? Is that why she prays? What she rubs on the window is the stain of sin. Oh, she committed some crime!

I have my choice of crimes. The woods flit and fly—in summer there are bluebells; in the opening there, when Spring comes, primroses. A parting, was it, twenty years ago? Vows broken? Not Minnie's!... She was faithful. How she nursed her mother! All her savings on the tombstone—wreaths under glass—daffodils in jars. But I'm off the track. A crime... They would say she kept her sorrow, suppressed her secret—her sex, they'd say—the scientific people. But what flummery to saddle *her* with sex! No—more like this. Passing down the streets of Croydon twenty years ago, the violet loops of ribbon in the draper's window spangled in the electric light catch her eye. She lingers—past six. Still by running she can reach home. She pushes through the glass swing door. It's sale-time. Shallow trays brim with ribbons. She pauses, pulls this, fingers that with the raised roses on it—no need to

Ahora, Minnie, la puerta está cerrada; Hilda desciende pesadamente al sótano; tú te desprendes de las correas de tu cesta, colocas sobre la cama un exiguo camisón, te pones al lado de unas zapatillas de fieltro de piel. El espejo... no, evitas el espejo. Una disposición metódica de los alfileres del sombrero. ¿Quizás la caja de conchas tiene algo dentro? La agitas; es la perla que había el año pasado... eso es todo. Y luego el olor, el suspiro, el sentarse junto a la ventana. Las tres de la tarde en diciembre; la lluvia cayendo; una luz baja en el tragaluz de un emporio de cortinas; otra alta en el dormitorio de un sirviente... esta se apaga. Eso no le deja nada que mirar. Un momento de ausencia... y luego, ¿en qué piensas? (Dejen que me asome al otro lado; está dormida o lo finge; entonces, ¿en qué pensaría sentada en la ventana a las tres de la tarde? ¿Salud, dinero, colinas, su Dios?). Sí, sentada en el mismo borde de la silla mirando por encima de los tejados de Eastbourne, Minnie Marsh reza a Dios. Eso está muy bien; y también puede frotar el cristal, como para ver mejor a Dios; pero ¿qué Dios ve? ¿Quién es el Dios de Minnie Marsh, el Dios de las calles secundarias de Eastbourne, el Dios de las tres de la tarde? Yo también veo los tejados, veo el cielo; pero, ¡oh, querida... esta visión de los Dioses! Se parece más al Presidente Kruger que al Príncipe Alberto, eso es lo mejor que puedo hacer por él; y lo veo en una silla, con un abrigo negro, no muy alto tampoco; puedo conseguir una nube o dos para que se siente; y entonces su mano que se arrastra en la nube sostiene una vara, un garrote ¿no?... negro, grueso, espinoso... un viejo y brutal matón... ¡El Dios de Minnie! ¿Él le envió la picazón, el remiendo y el tirón? ¿Es por eso que ella reza? Lo que ella frota en la ventana es la mancha del pecado. ¡Oh, ella cometió algún crimen!

Puedo elegir mis crímenes. Los bosques revolotean y se van... en verano hay campanillas; en el claro, cuando llega la primavera, prímulas. ¿Una despedida, fue, hace veinte años? ¿Votos rotos? ¡No los de Minnie!... Ella fue fiel. ¡Cómo cuidó a su madre! Todos sus ahorros en la lápida... coronas de flores bajo el cristal... narcisos en frascos. Pero estoy yéndome por las ramas. Un crimen... Dirían que guardó su pena, que reprimió su secreto —su sexo, dirían— los científicos. ¡Pero qué tontería es endilgarle a *ella* lo del sexo! No... más bien esto. Al pasar por las calles de Croydon hace veinte años, los lazos violetas del escaparate de la mercería, iluminados por la luz eléctrica, le llaman la atención. Se demora... son las seis pasadas. Todavía puede llegar a casa corriendo. Atraviesa la puerta giratoria de cristal. Es la época de las rebajas. Las bandejas poco profundas rebosan de cintas. Ella se detiene, tira de esto, toca aquello

choose, no need to buy, and each tray with its surprises. «We don't shut till seven,» and then it *is* seven. She runs, she rushes, home she reaches, but too late. Neighbours—the doctor—baby brother—the kettle—scalded—hospital—dead—or only the shock of it, the blame? Ah, but the detail matters nothing! It's what she carries with her; the spot, the crime, the thing to expiate, always there between her shoulders. «Yes,» she seems to nod to me, «it's the thing I did.»

Whether you did, or what you did, I don't mind; it's not the thing I want. The draper's window looped with violet—that'll do; a little cheap perhaps, a little commonplace—since one has a choice of crimes, but then so many (let me peep across again—still sleeping, or pretending sleep! white, worn, the mouth closed—a touch of obstinacy, more than one would think—no hint of sex)—so many crimes aren't *your* crime; your crime was cheap; only the retribution solemn; for now the church door opens, the hard wooden pew receives her; on the brown tiles she kneels; every day, winter, summer, dusk, dawn (here she's at it) prays. All her sins fall, fall, for ever fall. The spot receives them. It's raised, it's red, it's burning. Next she twitches. Small boys point. «Bob at lunch to-day»—But elderly women are the worst.

Indeed now you can't sit praying any longer. Kruger's sunk beneath the clouds—washed over as with a painter's brush of liquid grey, to which he adds a tinge of black—even the tip of the truncheon gone now. That's what always happens! Just as you've seen him, felt him, someone interrupts. It's Hilda now.

How you hate her! She'll even lock the bathroom door overnight, too, though it's only cold water you want, and sometimes when the night's been bad it seems as if washing helped. And John at breakfast—the children—meals are worst, and sometimes there are friends—ferns don't altogether hide 'em—they guess, too; so out you go along the front, where the waves are grey, and the papers blow, and the glass shelters green and draughty, and the chairs cost tuppence—too much—for there must be preachers along the sands. Ah, that's a nigger—that's a funny man—that's a man with parakeets—poor little creatures! Is there no one here who thinks of God?—just up there, over the pier, with his rod—but no—there's nothing but grey in

con las rosas en relieve... no hay que elegir, no hay que comprar, y cada bandeja con sus sorpresas. «No cerramos hasta las siete», y enseguida *son* las siete. Corre, se apresura, llega a casa, pero demasiado tarde. Los vecinos... el médico... el hermano pequeño... la tetera... el hospital... la muerte... ¿o sólo el susto, la culpa? ¡Ah, pero los detalles no importan! Es lo que lleva consigo; la mancha, el crimen, lo que hay que expiar, siempre allí entre los hombros. «Sí», parece asentirme, «es lo que hice».

No me importa si lo hiciste o qué hiciste; no es eso lo que quiero. El escaparate de la mercería con un lazo violeta... eso servirá; un poco barato quizás, un poco vulgar... ya que una puede elegir los crímenes, pero entonces hay tantos (déjame echar un vistazo otra vez... ¡todavía durmiendo, o fingiendo dormir! blanca, desgastada, la boca cerrada... un toque de obstinación, más de lo que uno pensaría... ningún indicio de sexo)... tantos crímenes no son *tu* crimen; tu crimen fue barato; sólo la retribución solemne; porque ahora la puerta de la iglesia se abre, el duro banco de madera la recibe; sobre las baldosas marrones se arrodilla; cada día, invierno, verano, atardecer, amanecer (aquí está ella) reza. Todos sus pecados caen, caen, para siempre caen. El punto en la espalda los recibe. Se levanta, se enrojece, arde. Luego se estremece. Los niños pequeños la señalan. «Bob en el almuerzo hoy»... ¡Pero las mujeres mayores son las peores!

De hecho, ahora ya no puedes seguir rezando. Kruger se ha hundido bajo las nubes... barrido como con el pincel de un pintor, de gris líquido, al que añade un matiz de negro; hasta la punta de el garrote ha desaparecido. ¡Eso es lo que siempre pasa! Justo cuando lo has visto, lo has sentido, alguien interrumpe. Es Hilda esta vez.

¡Cómo la odias! Incluso cierra con llave la puerta del baño durante la noche, aunque sólo quieres agua fría, y a veces, cuando la noche ha sido mala, parece que lavarse ayuda. Y John en el desayuno —los niños—, las comidas son lo peor, y a veces hay amigos —los helechos no los ocultan del todo—, también adivinan; así que sales por el frente, donde las olas son grises, y los papeles vuelan, y los cobertizos de vidrio son verdes y tienen corrientes de aire, y las sillas cuestan dos peniques —demasiado—, pues debe haber predicadores a lo largo de las playas. Ah, ése es un negro... ése es un hombre gracioso... ése es un hombre con periquitos... ¡pobres criaturas! ¿No hay nadie aquí que piense en Dios?... allí arriba, sobre el muelle, con su caña...pero no... no hay nada más que gris en el

the sky or if it's blue the white clouds hide him, and the music—it's military music—and what they are fishing for? Do they catch them? How the children stare! Well, then home a back way—«Home a back way!» The words have meaning; might have been spoken by the old man with whiskers—no, no, he didn't really speak; but everything has meaning—placards leaning against doorways—names above shop-windows—red fruit in baskets—women's heads in the hairdresser's—all say «Minnie Marsh!» But here's a jerk. «Eggs are cheaper!» That's what always happens! I was heading her over the waterfall, straight for madness, when, like a flock of dream sheep, she turns t'other way and runs between my fingers. Eggs are cheaper. Tethered to the shores of the world, none of the crimes, sorrows, rhapsodies, or insanities for poor Minnie Marsh; never late for luncheon; never caught in a storm without a mackintosh; never utterly unconscious of the cheapness of eggs. So she reaches home—scrapes her boots.

Have I read you right? But the human face—the human face at the top of the fullest sheet of print holds more, withholds more. Now, eyes open, she looks out; and in the human eye—how d'you define it?—there's a break—a division—so that when you've grasped the stem the butterfly's off—the moth that hangs in the evening over the yellow flower—move, raise your hand, off, high, away. I won't raise my hand. Hang still, then, quiver, life, soul, spirit, whatever you are of Minnie Marsh—I, too, on my flower—the hawk over the down—alone, or what were the worth of life? To rise; hang still in the evening, in the midday; hang still over the down. The flicker of a hand—off, up! then poised again. Alone, unseen; seeing all so still down there, all so lovely. None seeing, none caring. The eyes of others our prisons; their thoughts our cages. Air above, air below. And the moon and immortality... Oh, but I drop to the turf! Are you down too, you in the corner, what's your name—woman—Minnie Marsh; some such name as that? There she is, tight to her blossom; opening her hand-bag, from which she takes a hollow shell—an egg—who was saying that eggs were cheaper? You or I? Oh, it was you who said it on the way home, you remember, when the old gentleman, suddenly opening his umbrella—or sneezing was it? Anyhow, Kruger went, and you came «home a back way,» and scraped your boots. Yes. And now you lay across your knees a pocket-handkerchief into which drop little an-

cielo o si es azul las nubes blancas lo ocultan, y la música —es música militar— y ¿qué están pescando? ¿Hay pesca? ¡Cómo miran los niños! Bueno, entonces a casa por el camino de atrás... «¡A casa por el camino de atrás!». Las palabras tienen significado; podrían haber sido pronunciadas por el anciano con bigotes... no, no, realmente no habló; pero todo tiene significado... los carteles apoyados en los pórticos... los nombres sobre los escaparates... las frutas rojas en las cestas... las cabezas de las mujeres en la peluquería... todo dice «¡Minnie Marsh!». Pero aquí hay un idiota. «¡Los huevos son más baratos!». ¡Eso es lo que siempre pasa! Estaba dirigiéndola por la cascada, directamente hacia la locura, cuando, como un rebaño de ovejas de ensueño, se vuelve hacia el otro lado y huye entre mis dedos. Los huevos son más baratos. Aferrada a las orillas del mundo, ninguno de los crímenes, penas, rapsodias o locuras para la pobre Minnie Marsh; nunca llega tarde al almuerzo; nunca se ve atrapada en una tormenta sin un impermeable; nunca es totalmente inconsciente de la barato que son los huevos. Así que llega a casa... se limpia las botas.

¿Te he leído bien? Pero el rostro humano... el rostro humano en la parte superior de la hoja más completa de la impresión contiene más, retiene más. Ahora, con los ojos abiertos, mira hacia fuera; y en el ojo humano... ¿cómo lo defines?... hay una ruptura... una división... de modo que cuando has agarrado el torso de la mariposa... la polilla que cuelga al atardecer sobre la flor amarilla... muévete, levanta la mano, fuera, alto, lejos. No voy a levantar la mano. Quédate quieta, entonces, estremecimiento, vida, alma, espíritu, lo que sea de Minnie Marsh... yo también, en mi flor... el halcón sobre el plumón... sola, ¿o qué valía la vida? Ponerse de pie; quedarse quieta en la tarde, en el mediodía; quedarse quieta sobre el plumón. El parpadeo de una mano... ¡arriba! y luego de nuevo en posición. Sola, sin ser visto; viendo todo tan quieto allí abajo, todo tan hermoso. Nadie ve, a nadie le importa. Los ojos de los demás son nuestras prisiones; sus pensamientos, nuestras jaulas. Aire arriba, aire abajo. Y la luna y la inmortalidad... ¡Oh, pero me caigo al suelo! ¿Tú también estás en el rincón, cómo te llamas... mujer... Minnie Marsh; un nombre así? Ahí está, pegada a su flor; abriendo su cartera, de la que saca una cáscara hueca... un huevo... ¿quién decía que los huevos eran más baratos? ¿Tú o yo? Oh, fuiste tú quien lo dijo de camino a casa, te acuerdas, cuando el viejo caballero, abriendo de repente su paraguas... ¿o estornudando fue? En cualquier caso, Kruger se fue, y tú llegaste «a casa por el camino de atrás», y te limpiaste las botas. Sí. Y ahora pones

gular fragments of eggshell—fragments of a map—a puzzle. I wish I could piece them together! If you would only sit still. She's moved her knees—the map's in bits again. Down the slopes of the Andes the white blocks of marble go bounding and hurtling, crushing to death a whole troop of Spanish muleteers, with their convoy—Drake's booty, gold and silver. But to return——

To what, to where? She opened the door, and, putting her umbrella in the stand—that goes without saying; so, too, the whiff of beef from the basement; dot, dot, dot. But what I cannot thus eliminate, what I must, head down, eyes shut, with the courage of a battalion and the blindness of a bull, charge and disperse are, indubitably, the figures behind the ferns, commercial travellers. There I've hidden them all this time in the hope that somehow they'd disappear, or better still emerge, as indeed they must, if the story's to go on gathering richness and rotundity, destiny and tragedy, as stories should, rolling along with it two, if not three, commercial travellers and a whole grove of aspidistra. «The fronds of the aspidistra only partly concealed the commercial traveller—» Rhododendrons would conceal him utterly, and into the bargain give me my fling of red and white, for which I starve and strive; but rhododendrons in Eastbourne—in December—on the Marshes' table—no, no, I dare not; it's all a matter of crusts and cruets, frills and ferns. Perhaps there'll be a moment later by the sea. Moreover, I feel, pleasantly pricking through the green fretwork and over the glacis of cut glass, a desire to peer and peep at the man opposite—one's as much as I can manage. James Moggridge is it, whom the Marshes call Jimmy? [Minnie, you must promise not to twitch till I've got this straight]. James Moggridge travels in—shall we say buttons?—but the time's not come for bringing *them* in—the big and the little on the long cards, some peacock-eyed, others dull gold; cairngorms some, and others coral sprays—but I say the time's not come. He travels, and on Thursdays, his Eastbourne day, takes his meals with the Marshes. His red face, his little steady eyes—by no means altogether commonplace—his enormous appetite (that's safe; he won't look at Minnie till the bread's swamped the gravy dry), napkin tucked diamond-wise—but this is primitive, and, whatever it may do the reader, don't take me in. Let's dodge to the Moggridge household, set that in motion. Well, the family boots are mended on Sundays by James himself. He reads *Truth*. But his passion? Roses—and his wife

sobre tus rodillas un pañuelo de bolsillo en el que caen pequeños fragmentos angulosos de cáscara de huevo... fragmentos de un mapa... un rompecabezas. ¡Desearía poder unirlos! Si se quedara quieta. Ha movido las rodillas... el mapa está en pedazos otra vez. Por las laderas de los Andes, los bloques blancos de mármol bajan saltando y precipitándose, aplastando hasta la muerte a toda una tropa de arrieros españoles, con su convoy... el botín de Drake, oro y plata. Pero, para volver...

¿A qué, a dónde? Abrió la puerta, y, poniendo el paraguas en su lugar... eso no hace falta decirlo; también el tufillo a carne del sótano; punto, punto, punto. Pero lo que no puedo eliminar así, lo que debo, con la cabeza gacha, los ojos cerrados, con el coraje de un batallón y la ceguera de un toro, embestir y dispersar son, indudablemente, las figuras detrás de los helechos, los viajeros de comercio. Allí los he escondido todo este tiempo con la esperanza de que de algún modo desaparecieran, o mejor aún, emergieran, como de hecho deben hacerlo, si la historia ha de seguir acumulando riqueza y rotundidad, destino y tragedia, como deben hacerlo las historias, arrastrando consigo a dos, si no tres, viajeros de comercio y toda una arboleda de aspidistra. «Las frondas de la aspidistra sólo ocultaban en parte al viajero de comerco...». Los rododendros lo ocultarían por completo, y de paso me darían mi oportunidad de rojo y blanco, por la que me muero y me esfuerzo; pero los rododendros en Eastbourne... en diciembre... en la mesa de los Marsh... no, no, no me atrevo; todo es cuestión de cortezas y vinagreras, volantes y helechos. Tal vez haya un momento más tarde junto al mar. Además, siento, pinchando agradablemente a través de la greca verde y por encima del cristal tallado, un deseo de asomarse y espiar al hombre de enfrente... uno es todo lo que puedo conseguir. ¿Es James Moggridge, a quien los Marsh llaman Jimmy? [Minnie, debes prometerme que no te estremecerás hasta que haya aclarado esto]. James Moggridge viaja y comercia con... ¿digamos botones?... pero no ha llegado el momento de hablar de *ellos*... los grandes y los pequeños en los cartones largos, algunos de ojos de pavo real, otros de oro mate; algunos de cuarzo, y otros rociados de coral... pero digo que no ha llegado el momento. Él viaja, y los jueves, su día de Eastbourne, toma sus comidas con los Marsh. Su cara roja, sus pequeños ojos firmes... no son del todo comunes... su enorme apetito (eso es seguro; no mirará a Minnie hasta que el pan haya secado la salsa), la servilleta metida con forma de diamante... pero esto es primitivo, y, haga lo que haga el lector, que no se preocupe por mí. Vayamos a la casa de los Moggridge y pongamos esto en marcha. Bueno, las botas

a retired hospital nurse—interesting—for God's sake let me have one woman with a name I like! But no; she's of the unborn children of the mind, illicit, none the less loved, like my rhododendrons. How many die in every novel that's written—the best, the dearest, while Moggridge lives. It's life's fault. Here's Minnie eating her egg at the moment opposite and at t'other end of the line—are we past Lewes?—there must be Jimmy—or what's her twitch for?

There must be Moggridge—life's fault. Life imposes her laws; life blocks the way; life's behind the fern; life's the tyrant; oh, but not the bully! No, for I assure you I come willingly; I come wooed by Heaven knows what compulsion across ferns and cruets, table splashed and bottles smeared. I come irresistibly to lodge myself somewhere on the firm flesh, in the robust spine, wherever I can penetrate or find foothold on the person, in the soul, of Moggridge the man. The enormous stability of the fabric; the spine tough as whalebone, straight as oak-tree; the ribs radiating branches; the flesh taut tarpaulin; the red hollows; the suck and regurgitation of the heart; while from above meat falls in brown cubes and beer gushes to be churned to blood again—and so we reach the eyes. Behind the aspidistra they see something: black, white, dismal; now the plate again; behind the aspidistra they see elderly woman; «Marsh's sister, Hilda's more my sort;» the tablecloth now. «Marsh would know what's wrong with Morrises ...» talk that over; cheese has come; the plate again; turn it round—the enormous fingers; now the woman opposite. «Marsh's sister—not a bit like Marsh; wretched, elderly female... You should feed your hens... God's truth, what's set her twitching? Not what *I* said? Dear, dear, dear! these elderly women. Dear, dear!»

[Yes, Minnie; I know you've twitched, but one moment—James Moggridge].

«Dear, dear, dear!» How beautiful the sound is! like the knock of a mallet on seasoned timber, like the throb of the heart of an ancient whaler when the seas press thick and the green is clouded. «Dear,

de la familia son remendadas los domingos por el propio James. Lee la revista *Truth*. ¿Pero su pasión? Las rosas... y su mujer, una enfermera de hospital jubilada... interesante... ¡por el amor de Dios, déjame tener una mujer con un nombre que me guste! Pero no; ella es de los hijos no nacidos de la mente, ilícitos, pero no por ello menos amados, como mis rododendros. Cuántos mueren en cada novela que se escribe... los mejores, los más queridos, mientras Moggridge vive. Es culpa de la vida. Aquí está Minnie comiendo su huevo en ese momento, al frente y al otro lado de la línea... ¿hemos pasado Lewes?... debe estar Jimmy... ¿o para qué este espasmo?

Tiene que haber un Moggridge... la vida tiene la culpa. La vida impone sus leyes; la vida bloquea el camino; la vida está detrás del helecho; la vida es la tirana; ¡oh, pero no abusiva! No, porque les aseguro que vengo de buena gana; vengo cortejada por Dios sabe qué compulsión a través de helechos y vinagreras, mesa salpicada y botellas embadurnadas. Vengo irresistiblemente a alojarme en algún lugar de la firme carne, en la robusta columna vertebral, dondequiera que pueda penetrar o encontrar un punto de apoyo en la persona, en el alma, del hombre Moggridge. La enorme estabilidad del tejido; la columna vertebral dura como un hueso de ballena, recta como un roble; las costillas irradiando ramas; la carne tensa, de lona; los huecos rojos; la succión y la regurgitación del corazón; mientras desde arriba la carne cae en cubos marrones y la cerveza brota para volver a convertirse en sangre... y así llegamos a los ojos. Detrás de la aspidistra ven algo: negro, blanco, lúgubre; ahora el plato de nuevo; detrás de la aspidistra ven a la mujer mayor; «la hermana de Marsh, Hilda es más de mi tipo»; el mantel ahora. «Marsh sabría lo que le pasa a los Morris...», habla de eso; el queso ha llegado; el plato de nuevo; dale la vuelta... los enormes dedos; ahora la mujer de enfrente. «La hermana de Marsh... no se parece en nada a Marsh; pobre, mujer mayor... Deberías alimentar a tus gallinas... La verdad de Dios, ¿qué la ha hecho estremecer? ¿No es lo que *yo* dije? ¡Querida, querida, querida! Estas mujeres mayores. ¡Querida, querida!».

[Sí, Minnie; sé que te has estremecido, pero un momento... James Moggridge].

«¡Querida, querida, querida!». ¡Qué bello es el sonido! Como el golpe de un mazo sobre madera curada, como el latido del corazón de un antiguo ballenero cuando los mares presionan y el verde se nubla. «¡Que-

dear!» what a passing bell for the souls of the fretful to soothe them and solace them, lap them in linen, saying, «So long. Good luck to you!» and then, «What's your pleasure?» for though Moggridge would pluck his rose for her, that's done, that's over. Now what's the next thing? «Madam, you'll miss your train,» for they don't linger.

That's the man's way; that's the sound that reverberates; that's St. Paul's and the motor-omnibuses. But we're brushing the crumbs off. Oh, Moggridge, you won't stay? You must be off? Are you driving through Eastbourne this afternoon in one of those little carriages? Are you the man who's walled up in green cardboard boxes, and sometimes has the blinds down, and sometimes sits so solemn staring like a sphinx, and always there's a look of the sepulchral, something of the undertaker, the coffin, and the dusk about horse and driver? Do tell me—but the doors slammed. We shall never meet again. Moggridge, farewell!

Yes, yes, I'm coming. Right up to the top of the house. One moment I'll linger. How the mud goes round in the mind—what a swirl these monsters leave, the waters rocking, the weeds waving and green here, black there, striking to the sand, till by degrees the atoms reassemble, the deposit sifts itself, and again through the eyes one sees clear and still, and there comes to the lips some prayer for the departed, some obsequy for the souls of those one nods to, the people one never meets again.

James Moggridge is dead now, gone for ever. Well, Minnie—«I can face it no longer.» If she said that—(Let me look at her. She is brushing the eggshell into deep declivities). She said it certainly, leaning against the wall of the bedroom, and plucking at the little balls which edge the claret-coloured curtain. But when the self speaks to the self, who is speaking?—the entombed soul, the spirit driven in, in, in to the central catacomb; the self that took the veil and left the world—a coward perhaps, yet somehow beautiful, as it flits with its lantern restlessly up and down the dark corridors. «I can bear it no longer,» her spirit says. «That man at lunch—Hilda—the children.» Oh, heavens, her sob! It's the spirit wailing its destiny, the spirit driven hither, thither, lodging on the diminishing carpets—meagre footholds—shrunken shreds of all the vanishing universe—love, life,

rida, querida!», qué campana pasajera para las almas de los inquietos, para calmarlos y consolarlos, para envolverlos en lino, diciendo, «¡hasta la vista! ¡buena suerte para ti!», y luego, «¿qué te da placer?», porque aunque Moggridge arrancara su rosa para ella, eso está hecho, eso se acabó. ¿Y ahora, qué es lo siguiente? «Señora, perderá su tren», pues no se demoran.

Ese es el camino del hombre; ese es el sonido que reverbera; esa es San Pablo y los moto-omnibuses. Pero nos estamos quitando las migajas. Oh, Moggridge, ¿no te quedas? ¿Debes irte? ¿Vas a conducir por Eastbourne esta tarde en uno de esos pequeños carruajes? ¿Eres tú el hombre que está amurallado en cajas de cartón verde, y que a veces tiene las persianas bajadas, y a veces está sentado tan solemne mirando como una esfinge, y siempre hay una mirada sepulcral, algo de enterrador, de ataúd, y de crepúsculo sobre el caballo y el conductor? Dime... pero las puertas se cerraron de golpe. No volveremos a vernos. ¡Moggridge, adiós!

Sí, sí, ya voy. Hasta arriba de la casa. Me quedaré un momento. Cómo da vueltas el lodo en la mente... qué remolino dejan estos monstruos, las aguas que se mecen, las hierbas que se agitan y son verdes aquí, negras allá, golpeando la arena, hasta que gradualmente los átomos se reúnen nuevamente, el depósito se tamiza, y de nuevo a través de los ojos se ve claro y quieto, y viene a los labios alguna oración por los difuntos, algún obsequio por las almas de aquellos a los que uno asiente, la gente que una nunca vuelve a encontrar.

James Moggridge está muerto ahora, se ha ido para siempre. Bueno, Minnie... «No puedo soportarlo más». Si ella dijo eso... (Déjenme mirarla. Está cepillando la cáscara de huevo en profundas pendientes). Lo dijo ciertamente, apoyada en la pared del dormitorio, y arrancando las bolitas que bordean la cortina de color clarete. Pero cuando el yo le habla al yo, ¿quién habla?... el alma sepultada, el espíritu empujado hacia dentro, hacia dentro, hacia la catacumba central; el yo que tomó el velo y dejó el mundo... cobarde tal vez, pero de alguna manera hermoso, mientras revolotea con su linterna sin descanso por los pasillos oscuros. «No puedo soportarlo más», dice su espíritu. «Ese hombre en el almuerzo... Hilda... los niños». ¡Oh, cielos, su sollozo! Es el espíritu que grita su destino, el espíritu llevado de aquí para allá, alojado en las alfombras decrecientes... escasos puntos de apoyo... jirones encogidos de todo el universo

faith, husband, children, I know not what splendours and pageantries glimpsed in girlhood. «Not for me—not for me.»

But then—the muffins, the bald elderly dog? Bead mats I should fancy and the consolation of underlinen. If Minnie Marsh were run over and taken to hospital, nurses and doctors themselves would exclaim... There's the vista and the vision—there's the distance—the blue blot at the end of the avenue, while, after all, the tea is rich, the muffin hot, and the dog—«Benny, to your basket, sir, and see what mother's brought you!» So, taking the glove with the worn thumb, defying once more the encroaching demon of what's called going in holes, you renew the fortifications, threading the grey wool, running it in and out.

Running it in and out, across and over, spinning a web through which God himself—hush, don't think of God! How firm the stitches are! You must be proud of your darning. Let nothing disturb her. Let the light fall gently, and the clouds show an inner vest of the first green leaf. Let the sparrow perch on the twig and shake the raindrop hanging to the twig's elbow... Why look up? Was it a sound, a thought? Oh, heavens! Back again to the thing you did, the plate glass with the violet loops? But Hilda will come. Ignominies, humiliations, oh! Close the breach.

Having mended her glove, Minnie Marsh lays it in the drawer. She shuts the drawer with decision. I catch sight of her face in the glass. Lips are pursed. Chin held high. Next she laces her shoes. Then she touches her throat. What's your brooch? Mistletoe or merry-thought? And what is happening? Unless I'm much mistaken, the pulse's quickened, the moment's coming, the threads are racing, Niagara's ahead. Here's the crisis! Heaven be with you! Down she goes. Courage, courage! Face it, be it! For God's sake don't wait on the mat now! There's the door! I'm on your side. Speak! Confront her, confound her soul!

«Oh, I beg your pardon! Yes, this is Eastbourne. I'll reach it down for you. Let me try the handle.» [But, Minnie, though we keep up pretences, I've read you right—I'm with you now].

que se desvanece... el amor, la vida, la fe, el marido, los hijos, no sé qué esplendores y desfiles vislumbrados en la infancia. «No es para mí... no es para mí».

Pero entonces... las magdalenas, el calvo perro anciano... Las alfombras de abalorios que me apetecen y el consuelo de la ropa interior. Si Minnie Marsh fuera atropellada y llevada al hospital, las enfermeras y los propios médicos exclamarían... Ahí está la vista y la visión... está la distancia... la mancha azul al final de la avenida, mientras que, después de todo, el té es rico, la magdalena caliente, y el perro... «¡Benny, a su cesta, señor, y vea lo que le ha traído mamá!». Así que, cogiendo el guante con el pulgar desgastado, desafiando una vez más al demonio invasor de lo que se dice «entrar en dificultades», renuevas las fortificaciones, enhebrando la lana gris, hacia dentro y hacia fuera.

Hacia dentro y hacia fuera, por el medio y por encima, tejiendo una red a través de la cual el mismo Dios... ¡cállate, no pienses en Dios! ¡Qué firmes son las puntadas! Debes estar orgullosa de tu zurcido. Que nada la perturbe. Que la luz caiga suavemente, y las nubes muestren un chaleco interior de la primera hoja verde. Deja que el gorrión se pose en la rama y agite la gota de lluvia que cuelga del codo de la rama... ¿Por qué mirar hacia arriba? ¿Fue un sonido, un pensamiento? ¡Oh, cielos! ¿Volver a la cosa que hiciste, la placa de vidrio con los bucles violetas? Pero Hilda vendrá. Ignominias, humillaciones, ¡oh! Cierra la brecha.

Una vez remendado el guante, Minnie Marsh lo deja en el cajón. Cierra el cajón con decisión. Veo su cara en el espejo. Los labios están fruncidos. La barbilla erguida. Luego se ata los zapatos. Luego se toca la garganta. ¿Qué broche se ha puesto? ¿Muérdago o hueso? ¿Y qué está pasando? A menos que me equivoque mucho, el pulso se acelera, el momento se acerca, los hilos corren, el Niágara está delante. ¡Aquí viene la crisis! ¡Que el cielo te acompañe! Abajo va ella. ¡Valor, valor! ¡Afróntalo, hazlo! ¡Por el amor de Dios, no te detengas ahora sobre la alfombra! ¡Ahí está la puerta! Estoy de tu lado. ¡Habla! ¡Enfréntala, confronta su alma!

«¡Oh, le pido perdón! Sí, esto es Eastbourne. Yo se la llevo. Déjeme probar la manija». [Pero, Minnie, aunque sigamos fingiendo, te he leído bien... estoy contigo ahora].

«That's all your luggage?»

«Much obliged, I'm sure.»

(But why do you look about you? Hilda won't come to the station, nor John; and Moggridge is driving at the far side of Eastbourne).

«I'll wait by my bag, ma'am, that's safest. He said he'd meet me... Oh, there he is! That's my son.»

So they walk off together.

Well, but I'm confounded... Surely, Minnie, you know better! A strange young man... Stop! I'll tell him—Minnie!—Miss Marsh!—I don't know though. There's something queer in her cloak as it blows. Oh, but it's untrue, it's indecent... Look how he bends as they reach the gateway. She finds her ticket. What's the joke? Off they go, down the road, side by side... Well, my world's done for! What do I stand on? What do I know? That's not Minnie. There never was Moggridge. Who am I? Life's bare as bone.

And yet the last look of them—he stepping from the kerb and she following him round the edge of the big building brims me with wonder—floods me anew. Mysterious figures! Mother and son. Who are you? Why do you walk down the street? Where to-night will you sleep, and then, to-morrow? Oh, how it whirls and surges—floats me afresh! I start after them. People drive this way and that. The white light splutters and pours. Plate-glass windows. Carnations; chrysanthemums. Ivy in dark gardens. Milk carts at the door. Wherever I go, mysterious figures, I see you, turning the corner, mothers and sons; you, you, you. I hasten, I follow. This, I fancy, must be the sea. Grey is the landscape; dim as ashes; the water murmurs and moves. If I fall on my knees, if I go through the ritual, the ancient antics, it's you, unknown figures, you I adore; if I open my arms, it's you I embrace, you I draw to me—adorable world!

«¿Ese es todo su equipaje?».

«Muy agradecida; sí, estoy segura».

(¿Pero por qué miras a tu alrededor? Hilda no vendrá a la estación, ni John; y Moggridge está conduciendo en las afueras de Eastbourne).

«Esperaré junto a mi maleta, señora, es lo más seguro. Dijo que se reuniría conmigo ... ¡Oh, ahí está! Ese es mi hijo».

Así que se van juntos.

Bueno, pero estoy confundida... ¡Seguramente, Minnie, tú lo sabes mejor! Un joven extraño... ¡Detente! Le diré... ¡Minnie!... ¡Señorita Marsh!... Aunque no lo sé. Hay algo extraño en su capa cuando sopla. Oh, pero es falso, es indecente... Miren cómo se inclina él cuando llegan a la puerta. Ella encuentra su billete. ¿Cuál es la broma? Se van, por la carretera, uno al lado del otro... ¡Bueno, mi mundo está acabado! ¿En qué me apoyo? ¿Qué sé yo? Esa no es Minnie. Nunca hubo Moggridge. ¿Quién soy yo? La vida está desnuda como un hueso.

Y, sin embargo, la última mirada de ellos... él bajando del bordillo y ella siguiéndolo por el costado del gran edificio me llena de asombro... me inunda de nuevo. ¡Figuras misteriosas! Madre e hijo. ¿Quiénes son? ¿Por qué caminan por la calle? ¿Dónde dormirán esta noche, y luego, mañana? ¡Oh, cómo se arremolina y surge... me hace flotar de nuevo! Empiezo a seguirlos. La gente pasa por aquí y por allá. La luz blanca chisporrotea y se derrama. Ventanas de cristal. Claveles; crisantemos. Hiedra en jardines oscuros. Carros de leche en la puerta. Dondequiera que vaya, figuras misteriosas, los veo, doblando la esquina, madres e hijos; ustedes, ustedes, ustedes. Me apresuro, los sigo. Esto, imagino, debe ser el mar. Gris es el paisaje; tenue como la ceniza; el agua murmura y se mueve. Si caigo de rodillas, si sigo el ritual, las antiguas payasadas, son ustedes, figuras desconocidas, a quienes adoro; si abro los brazos, son ustedes a quienes abrazo, a quienes atraigo hacia mí... ¡mundo adorable!

Well, here we are, and if you cast your eye over the room you will see that Tubes and trams and omnibuses, private carriages not a few, even, I venture to believe, landaus with bays in them, have been busy at it, weaving threads from one end of London to the other. Yet I begin to have my doubts—

If indeed it's true, as they're saying, that Regent Street is up, and the Treaty signed, and the weather not cold for the time of year, and even at that rent not a flat to be had, and the worst of influenza its after effects; if I bethink me of having forgotten to write about the leak in the larder, and left my glove in the train; if the ties of blood require me, leaning forward, to accept cordially the hand which is perhaps offered hesitatingly—

«Seven years since we met!»

«The last time in Venice.»

«And where are you living now?»

«Well, the late afternoon suits me the best, though, if it weren't asking too much——»

«But I knew you at once!»

«Still, the war made a break——»

If the mind's shot through by such little arrows, and—for human society compels it—no sooner is one launched than another presses forward; if this engenders heat and in addition they've turned on the electric light; if saying one thing does, in so many cases, leave behind it a need to improve and revise, stirring besides regrets, pleasures, vanities, and desires—if it's all the facts I mean, and the hats, the fur boas, the gentlemen's swallow-tail coats, and pearl tie-pins that come to the surface—what chance is there?

Of what? It becomes every minute more difficult to say why, in spite of everything, I sit here believing I can't now say what, or even

EL CUARTETO DE CUERDAS

Pues bien, aquí estamos, y si echas un vistazo a la sala verás que los subterráneos y los tranvías y los omnibuses, no pocos vehículos privados, e incluso, me aventuro a creer, los landaus han estado ocupados en ello, tejiendo hilos de un extremo a otro de Londres. Sin embargo, empiezo a tener mis dudas...

Si es cierto, como dicen, que Regent Street está abierto, y el Tratado firmado, y el tiempo no es frío para la época del año, e incluso con ese alquiler no hay un piso disponible, y lo peor de la gripe son sus efectos posteriores; si pienso que me olvidé de escribir sobre la gotera en la despensa, y dejé mi guante en el tren; si los lazos de sangre me exigen, inclinándome hacia adelante, aceptar cordialmente la mano que tal vez se ofrece vacilante...

«¡Siete años desde que nos conocimos!».

«La última vez en Venecia».

«¿Y dónde vives ahora?».

«Bueno, sin embargo, más bien tarde por la tarde es cuando más me conviene, si no fuera mucho pedir...».

«¡Pero si te reconocí enseguida!».

«Aun así, la guerra detuvo todo...».

Si la mente está atravesada por esas flechitas, y... porque la sociedad humana lo obliga... apenas una es lanzada, otra más avanza; si esto engendra calor y además han encendido la luz eléctrica; si decir una cosa deja tras de sí, en tantos casos, la necesidad de mejorar y revisar, suscitando además arrepentimientos, placeres, vanidades y deseos... si son los hechos a los que me refiero, y los sombreros, las boas de piel, los abrigos con cola de golondrina de los caballeros y los alfileres de corbata de perlas los que salen a la superficie... ¿qué posibilidad hay?

¿De qué? Cada minuto es más difícil decir por qué, a pesar de todo, me siento aquí creyendo que ahora no puedo decir qué, o incluso recordar

remember the last time it happened.

«Did you see the procession?»

«The King looked cold.»

«No, no, no. But what was it?»

«She's bought a house at Malmesbury.»

«How lucky to find one!»

On the contrary, it seems to me pretty sure that she, whoever she may be, is damned, since it's all a matter of flats and hats and sea gulls, or so it seems to be for a hundred people sitting here well dressed, walled in, furred, replete. Not that I can boast, since I too sit passive on a gilt chair, only turning the earth above a buried memory, as we all do, for there are signs, if I'm not mistaken, that we're all recalling something, furtively seeking something. Why fidget? Why so anxious about the sit of cloaks; and gloves—whether to button or unbutton? Then watch that elderly face against the dark canvas, a moment ago urbane and flushed; now taciturn and sad, as if in shadow. Was it the sound of the second violin tuning in the ante-room? Here they come; four black figures, carrying instruments, and seat themselves facing the white squares under the downpour of light; rest the tips of their bows on the music stand; with a simultaneous movement lift them; lightly poise them, and, looking across at the player opposite, the first violin counts one, two, three——

Flourish, spring, burgeon, burst! The pear tree on the top of the mountain. Fountains jet; drops descend. But the waters of the Rhone flow swift and deep, race under the arches, and sweep the trailing water leaves, washing shadows over the silver fish, the spotted fish rushed down by the swift waters, now swept into an eddy where—it's difficult this—conglomeration of fish all in a pool; leaping, splashing, scraping sharp fins; and such a boil of current that the yellow pebbles are churned round and round, round and round—free now, rushing downwards, or even somehow ascending in exquisite spirals into the air; curled like thin shavings from under a plane; up and up... How

la última vez que sucedió.

«¿Viste la procesión?».

«El Rey parecía un poco frío».

«No, no, no. ¿Pero qué fue?».

«Ha comprado una casa en Malmesbury».

«¡Qué suerte de encontrar una!».

Por el contrario, me parece bastante seguro que ella, sea quien sea, está condenada, ya que todo es cuestión de bemoles y sombreros y gaviotas, o así parece ser para un centenar de personas sentadas aquí bien vestidas, amuralladas, peludas, repletas. No es que pueda presumir, ya que yo también me siento pasiva en una silla dorada, sólo removiendo la tierra por encima de un recuerdo enterrado, como hacemos todos, pues hay indicios, si no me equivoco, de que todos estamos recordando algo, buscando furtivamente algo. ¿Por qué inquietarse? ¿Por qué tanta inquietud por el lugar de las capas; y los guantes... si abrocharse o desabrocharse? Entonces, observa ese rostro anciano contra el lienzo oscuro, hace un momento urbano y sonrojado; ahora taciturno y triste, como en la sombra. ¿Fue eso el sonido del segundo violín afinando en la antesala? Aquí vienen; cuatro figuras negras, portando instrumentos, y se sientan frente a los cuadros blancos bajo el chorro de luz; apoyan las puntas de sus arcos en el atril; con un movimiento simultáneo los levantan; los colocan ligeramente, y, mirando al músico de enfrente, el primer violín cuenta uno, dos, tres...

¡Florezca, brote, prospere, estalle! El peral en la cima de la montaña. Las fuentes brotan; las gotas descienden. Pero las aguas del Ródano fluyen rápidas y profundas, corren por debajo de los arcos, y barren las hojas de agua que se arrastran, lavando las sombras sobre los peces plateados, los peces manchados llevados por las aguas rápidas, ahora arrastrados a un remolino donde... es difícil esto... conglomerado de peces, todos en un charco; saltando, chapoteando, raspando aletas afiladas; y tal hervor de corriente que los guijarros amarillos giran dando vueltas, vueltas y vueltas... libres ahora, precipitándose hacia abajo, o incluso ascendiendo de algún modo en exquisitas espirales en el aire;

lovely goodness is in those who, stepping lightly, go smiling through the world! Also in jolly old fishwives, squatted under arches, obscene old women, how deeply they laugh and shake and rollick, when they walk, from side to side, hum, hah!

«That's an early Mozart, of course——»

«But the tune, like all his tunes, makes one despair—I mean hope. What do I mean? That's the worst of music! I want to dance, laugh, eat pink cakes, yellow cakes, drink thin, sharp wine. Or an indecent story, now—I could relish that. The older one grows the more one likes indecency. Hah, hah! I'm laughing. What at? You said nothing, nor did the old gentleman opposite... But suppose—suppose—Hush!»

The melancholy river bears us on. When the moon comes through the trailing willow boughs, I see your face, I hear your voice and the bird singing as we pass the osier bed. What are you whispering? Sorrow, sorrow. Joy, joy. Woven together, like reeds in moonlight. Woven together, inextricably commingled, bound in pain and strewn in sorrow—crash!

The boat sinks. Rising, the figures ascend, but now leaf thin, tapering to a dusky wraith, which, fiery tipped, draws its twofold passion from my heart. For me it sings, unseals my sorrow, thaws compassion, floods with love the sunless world, nor, ceasing, abates its tenderness but deftly, subtly, weaves in and out until in this pattern, this consummation, the cleft ones unify; soar, sob, sink to rest, sorrow and joy.

Why then grieve? Ask what? Remain unsatisfied? I say all's been settled; yes; laid to rest under a coverlet of rose leaves, falling. Falling. Ah, but they cease. One rose leaf, falling from an enormous height, like a little parachute dropped from an invisible balloon, turns, flutters waveringly. It won't reach us.

enroscados como finas virutas de debajo de un avión; arriba y arriba...
¡Qué bonita es la bondad en aquellos que, pisando ligeramente, van sonriendo por el mundo! También en las alegres y viejas mujeres de pescadores, acuclilladas bajo los arcos, viejas obscenas, ¡qué profundamente se ríen y se agitan y se retuercen, cuando caminan, de lado a lado, hum, hah!

«Es un Mozart temprano, por supuesto...».

«Pero la melodía, como todas sus melodías, hace que una se desespere... quiero decir que tenga esperanza. ¿Qué quiero decir? ¡Eso es lo peor de la música! Quiero bailar, reír, comer pasteles rosas, amarillos, beber vino fino y punzante. O una historia indecente, ahora... podría saborear eso. Cuanto más crece una, más le gusta la indecencia. ¡Ja, ja! Me estoy riendo. ¿De qué? Tú no has dicho nada, ni el viejo caballero de enfrente... Pero supongamos... supongamos... ¡Silencio!».

El río melancólico nos lleva. Cuando la luna atraviesa las ramas de los sauces, veo tu rostro, oigo tu voz y el canto de los pájaros cuando pasamos por el lecho de mimbre. ¿Qué susurras? Dolor, dolor. Alegría, alegría. Entrelazados, como juncos a la luz de la luna. Tejidos juntos, inextricablemente mezclados, atados en el dolor y esparcidos en la pena... ¡Choca!

El barco se hunde. Subiendo, las figuras ascienden, pero ahora la hoja se adelgaza, se afina hasta convertirse en un espectro oscuro, que, con punta de fuego, extrae su doble pasión de mi corazón. Para mí canta, desvela mi dolor, descongela la compasión, inunda de amor el mundo sin sol, y tampoco, cesando, abate su ternura, sino que hábilmente, sutilmente, se entreteje hasta que en este patrón, en esta consumación, las hendiduras se unifican; se elevan, sollozan, se hunden para descansar, pena y alegría.

¿Por qué, entonces, lamentarse? ¿Pedir qué? ¿Permanecer insatisfecha? Yo digo que todo se ha resuelto; sí; se ha puesto a descansar bajo un cobertor de hojas de rosa, cayendo. Cayendo. Ah, pero dejan de caer. Una hoja de rosa, cayendo desde una enorme altura, como un pequeño paracaídas lanzado desde un globo invisible, gira, revolotea vacilante. No nos alcanzará.

«No, no. I noticed nothing. That's the worst of music—these silly dreams. The second violin was late, you say?»

«There's old Mrs. Munro, feeling her way out—blinder each year, poor woman—on this slippery floor.»

Eyeless old age, grey-headed Sphinx... There she stands on the pavement, beckoning, so sternly, the red omnibus.

«How lovely! How well they play! How—how—how!»

The tongue is but a clapper. Simplicity itself. The feathers in the hat next me are bright and pleasing as a child's rattle. The leaf on the plane-tree flashes green through the chink in the curtain. Very strange, very exciting.

«How—how—how!» Hush!

These are the lovers on the grass.

«If, madam, you will take my hand——»

«Sir, I would trust you with my heart. Moreover, we have left our bodies in the banqueting hall. Those on the turf are the shadows of our souls.»

«Then these are the embraces of our souls.» The lemons nod assent. The swan pushes from the bank and floats dreaming into mid stream.

«But to return. He followed me down the corridor, and, as we turned the corner, trod on the lace of my petticoat. What could I do but cry 'Ah!' and stop to finger it? At which he drew his sword, made passes as if he were stabbing something to death, and cried, 'Mad! Mad! Mad!' Whereupon I screamed, and the Prince, who was writing in the large vellum book in the oriel window, came out in his velvet skull-cap and furred slippers, snatched a rapier from the wall—the King of Spain's gift, you know—on which I escaped, flinging on this cloak to hide the ravages to my skirt—to hide... But listen! the horns!»

«No, no. No he notado nada. Eso es lo peor de la música... estos sueños tontos. ¿Dices que el segundo violín entró tarde?».

«Ahí está la vieja señora Munro, tanteando su salida... más ciega cada año, pobre mujer... en este suelo resbaladizo».

Vejez sin ojos, Esfinge de cabeza gris... Allí está ella en la acera, haciendo señas, tan severamente, al ómnibus rojo.

«¡Qué bonito! ¡Qué bien tocan! ¡Qué... qué... qué!».

La lengua no es más que un badajo. La simplicidad misma. Las plumas del sombrero que está a mi lado son brillantes y agradables como el sonajero de un niño. La hoja del plátano parpadea, verde a través de la rendija de la cortina. Muy extraño, muy emocionante.

«¡Cómo... cómo... cómo!». ¡Silencio!

Estos son los amantes en la hierba.

«Si, señora, tome mi mano...».

«Señor, le confiaría mi corazón. Además, hemos dejado nuestros cuerpos en la sala de banquetes. Aquéllos que están en el césped son las sombras de nuestras almas».

«Entonces estos son los abrazos de nuestras almas». Los limones asienten. El cisne se aparta de la orilla y flota, soñando en medio de la corriente.

«Pero, para volver. Me siguió por el pasillo y, al doblar la esquina, pisó el encaje de mis enaguas. ¿Qué podía hacer sino gritar «¡ah!» y detenerme para tocarlo? En ese momento sacó su espada, hizo pases como si estuviera apuñalando algo hasta la muerte, y gritó «¡loca! ¡loca! ¡loca!». Entonces yo grité, y el Príncipe, que estaba escribiendo en el gran libro de vitela de la ventana mirador, salió con su gorro de terciopelo y sus zapatillas de piel, y cogió un estoque de la pared... el regalo del Rey de España, ya lo sabes... con lo que me escapé, echándome esta capa para ocultar los estragos en mi falda... para ocultar... Pero, ¡escucha! ¡los cuernos!».

The gentleman replies so fast to the lady, and she runs up the scale with such witty exchange of compliment now culminating in a sob of passion, that the words are indistinguishable though the meaning is plain enough—love, laughter, flight, pursuit, celestial bliss—all floated out on the gayest ripple of tender endearment—until the sound of the silver horns, at first far distant, gradually sounds more and more distinctly, as if seneschals were saluting the dawn or proclaiming ominously the escape of the lovers... The green garden, moonlit pool, lemons, lovers, and fish are all dissolved in the opal sky, across which, as the horns are joined by trumpets and supported by clarions there rise white arches firmly planted on marble pillars... Tramp and trumpeting. Clang and clangour. Firm establishment. Fast foundations. March of myriads. Confusion and chaos trod to earth. But this city to which we travel has neither stone nor marble; hangs enduring; stands unshakable; nor does a face, nor does a flag greet or welcome. Leave then to perish your hope; droop in the desert my joy; naked advance. Bare are the pillars; auspicious to none; casting no shade; resplendent; severe. Back then I fall, eager no more, desiring only to go, find the street, mark the buildings, greet the applewoman, say to the maid who opens the door: A starry night.

«Good night, good night. You go this way?»

«Alas. I go that.»

El caballero responde tan rápidamente a la dama, y ella sube la escala con un intercambio de piropos tan ingenioso que ahora culmina en un sollozo de pasión, que las palabras son indistinguibles aunque el significado es bastante claro... amor, risa, vuelo, persecución, dicha celestial... todo flota en la onda más alegre del tierno cariño... hasta que el sonido de los cuernos de plata, al principio lejano, suena gradualmente más y más claramente, como si los senescales saludaran al amanecer o proclamaran ominosamente la huida de los amantes... El jardín verde, el estanque iluminado por la luna, los limones, los amantes y los peces se disuelven en el cielo opalino, a través del cual, mientras los cuernos se unen a las trompetas y se apoyan en los clarines se elevan arcos blancos firmemente plantados sobre pilares de mármol... Trampa y trompeta. Tañido y clangor. Establecimiento firme. Rápidos cimientos. Marcha de miríadas. Confusión y caos pisaron la tierra. Pero esta ciudad a la que viajamos no tiene ni piedra ni mármol; cuelga perdurable; se mantiene inconmovible; ni un rostro, ni una bandera saludan o dan la bienvenida. Deja, pues, que perezca tu esperanza; que caiga en el desierto mi alegría; avanza desnuda. Desnudos están los pilares; no son auspiciosos para nadie; no dan sombra; resplandecientes; severos. Atrás entonces caigo, sin ansias, deseando sólo ir, encontrar la calle, marcar los edificios, saludar a la mujer que vende manzanas, decir a la doncella que abre la puerta: una noche estrellada.

«Buenas noches, buenas noches. ¿Va por aquí?».

«No, por desgracia. Voy por allá».

From the oval-shaped flower-bed there rose perhaps a hundred stalks spreading into heart-shaped or tongue-shaped leaves half way up and unfurling at the tip red or blue or yellow petals marked with spots of colour raised upon the surface; and from the red, blue or yellow gloom of the throat emerged a straight bar, rough with gold dust and slightly clubbed at the end. The petals were voluminous enough to be stirred by the summer breeze, and when they moved, the red, blue and yellow lights passed one over the other, staining an inch of the brown earth beneath with a spot of the most intricate colour. The light fell either upon the smooth, grey back of a pebble, or, the shell of a snail with its brown, circular veins, or falling into a raindrop, it expanded with such intensity of red, blue and yellow the thin walls of water that one expected them to burst and disappear. Instead, the drop was left in a second silver grey once more, and the light now settled upon the flesh of a leaf, revealing the branching thread of fibre beneath the surface, and again it moved on and spread its il-lumination in the vast green spaces beneath the dome of the heart-shaped and tongue-shaped leaves. Then the breeze stirred rather more briskly overhead and the colour was flashed into the air above, into the eyes of the men and women who walk in Kew Gardens in July.

The figures of these men and women straggled past the flower-bed with a curiously irregular movement not unlike that of the white and blue butterflies who crossed the turf in zig-zag flights from bed to bed. The man was about six inches in front of the woman, strolling carelessly, while she bore on with greater purpose, only turning her head now and then to see that the children were not too far behind. The man kept this distance in front of the woman purposely, though perhaps unconsciously, for he wished to go on with his thoughts.

«Fifteen years ago I came here with Lily,» he thought. «We sat somewhere over there by a lake and I begged her to marry me all through the hot afternoon. How the dragonfly kept circling round us: how clearly I see the dragonfly and her shoe with the square silver buckle at the toe. All the time I spoke I saw her shoe and when it moved impatiently I knew without looking up what she was going to

JARDINES DE KEW

Del parterre ovalado surgieron tal vez un centenar de tallos que se extendían en hojas en forma de corazón o de lengua medio abiertas y que desplegaban en la punta pétalos rojos o azules o amarillos marcados con manchas de color levantadas sobre la superficie; y de la penumbra roja, azul o amarilla de la garganta surgía una barra recta, rugosa con polvo de oro y levemente abultada en el extremo. Los pétalos eran lo suficientemente voluminosos como para ser agitados por la brisa de verano y, cuando se movían, las luces rojas, azules y amarillas pasaban unas sobre otras, tiñendo un centímetro de la tierra marrón que había debajo con una mancha del más intrincado color. La luz caía o bien sobre el liso y gris lomo de un guijarro, o bien sobre la concha de un caracol con sus venas marrones y circulares, o bien, cayendo en una gota de lluvia, expandía con tal intensidad de rojo, azul y amarillo las delgadas paredes de agua que uno esperaba que reventaran y desaparecieran. En cambio, la gota volvió a quedar en un gris plateado por segunda vez, y la luz se posó ahora sobre la carne de una hoja, revelando el hilo ramificado de la fibra bajo la superficie, y de nuevo avanzó y extendió su iluminación en los vastos espacios verdes bajo la cúpula de las hojas en forma de corazón y de lengua. Luego, la brisa se agitó con más fuerza en lo alto y el color se proyectó en el aire, en los ojos de los hombres y mujeres que pasean por los Jardines de Kew en julio.

Las figuras de estos hombres y mujeres pasaban rezagadas por el parterre con un movimiento curiosamente irregular, no muy diferente al de las mariposas blancas y azules que cruzaban el césped en vuelos en zigzag, de lecho en lecho. El hombre iba unas seis pulgadas delante de la mujer, paseando despreocupadamente, mientras ella seguía adelante con mayor propósito, sólo volviendo la cabeza de vez en cuando para ver que los niños no estaban demasiado lejos. El hombre mantenía esta distancia frente a la mujer a propósito, aunque quizás inconscientemente, pues deseaba seguir con sus pensamientos.

«Hace quince años vine aquí con Lily», pensó. «Nos sentamos en algún lugar junto a un lago y le supliqué que se casara conmigo durante toda la calurosa tarde. ¡Cómo la libélula seguía dando vueltas a nuestro alrededor! ¡Cómo veo claramente la libélula y el zapato de ella, con la hebilla cuadrada, de plata en la punta! Todo el tiempo que yo hablaba veía su zapato y cuando este se movía con impaciencia sabía, sin levan-

say: the whole of her seemed to be in her shoe. And my love, my desire, were in the dragonfly; for some reason I thought that if it settled there, on that leaf, the broad one with the red flower in the middle of it, if the dragonfly settled on the leaf she would say «Yes» at once. But the dragonfly went round and round: it never settled anywhere—of course not, happily not, or I shouldn't be walking here with Eleanor and the children—Tell me, Eleanor. D'you ever think of the past?»

«Why do you ask, Simon?»

«Because I've been thinking of the past. I've been thinking of Lily, the woman I might have married... Well, why are you silent? Do you mind my thinking of the past?»

«Why should I mind, Simon? Doesn't one always think of the past, in a garden with men and women lying under the trees? Aren't they one's past, all that remains of it, those men and women, those ghosts lying under the trees, ... one's happiness, one's reality?»

«For me, a square silver shoe buckle and a dragonfly—»

«For me, a kiss. Imagine six little girls sitting before their easels twenty years ago, down by the side of a lake, painting the water-lilies, the first red water-lilies I'd ever seen. And suddenly a kiss, there on the back of my neck. And my hand shook all the afternoon so that I couldn't paint. I took out my watch and marked the hour when I would allow myself to think of the kiss for five minutes only—it was so precious—the kiss of an old grey-haired woman with a wart on her nose, the mother of all my kisses all my life. Come, Caroline, come, Hubert.»

They walked on past the flower-bed, now walking four abreast, and soon diminished in size among the trees and looked half transparent as the sunlight and shade swam over their backs in large trembling irregular patches.

In the oval flower bed the snail, whose shell had been stained red, blue, and yellow for the space of two minutes or so, now appeared to be moving very slightly in its shell, and next began to labour over the

tar la vista, lo que ella iba a decir: toda ella parecía estar en su zapato. Y mi amor, mi deseo, estaban en la libélula; por alguna razón pensé que si se posaba allí, en aquella hoja, la ancha con la flor roja en el centro, si la libélula se posaba en la hoja ella diría «sí» de inmediato. Pero la libélula daba vueltas y vueltas: nunca se posaba en ningún sitio... Claro que no, felizmente no, o no estaría caminando aquí con Eleanor y los niños... Dime, Eleanor. ¿Alguna vez piensas en el pasado?».

«¿Por qué lo preguntas, Simon?».

«Porque he estado pensando en el pasado. He estado pensando en Lily, la mujer con la que podría haberme casado... Pero bueno, ¿por qué estás callada? ¿Te molesta que piense en el pasado?».

«¿Por qué debería importarme, Simon? ¿No piensa uno siempre en el pasado, en un jardín con hombres y mujeres tumbados bajo los árboles? ¿No son el pasado de uno, todo lo que queda del pasado, esos hombres y mujeres, esos fantasmas que yacen bajo los árboles, ... la felicidad de uno, la realidad de uno?».

«Para mí, una hebilla de zapato cuadrada, de plata, y una libélula...».

«Para mí, un beso. Imagínate a seis niñas sentadas ante sus caballetes hace veinte años, a la orilla de un lago, pintando los nenúfares, los primeros nenúfares rojos que yo había visto. Y de repente un beso, allí en la nuca. Y mi mano tembló toda la tarde y no pude pintar. Saqué mi reloj y marqué la hora en la que me permitiría pensar en el beso sólo durante cinco minutos... era tan precioso... el beso de una vieja canosa con una verruga en la nariz, la madre de todos mis besos de toda la vida. Ven, Caroline, ven, Hubert».

Siguieron caminando más allá del parterre, ahora de a cuatro, y pronto disminuyeron su tamaño entre los árboles y parecían casi transparentes mientras la luz del sol y la sombra nadaban sobre sus espaldas, en grandes manchas irregulares y temblorosas.

En el parterre ovalado, el caracol, cuya concha se había teñido de rojo, azul y amarillo durante unos dos minutos, parecía moverse ahora muy ligeramente en su concha, y a continuación comenzó a trabajar sobre

crumbs of loose earth which broke away and rolled down as it passed over them. It appeared to have a definite goal in front of it, differing in this respect from the singular high stepping angular green insect who attempted to cross in front of it, and waited for a second with its antennæ trembling as if in deliberation, and then stepped off as rapidly and strangely in the opposite direction. Brown cliffs with deep green lakes in the hollows, flat, blade-like trees that waved from root to tip, round boulders of grey stone, vast crumpled surfaces of a thin crackling texture—all these objects lay across the snail's progress between one stalk and another to his goal. Before he had decided whether to circumvent the arched tent of a dead leaf or to breast it there came past the bed the feet of other human beings.

This time they were both men. The younger of the two wore an expression of perhaps unnatural calm; he raised his eyes and fixed them very steadily in front of him while his companion spoke, and directly his companion had done speaking he looked on the ground again and sometimes opened his lips only after a long pause and sometimes did not open them at all. The elder man had a curiously uneven and shaky method of walking, jerking his hand forward and throwing up his head abruptly, rather in the manner of an impatient carriage horse tired of waiting outside a house; but in the man these gestures were irresolute and pointless. He talked almost incessantly; he smiled to himself and again began to talk, as if the smile had been an answer. He was talking about spirits—the spirits of the dead, who, according to him, were even now telling him all sorts of odd things about their experiences in Heaven.

«Heaven was known to the ancients as Thessaly, William, and now, with this war, the spirit matter is rolling between the hills like thunder.» He paused, seemed to listen, smiled, jerked his head and continued:—

«You have a small electric battery and a piece of rubber to insulate the wire—isolate?—insulate?—well, we'll skip the details, no good going into details that wouldn't be understood—and in short the little machine stands in any convenient position by the head of the bed, we will say, on a neat mahogany stand. All arrangements being properly fixed by workmen under my direction, the widow applies her ear and

las migajas de tierra suelta que se desprendían y rodaban, al pasar sobre ellas. Parecía tener un objetivo definido frente a él, diferenciándose en este aspecto del singular insecto verde anguloso de gran altura que intentó cruzar frente a él, y esperó un segundo con sus antenas temblando como si estuviera deliberando, y luego se alejó tan rápida y extrañamente en la dirección opuesta. Acantilados marrones con profundos lagos verdes en las hondonadas, árboles planos con forma de hoja que se agitaban desde la raíz hasta la punta, rocas redondas, hechas de piedra gris, vastas superficies arrugadas de una fina textura crepitante... todos estos objetos se interponían en el avance del caracol, entre un tallo y otro, hacia su meta. Antes de que se decidiera a sortear la tienda arqueada de una hoja muerta o a pecharla, pasaron por delante del lecho los pies de otros seres humanos.

Esta vez los dos eran hombres. El más joven de los dos tenía una expresión de calma quizá antinatural; levantaba los ojos y los fijaba muy firmemente frente a él mientras su compañero hablaba, y en cuanto este terminaba de hablar volvía a mirar al suelo y a veces sólo abría los labios tras una larga pausa y a veces no los abría en absoluto. El anciano tenía una forma de caminar curiosamente desigual y temblorosa, sacudiendo la mano hacia delante y levantando la cabeza bruscamente, más bien a la manera de un impaciente caballo de carruaje cansado de esperar fuera de una casa; pero en él estos gestos eran irresolutos y carecían de sentido. Hablaba casi sin cesar; sonreía para sí mismo y volvía a hablar, como si la sonrisa hubiera sido una respuesta. Hablaba de espíritus... de los espíritus de los muertos, que, según él, incluso ahora le estaban contando todo tipo de cosas extrañas sobre sus experiencias en el Cielo.

«El cielo era conocido por los antiguos como Tesalia, William, y ahora, con esta guerra, la materia espiritual está rodando entre las colinas como un trueno». Hizo una pausa, pareció escuchar, sonrió, sacudió la cabeza y continuó...

«Tiene una pequeña batería eléctrica y un trozo de goma para aislar el cable... ¿aislar?... ¿insular?... bueno, nos saltaremos los detalles, no es bueno entrar en detalles que no se entenderían... y en resumen la maquinita se coloca en cualquier posición conveniente junto a la cabecera de la cama, digamos, en un pulcro soporte de caoba. Una vez que todos los preparativos han sido debidamente arreglados por obreros bajo

summons the spirit by sign as agreed. Women! Widows! Women in black——»

Here he seemed to have caught sight of a woman's dress in the distance, which in the shade looked a purple black. He took off his hat, placed his hand upon his heart, and hurried towards her muttering and gesticulating feverishly. But William caught him by the sleeve and touched a flower with the tip of his walking-stick in order to divert the old man's attention. After looking at it for a moment in some confusion the old man bent his ear to it and seemed to answer a voice speaking from it, for he began talking about the forests of Uruguay which he had visited hundreds of years ago in company with the most beautiful young woman in Europe. He could be heard murmuring about forests of Uruguay blanketed with the wax petals of tropical roses, nightingales, sea beaches, mermaids, and women drowned at sea, as he suffered himself to be moved on by William, upon whose face the look of stoical patience grew slowly deeper and deeper.

Following his steps so closely as to be slightly puzzled by his gestures came two elderly women of the lower middle class, one stout and ponderous, the other rosy cheeked and nimble. Like most people of their station they were frankly fascinated by any signs of eccentricity betokening a disordered brain, especially in the well-to-do; but they were too far off to be certain whether the gestures were merely eccentric or genuinely mad. After they had scrutinised the old man's back in silence for a moment and given each other a queer, sly look, they went on energetically piecing together their very complicated dialogue:

«Nell, Bert, Lot, Cess, Phil, Pa, he says, I says, she says, I says, I says, I says——»

«My Bert, Sis, Bill, Grandad, the old man, sugar,

Sugar, flour, kippers, greens,

Sugar, sugar, sugar.»

mi dirección, la viuda aplica su oído y convoca al espíritu por medio de una señal, tal como se había convenido. ¡Mujeres! ¡Viudas! ¡Mujeres de luto...!».

Aquí le pareció divisar a lo lejos un vestido de mujer, que en la sombra parecía de un negro púrpura. Se quitó el sombrero, se puso la mano en el corazón y se precipitó hacia ella murmurando y gesticulando febrilmente. Pero William le cogió por la manga y tocó una flor con la punta de su bastón para desviar la atención del anciano. Después de mirarla por un momento con cierta confusión, el anciano inclinó el oído hacia la flor y pareció responder a una voz que hablaba desde ella, pues comenzó a hablar de los bosques de Uruguay que había visitado cientos de años atrás en compañía de la joven más bella de Europa. Se le oía murmurar sobre los bosques de Uruguay cubiertos con los pétalos de cera de las rosas tropicales, los ruiseñores, las playas marinas, las sirenas y las mujeres ahogadas en el mar, mientras se dejaba llevar por William, en cuyo rostro la mirada de paciencia estoica se hacía cada vez más profunda.

Siguiendo sus pasos muy de cerca, como para quedar ligeramente desconcertadas por sus gestos, llegaron dos ancianas de clase media baja, una corpulenta y pesada, la otra de mejillas sonrosadas y ágil. Como la mayoría de la gente de su posición, estaban francamente fascinadas por cualquier signo de excentricidad que delatara un cerebro desordenado, especialmente en la gente acomodada; pero estaban demasiado lejos como para estar seguras de si los gestos eran meramente excéntricos o genuinamente locos. Después de escudriñar la espalda del anciano en silencio durante un momento y de mirarse mutuamente de forma extraña y maliciosa, prosiguieron con energía su complicadísimo diálogo:

«Nell, Bert, Lot, Cess, Phil, Pa, él dice, yo digo, ella dice, yo digo, yo digo, yo digo...».

«Mi Bert, Sis, Bill, el abuelo, el viejo, el azúcar,

Azúcar, harina, arenques, verduras,

Azúcar, azúcar, azúcar».

The ponderous woman looked through the pattern of falling words at the flowers standing cool, firm, and upright in the earth, with a curious expression. She saw them as a sleeper waking from a heavy sleep sees a brass candlestick reflecting the light in an unfamiliar way, and closes his eyes and opens them, and seeing the brass candlestick again, finally starts broad awake and stares at the candlestick with all his powers. So the heavy woman came to a standstill opposite the oval-shaped flower bed, and ceased even to pretend to listen to what the other woman was saying. She stood there letting the words fall over her, swaying the top part of her body slowly backwards and forwards, looking at the flowers. Then she suggested that they should find a seat and have their tea.

The snail had now considered every possible method of reaching his goal without going round the dead leaf or climbing over it. Let alone the effort needed for climbing a leaf, he was doubtful whether the thin texture which vibrated with such an alarming crackle when touched even by the tip of his horns would bear his weight; and this determined him finally to creep beneath it, for there was a point where the leaf curved high enough from the ground to admit him. He had just inserted his head in the opening and was taking stock of the high brown roof and was getting used to the cool brown light when two other people came past outside on the turf. This time they were both young, a young man and a young woman. They were both in the prime of youth, or even in that season which precedes the prime of youth, the season before the smooth pink folds of the flower have burst their gummy case, when the wings of the butterfly, though fully grown, are motionless in the sun.

«Lucky it isn't Friday,» he observed.

«Why? D'you believe in luck?»

«They make you pay sixpence on Friday.»

«What's sixpence anyway? Isn't it worth sixpence?»

«What's 'it'—what do you mean by 'it'?»

«O, anything—I mean—you know what I mean.»

La pesada mujer miró a través del entramado de palabras que caían sobre las flores —que se mantenían frescas, firmes y erguidas en la tierra— con una expresión curiosa. Ella las vio como un durmiente que se despierta de un sueño pesado, ve un candelabro de bronce que refleja la luz de una manera desconocida, y cierra los ojos y los abre, y al ver el candelabro de bronce de nuevo, finalmente comienza a despertarse por completo y mira el candelabro con plena consciencia. Así que la pesada mujer se detuvo frente al parterre ovalado y dejó incluso de fingir que escuchaba lo que la otra mujer decía. Se quedó de pie, dejando que las palabras cayeran sobre ella, balanceando la parte superior de su cuerpo lentamente hacia delante y hacia atrás, mirando las flores. Luego sugirió que buscaran un asiento y tomaran el té.

El caracol había considerado ahora todos los métodos posibles para alcanzar su objetivo sin rodear la hoja muerta ni trepar por ella. Más allá del esfuerzo necesario para trepar por una hoja, dudaba de que la delgada textura que vibraba con un crujido tan alarmante al ser tocada incluso por la punta de sus cuernos soportara su peso; y esto le determinó finalmente a arrastrarse por debajo de ella, pues había un punto en el que la hoja se curvaba lo suficientemente alto del suelo como para permitirle el paso. Acababa de introducir la cabeza en esta abertura y estaba observando el alto techo marrón y acostumbrándose a la fresca luz marrón cuando otras dos personas pasaron por el césped. Esta vez eran jóvenes, un hombre y una mujer jóvenes. Ambos estaban en la flor de la juventud, o incluso en ese estadio que precede a la flor de la juventud, el estadio antes de que los suaves pliegues rosados de la flor hayan reventado su funda gomosa, cuando las alas de la mariposa, aunque completamente crecidas, se encuentran inmóviles al sol.

«Suerte que no es viernes», observó él.

«¿Por qué? ¿Crees en la suerte?».

«Te hacen pagar seis peniques los viernes».

«¿Qué son seis peniques? ¿No vale esto seis peniques?».

«¿Qué es «esto»... qué quieres decir con «esto»?».

«Oh, cualquier cosa... quiero decir... ya sabes lo que quiero decir».

Long pauses came between each of these remarks; they were uttered in toneless and monotonous voices. The couple stood still on the edge of the flower bed, and together pressed the end of her parasol deep down into the soft earth. The action and the fact that his hand rested on the top of hers expressed their feelings in a strange way, as these short insignificant words also expressed something, words with short wings for their heavy body of meaning, inadequate to carry them far and thus alighting awkwardly upon the very common objects that surrounded them, and were to their inexperienced touch so massive; but who knows (so they thought as they pressed the parasol into the earth) what precipices aren't concealed in them, or what slopes of ice don't shine in the sun on the other side? Who knows? Who has ever seen this before? Even when she wondered what sort of tea they gave you at Kew, he felt that something loomed up behind her words, and stood vast and solid behind them; and the mist very slowly rose and uncovered—O, Heavens, what were those shapes?— little white tables, and waitresses who looked first at her and then at him; and there was a bill that he would pay with a real two shilling piece, and it was real, all real, he assured himself, fingering the coin in his pocket, real to everyone except to him and to her; even to him it began to seem real; and then—but it was too exciting to stand and think any longer, and he pulled the parasol out of the earth with a jerk and was impatient to find the place where one had tea with other people, like other people.

«Come along, Trissie; it's time we had our tea.»

«Wherever *does* one have one's tea?» she asked with the oddest thrill of excitement in her voice, looking vaguely round and letting herself be drawn on down the grass path, trailing her parasol, turning her head this way and that way, forgetting her tea, wishing to go down there and then down there, remembering orchids and cranes among wild flowers, a Chinese pagoda and a crimson crested bird; but he bore her on.

Thus one couple after another with much the same irregular and aimless movement passed the flower-bed and were enveloped in layer after layer of green blue vapour, in which at first their bodies had substance and a dash of colour, but later both substance and colour dissolved in the green-blue atmosphere. How hot it was! So

Entre cada uno de estos comentarios se producían largas pausas; fueron pronunciados con voces monótonas y sin tono. La pareja se quedó quieta al borde del parterre, y juntos presionaron el extremo de la sombrilla de ella en la suave tierra. La acción y el hecho de que la mano de él se apoyara en la parte superior de la de ella expresaban sus sentimientos de una manera extraña, como también expresaban algo esas cortas e insignificantes palabras, palabras con alas cortas para su pesado cuerpo de significado, inadecuadas para llevarlas lejos y que, por tanto, se posaban torpemente sobre los objetos tan comunes que los rodeaban y que eran para su inexperto tacto tan macizos; pero ¿quién sabe (así lo pensaron mientras presionaban la sombrilla contra la tierra) qué precipicios no se esconden en ellos, o qué laderas de hielo no brillan al sol del otro lado? ¿Quién lo sabe? ¿Quién ha visto esto antes? Incluso cuando ella se preguntaba qué clase de té te daban en Kew, él sintió que algo se cernía detrás de sus palabras, y se erigía vasto y sólido tras ellas; y la niebla se elevaba muy lentamente y se descubría... Oh, cielos, ¿qué eran esas formas?... mesitas blancas, y camareras que la miraban primero a ella y luego a él; y había una cuenta que él pagaría con una real moneda de dos chelines, y era real, toda real, se aseguraba a sí mismo, tocando la moneda en su bolsillo, real para todos menos para él y para ella; incluso para él empezaba a parecer real; y entonces... pero todo era demasiado emocionante como para quedarse parado y pensar más tiempo, y sacó la sombrilla de la tierra de un tirón y se impacientó para encontrar el lugar donde se tomaba el té con otras personas, como otras personas.

«Ven, Trissie; es hora de que tomemos el té».

«¿Dónde *toma* uno el té?», preguntó ella con una extraña emoción en la voz, mirando vagamente a su alrededor y dejándose arrastrar por el sendero de hierba, arrastrando su sombrilla, girando la cabeza hacia un lado y otro, olvidando su té, deseando bajar por allí y luego por allí, recordando orquídeas y grullas entre flores silvestres, una pagoda china y un pájaro de cresta carmesí; pero él la llevó hacia delante.

Así, una pareja tras otra, con el mismo movimiento irregular y sin rumbo, pasó por el parterre y se vio envuelta en una capa tras otra de vapor verde azulado, en el que al principio sus cuerpos tenían sustancia y una pizca de color, pero después tanto la sustancia como el color se disolvieron en la atmósfera verde azulada. ¡Qué calor hacía! Tanto calor

hot that even the thrush chose to hop, like a mechanical bird, in the shadow of the flowers, with long pauses between one movement and the next; instead of rambling vaguely the white butterflies danced one above another, making with their white shifting flakes the outline of a shattered marble column above the tallest flowers; the glass roofs of the palm house shone as if a whole market full of shiny green umbrellas had opened in the sun; and in the drone of the aeroplane the voice of the summer sky murmured its fierce soul. Yellow and black, pink and snow white, shapes of all these colours, men, women, and children were spotted for a second upon the horizon, and then, seeing the breadth of yellow that lay upon the grass, they wavered and sought shade beneath the trees, dissolving like drops of water in the yellow and green atmosphere, staining it faintly with red and blue. It seemed as if all gross and heavy bodies had sunk down in the heat motionless and lay huddled upon the ground, but their voices went wavering from them as if they were flames lolling from the thick waxen bodies of candles. Voices. Yes, voices. Wordless voices, breaking the silence suddenly with such depth of contentment, such passion of desire, or, in the voices of children, such freshness of surprise; breaking the silence? But there was no silence; all the time the motor omnibuses were turning their wheels and changing their gear; like a vast nest of Chinese boxes all of wrought steel turning ceaselessly one within another the city murmured; on the top of which the voices cried aloud and the petals of myriads of flowers flashed their colours into the air.

que hasta el tordo eligió saltar, como un pájaro mecánico, a la sombra de las flores, con largas pausas entre un movimiento y el siguiente; en lugar de excursionar vagamente, las mariposas blancas danzaban unas sobre otras, marcando, con sus copos blancos y cambiantes, el contorno de una columna de mármol destrozada sobre las flores más altas; los techos de cristal de la casa de las palmeras brillaban como si todo un mercado lleno de brillantes paraguas verdes se hubiera abierto al sol; y en el zumbido del avión la voz del cielo de verano murmuraba su alma feroz. Amarillas y negras, rosadas y blancas como la nieve, formas de todos estos colores, hombres, mujeres y niños se divisaron por un segundo en el horizonte, y luego, al ver la amplitud del amarillo que se extendía sobre la hierba, vacilaron y buscaron la sombra bajo los árboles, disolviéndose como gotas de agua en la atmósfera amarilla y verde, tiñéndola débilmente de rojo y azul. Parecía que todos los cuerpos gruesos y pesados se habían hundido en el calor inmóviles y yacían acurrucados en el suelo, pero sus voces se alejaban de ellos como si fueran llamas que se desprenden de los gruesos cuerpos encerados de las velas. Voces. Sí, voces. Voces sin palabras, rompiendo el silencio de repente con tal profundidad de satisfacción, tal pasión de deseo, o, en las voces de los niños, tal frescura de sorpresa; ¿rompiendo el silencio? Pero no había silencio; todo el tiempo los omnibuses giraban sus ruedas y cambiaban de marcha; como un vasto nido de cajas chinas, todas de acero forjado, girando incesantemente una dentro de otra, la ciudad murmuraba; en la cima de la cual las voces gritaban en voz alta y los pétalos de miríadas de flores destellaban sus colores en el aire.

Perhaps it was the middle of January in the present year that I first looked up and saw the mark on the wall. In order to fix a date it is necessary to remember what one saw. So now I think of the fire; the steady film of yellow light upon the page of my book; the three chrysanthemums in the round glass bowl on the mantelpiece. Yes, it must have been the winter time, and we had just finished our tea, for I remember that I was smoking a cigarette when I looked up and saw the mark on the wall for the first time. I looked up through the smoke of my cigarette and my eye lodged for a moment upon the burning coals, and that old fancy of the crimson flag flapping from the castle tower came into my mind, and I thought of the cavalcade of red knights riding up the side of the black rock. Rather to my relief the sight of the mark interrupted the fancy, for it is an old fancy, an automatic fancy, made as a child perhaps. The mark was a small round mark, black upon the white wall, about six or seven inches above the mantelpiece.

How readily our thoughts swarm upon a new object, lifting it a little way, as ants carry a blade of straw so feverishly, and then leave it... If that mark was made by a nail, it can't have been for a picture, it must have been for a miniature—the miniature of a lady with white powdered curls, powder-dusted cheeks, and lips like red carnations. A fraud of course, for the people who had this house before us would have chosen pictures in that way—an old picture for an old room. That is the sort of people they were—very interesting people, and I think of them so often, in such queer places, because one will never see them again, never know what happened next. They wanted to leave this house because they wanted to change their style of furniture, so he said, and he was in process of saying that in his opinion art should have ideas behind it when we were torn asunder, as one is torn from the old lady about to pour out tea and the young man about to hit the tennis ball in the back garden of the suburban villa as one rushes past in the train.

But as for that mark, I'm not sure about it; I don't believe it was made by a nail after all; it's too big, too round, for that. I might get up, but if I got up and looked at it, ten to one I shouldn't be able to say for

LA MARCA EN LA PARED

Quizás fue a mediados de enero del presente año cuando levanté la vista por primera vez y vi la marca en la pared. Para fijar una fecha es necesario recordar lo que una vio. Así que ahora pienso en el fuego, en la película constante de luz amarilla sobre la página de mi libro, en los tres crisantemos en el cuenco de cristal redondo sobre la repisa de la chimenea. Sí, debía de ser invierno y acabábamos de terminar el té, porque recuerdo que estaba fumando un cigarrillo cuando levanté la vista y vi por primera vez la marca en la pared. Levanté la vista a través del humo de mi cigarrillo y mis ojos se posaron por un momento en las brasas ardientes, y me vino a la mente aquella vieja fantasía de la bandera carmesí ondeando desde la torre del castillo, y pensé en la cabalgata de caballeros de rojo subiendo por la ladera de la roca negra. Para mi alivio, la visión de la marca interrumpió la fantasía, ya que se trata de una vieja fantasía, una fantasía automática, hecha tal vez de niña. La marca era una pequeña marca redonda, negra sobre la pared blanca, a unos quince o veinte centímetros por encima de la repisa de la chimenea.

Con qué facilidad nuestros pensamientos pululan sobre un nuevo objeto, elevándolo un poco, como las hormigas llevan una brizna de paja tan febrilmente, y luego la dejan... Si esa marca fue hecha por un clavo, no puede haber sido para un cuadro, debe haber sido para una miniatura... la miniatura de una dama con rizos blancos empolvados, mejillas maquilladas y labios como claveles rojos. Un fraude, por supuesto, ya que las personas que tenían esta casa antes que nosotros habrían elegido los cuadros de esa manera... un cuadro antiguo para una habitación antigua. Esa es la clase de gente que era... gente muy interesante, y pienso en ellos tan a menudo, en lugares tan extraños, porque una nunca los volverá a ver, nunca sabrá lo que pasó después. Querían dejar esta casa porque querían cambiar su estilo de mobiliario, así lo dijo él, y estaba en proceso de decir que, en su opinión, el arte debería tener ideas detrás cuando nos separamos, como una se separa de la anciana que está a punto de servir el té y del joven que está a punto de golpear la pelota de tenis en el jardín trasero de la villa suburbana cuando uno pasa velozmente en el tren.

Pero en cuanto a esa marca, no estoy segura; no creo que haya sido hecha por un clavo, después de todo; es demasiado grande, demasiado redonda como para eso. Podría levantarme, pero si me levantara y

certain; because once a thing's done, no one ever knows how it happened. Oh! dear me, the mystery of life; The inaccuracy of thought! The ignorance of humanity! To show how very little control of our possessions we have—what an accidental affair this living is after all our civilization—let me just count over a few of the things lost in one lifetime, beginning, for that seems always the most mysterious of losses—what cat would gnaw, what rat would nibble—three pale blue canisters of book-binding tools? Then there were the bird cages, the iron hoops, the steel skates, the Queen Anne coal-scuttle, the bagatelle board, the hand organ—all gone, and jewels, too. Opals and emeralds, they lie about the roots of turnips. What a scraping paring affair it is to be sure! The wonder is that I've any clothes on my back, that I sit surrounded by solid furniture at this moment. Why, if one wants to compare life to anything, one must liken it to being blown through the Tube at fifty miles an hour—landing at the other end without a single hairpin in one's hair! Shot out at the feet of God entirely naked! Tumbling head over heels in the asphodel meadows like brown paper parcels pitched down a shoot in the post office! With one's hair flying back like the tail of a race-horse. Yes, that seems to express the rapidity of life, the perpetual waste and repair; all so casual, all so haphazard...

But after life. The slow pulling down of thick green stalks so that the cup of the flower, as it turns over, deluges one with purple and red light. Why, after all, should one not be born there as one is born here, helpless, speechless, unable to focus one's eyesight, groping at the roots of the grass, at the toes of the Giants? As for saying which are trees, and which are men and women, or whether there are such things, that one won't be in a condition to do for fifty years or so. There will be nothing but spaces of light and dark, intersected by thick stalks, and rather higher up perhaps, rose-shaped blots of an indistinct colour—dim pinks and blues—which will, as time goes on, become more definite, become—I don't know what...

And yet that mark on the wall is not a hole at all. It may even be caused by some round black substance, such as a small rose leaf, left over from the summer, and I, not being a very vigilant housekeeper—

la mirara, apostaría diez contra uno que no podría asegurar lo que es; porque una vez que una cosa está hecha, nadie sabe nunca cómo sucedió. ¡Oh querido, el misterio de la vida!; ¡la inexactitud del pensamiento! ¡La ignorancia de la humanidad! Para mostrar lo poco que controlamos nuestras posesiones... qué asunto accidental es este vivir después de toda nuestra civilización... permítanme contar algunas de las cosas que se pierden en una vida, empezando, porque eso parece siempre la más misteriosa de las pérdidas... ¿qué gato roería, qué rata mordisquearía... tres cajas azul pálido de herramientas de encuadernación? Luego estaban las jaulas de los pájaros, los aros de hierro, los patines de acero, la carbonera de la Reina Ana, la tabla de bagatelas, el órgano de mano... todo ha desaparecido, y también las joyas. Los ópalos y las esmeraldas, yacen sobre las raíces de los nabos. ¡Es asunto de hurgar, sin duda! Lo maravilloso es que tengo algo de ropa en la espalda, que me siento rodeada de muebles sólidos en este momento. Si se quiere comparar la vida con algo, hay que compararla con el hecho de que te hagan volar por el subterráneo a cincuenta millas por hora... ¡y aterrizar en el otro extremo sin una sola horquilla en el pelo! ¡Salir disparada a los pies de Dios completamente desnuda! Caer de cabeza en las praderas de asfódelos como paquetes de papel marrón arrojados en la oficina de correos. Con el pelo volando hacia atrás como la cola de un caballo de carreras. Sí, eso parece expresar la rapidez de la vida, el perpetuo desperdicio y reparación; todo tan casual, todo tan azaroso...

Pero después de la vida. El lento derribo de los gruesos tallos verdes para que la copa de la flor, al volcarse, lo inundara a una de luz púrpura y roja. ¿Por qué, después de todo, no habría de nacer una allí como nace aquí, indefensa, sin palabras, incapaz de enfocar la vista, tanteando las raíces de la hierba, los dedos de los Gigantes? En cuanto a decir cuáles son los árboles, y cuáles son los hombres y las mujeres, o si existen tales cosas, eso no estará una en condiciones de hacerlo hasta dentro de unos cincuenta años. No habrá más que espacios de luz y oscuridad, entrecruzados por gruesos tallos, y un poco más arriba quizás, manchas en forma de rosa de un color indistinto... rosas y azules tenues... que, con el paso del tiempo, se volverán más definidos, se convertirán en... no sé qué...

Y, sin embargo, esa marca en la pared no es en absoluto un agujero. Incluso puede ser causada por alguna sustancia negra y redonda, como una pequeña hoja de rosa, que haya quedado del verano, y yo, que no soy

look at the dust on the mantelpiece, for example, the dust which, so they say, buried Troy three times over, only fragments of pots utterly refusing annihilation, as one can believe.

The tree outside the window taps very gently on the pane... I want to think quietly, calmly, spaciously, never to be interrupted, never to have to rise from my chair, to slip easily from one thing to another, without any sense of hostility, or obstacle. I want to sink deeper and deeper, away from the surface, with its hard separate facts. To steady myself, let me catch hold of the first idea that passes... Shakespeare... Well, he will do as well as another. A man who sat himself solidly in an arm-chair, and looked into the fire, so—A shower of ideas fell perpetually from some very high Heaven down through his mind. He leant his forehead on his hand, and people, looking in through the open door,—for this scene is supposed to take place on a summer's evening—But how dull this is, this historical fiction! It doesn't interest me at all. I wish I could hit upon a pleasant track of thought, a track indirectly reflecting credit upon myself, for those are the pleasantest thoughts, and very frequent even in the minds of modest mouse-coloured people, who believe genuinely that they dislike to hear their own praises. They are not thoughts directly praising oneself; that is the beauty of them; they are thoughts like this:

«And then I came into the room. They were discussing botany. I said how I'd seen a flower growing on a dust heap on the site of an old house in Kingsway. The seed, I said, must have been sown in the reign of Charles the First. What flowers grew in the reign of Charles the First?» I asked—(but I don't remember the answer). Tall flowers with purple tassels to them perhaps. And so it goes on. All the time I'm dressing up the figure of myself in my own mind, lovingly, stealthily, not openly adoring it, for if I did that, I should catch myself out, and stretch my hand at once for a book in self-protection. Indeed, it is curious how instinctively one protects the image of oneself from idolatry or any other handling that could make it ridiculous, or too unlike the original to be believed in any longer. Or is it not so very curious after all? It is a matter of great importance. Suppose the looking glass smashes, the image disappears, and the romantic figure with the green of forest depths all about it is there no longer,

un ama de casa muy atenta... miren el polvo de la repisa de la chimenea, por ejemplo, el polvo que, según dicen, enterró a Troya tres veces, sólo fragmentos de cerámica que se niegan totalmente a la aniquilación, tal y como una puede creerlo.

El árbol que está fuera de la ventana golpea muy suavemente el cristal... quiero pensar en silencio, con calma, con amplitud, no ser nunca interrumpida, no tener que levantarme de mi silla, deslizarme fácilmente de una cosa a otra, sin ninguna sensación de hostilidad, ni de obstáculo. Quiero hundirme más y más, lejos de la superficie, con sus duros hechos separados. Para estabilizarme, déjenme agarrar la primera idea que pase... Shakespeare... lo hará tan bien como cualquier otra. Un hombre que se sentó sólidamente en un sillón, y miró al fuego, así... Una lluvia de ideas caía perpetuamente desde algún cielo muy alto sobre su mente. Apoyó la frente en la mano, y la gente, mirando a través de la puerta abierta... porque se supone que esta escena tiene lugar en una tarde de verano... ¡Pero qué aburrida es esta ficción histórica! No me interesa en absoluto. Me gustaría poder dar con una pista de pensamiento agradable, una pista que refleje indirectamente el crédito sobre mí misma, porque esos son los pensamientos más agradables, y muy frecuentes incluso en las mentes de las personas modestas de color ratón, que creen sinceramente que no les gusta escuchar elogios sobre sí mismas. No son pensamientos que alaben directamente a una misma; esa es la belleza de ellos; son pensamientos como este:

«Y entonces entré en la habitación. Estaban discutiendo sobre botánica. Dije que había visto una flor que crecía en un montón de polvo en el sitio de una vieja casa en Kingsway. La semilla, dije, debió ser sembrada en el reinado de Carlos I. ¿Qué flores crecían en el reinado de Carlos I?», pregunté... (pero no recuerdo la respuesta). Flores altas con borlas de color púrpura, tal vez. Y así sucesivamente. Todo el tiempo estoy vistiendo la figura de mí misma en mi propia mente, amorosamente, con sigilo, sin adorarla abiertamente, porque si lo hiciera, me descubriría a mí misma, y extendería mi mano de inmediato para un libro de autoprotección. En efecto, es curioso cómo una protege instintivamente la imagen de sí misma de la idolatría o de cualquier otra manipulación que pudiera hacerla ridícula, o demasiado diferente del original para seguir creyendo en ella. ¿O no es tan curioso después de todo? Es una cuestión de gran importancia. Supongamos que el espejo se rompe, que la imagen desaparece y que la figura romántica con el verde de las

but only that shell of a person which is seen by other people—what an airless, shallow, bald, prominent world it becomes! A world not to be lived in. As we face each other in omnibuses and underground railways we are looking into the mirror; that accounts for the vagueness, the gleam of glassiness, in our eyes. And the novelists in future will realize more and more the importance of these reflections, for of course there is not one reflection but an almost infinite number; those are the depths they will explore, those the phantoms they will pursue, leaving the description of reality more and more out of their stories, taking a knowledge of it for granted, as the Greeks did and Shakespeare perhaps—but these generalizations are very worthless. The military sound of the word is enough. It recalls leading articles, cabinet ministers—a whole class of things indeed which as a child one thought the thing itself, the standard thing, the real thing, from which one could not depart save at the risk of nameless damnation. Generalizations bring back somehow Sunday in London, Sunday afternoon walks, Sunday luncheons, and also ways of speaking of the dead, clothes, and habits—like the habit of sitting all together in one room until a certain hour, although nobody liked it. There was a rule for everything. The rule for tablecloths at that particular period was that they should be made of tapestry with little yellow compartments marked upon them, such as you may see in photographs of the carpets in the corridors of the royal palaces. Tablecloths of a different kind were not real tablecloths. How shocking, and yet how wonderful it was to discover that these real things, Sunday luncheons, Sunday walks, country houses, and tablecloths were not entirely real, were indeed half phantoms, and the damnation which visited the disbeliever in them was only a sense of illegitimate freedom. What now takes the place of those things I wonder, those real standard things? Men perhaps, should you be a woman; the masculine point of view which governs our lives, which sets the standard, which establishes Whitaker's Table of Precedency, which has become, I suppose, since the war half a phantom to many men and women, which soon, one may hope, will be laughed into the dustbin where the phantoms go, the mahogany sideboards and the Landseer prints, Gods and Devils, Hell and so forth, leaving us all with an intoxicating sense of illegitimate freedom—if freedom exists...

profundidades del bosque a su alrededor ya no está ahí, sino sólo esa cáscara de persona que es vista por otras personas... ¡en qué mundo sin aire, superficial, calvo y prominente se convierte! Un mundo en el que no se puede vivir. Cuando nos enfrentamos en los omnibuses y en los ferrocarriles subterráneos, nos miramos en el espejo; eso explica la vaguedad, el brillo de la vidriera, en nuestros ojos. Y los novelistas en el futuro se darán cuenta cada vez más de la importancia de estos reflejos, porque por supuesto no hay un solo reflejo sino un número casi infinito; esas son las profundidades que explorarán, esos los fantasmas que perseguirán, dejando la descripción de la realidad cada vez más fuera de sus historias, dando por sentado un conocimiento de la misma, como hicieron los griegos y Shakespeare tal vez... pero estas generalizaciones son muy poco valiosas. El sonido militar de la palabra es suficiente. Recuerda a los artículos principales, a los ministros del gabinete... a toda una clase de cosas que, de niña, una creía que eran la cosa en sí, la cosa estándar, la cosa real, de la que una no podía apartarse salvo a riesgo de una condenación sin nombre. Las generalizaciones nos traen de alguna manera el domingo en Londres, los paseos del domingo por la tarde, los almuerzos del domingo, y también las formas de hablar de los muertos, la ropa y las costumbres... como la costumbre de sentarse todos juntos en una habitación hasta cierta hora, aunque a nadie le gustaba. Había una regla para todo. La regla para los manteles en esa época era que debían ser de tapiz con pequeños compartimentos amarillos marcados en ellos, como los que se pueden ver en las fotografías de las alfombras de los pasillos en los palacios reales. Los manteles de otro tipo no eran verdaderos manteles. Qué chocante y, sin embargo, qué maravilloso fue descubrir que esas cosas reales, los almuerzos de domingo, los paseos de domingo, las casas de campo y los manteles, no eran del todo reales, eran de hecho medio fantasmales, y la condenación que visitaba al descreído en ellos era sólo una sensación de libertad ilegítima. ¿Qué ocupa ahora el lugar de esas cosas, me pregunto, de esas cosas estándar, reales? El punto de vista masculino que gobierna nuestras vidas, que marca la pauta, que establece la *Tabla de Precedencia* de Whitaker, que se ha convertido, supongo, desde la guerra en una especie de fantasma para muchos hombres y mujeres, que pronto, esperemos, será arrojado al cubo de la basura donde van los fantasmas, los aparadores de caoba y los grabados de Landseer, los Dioses y los Demonios, el Infierno y demás, dejándonos a todos con una embriagadora sensación de libertad ilegítima... si es que la libertad existe...

In certain lights that mark on the wall seems actually to project from the wall. Nor is it entirely circular. I cannot be sure, but it seems to cast a perceptible shadow, suggesting that if I ran my finger down that strip of the wall it would, at a certain point, mount and descend a small tumulus, a smooth tumulus like those barrows on the South Downs which are, they say, either tombs or camps. Of the two I should prefer them to be tombs, desiring melancholy like most English people, and finding it natural at the end of a walk to think of the bones stretched beneath the turf... There must be some book about it. Some antiquary must have dug up those bones and given them a name... What sort of a man is an antiquary, I wonder? Retired Colonels for the most part, I daresay, leading parties of aged labourers to the top here, examining clods of earth and stone, and getting into correspondence with the neighbouring clergy, which, being opened at breakfast time, gives them a feeling of importance, and the comparison of arrow-heads necessitates cross-country journeys to the county towns, an agreeable necessity both to them and to their elderly wives, who wish to make plum jam or to clean out the study, and have every reason for keeping that great question of the camp or the tomb in perpetual suspension, while the Colonel himself feels agreeably philosophic in accumulating evidence on both sides of the question. It is true that he does finally incline to believe in the camp; and, being opposed, indites a pamphlet which he is about to read at the quarterly meeting of the local society when a stroke lays him low, and his last conscious thoughts are not of wife or child, but of the camp and that arrowhead there, which is now in the case at the local museum, together with the foot of a Chinese murderess, a handful of Elizabethan nails, a great many Tudor clay pipes, a piece of Roman pottery, and the wine-glass that Nelson drank out of—proving I really don't know what.

No, no, nothing is proved, nothing is known. And if I were to get up at this very moment and ascertain that the mark on the wall is really—what shall we say?—the head of a gigantic old nail, driven in two hundred years ago, which has now, owing to the patient attrition of many generations of housemaids, revealed its head above the coat of paint, and is taking its first view of modern life in the sight of a white-walled fire-lit room, what should I gain?—Knowledge? Matter for further speculation? I can think sitting still as well as standing up. And what is knowledge? What are our learned men save the descendants

Bajo ciertas luces, esa marca en la pared parece realmente proyectarse desde la pared. Tampoco es totalmente circular. No puedo estar segura, pero parece proyectar una sombra perceptible, lo que sugiere que si pasara mi dedo por esa franja de la pared, en cierto punto subiría y bajaría un pequeño túmulo, un túmulo liso como esos túmulos de los South Downs que son, según dicen, tumbas o campamentos. De los dos preferiría que fueran tumbas, deseando la melancolía como la mayoría de los ingleses, y encontrando natural al final de un paseo pensar en los huesos extendidos bajo el césped... Debe haber algún libro al respecto. Algún anticuario debe haber desenterrado esos huesos y haberles dado un nombre... ¿Qué clase de hombre es un anticuario?, me pregunto. Me atrevo a decir que la mayor parte de los coroneles retirados dirigen grupos de ancianos trabajadores a la cima, examinando terrones de tierra y piedra, y entablando correspondencia con el monasterio vecino, que, al abrirse a la hora del desayuno, les da una sensación de importancia, y la comparación de puntas de flecha hace necesarios los viajes a campo traviesa hacia las ciudades del condado, una necesidad agradable tanto para ellos como para sus ancianas esposas, que desean hacer mermelada de ciruela o limpiar el estudio, y tienen todas las razones para mantener la gran cuestión del campamento o la tumba en perpetua suspensión, mientras el propio coronel se siente agradablemente filosófico al acumular pruebas en ambos lados de la cuestión. Es cierto que finalmente él se inclina por creer en el campamento; y, al oponerse, escribe un panfleto que está a punto de leer en la reunión trimestral de la sociedad local, cuando un ataque lo abate, y sus últimos pensamientos conscientes no son sobre la esposa o el hijo, sino sobre el campamento y esa punta de flecha, que ahora está en la vitrina del museo local, junto con el pie de una asesina china, un puñado de clavos isabelinos, un gran número de pipas de arcilla Tudor, un trozo de cerámica romana, y la copa de vino de la que Nelson bebió... demostrando no sé qué.

No, no, nada está probado, nada se sabe. Y si me levantara en este mismo momento y comprobara que la marca en la pared es realmente... ¿cómo decirlo?... la cabeza de un gigantesco clavo viejo, clavado hace doscientos años, que ahora, debido al paciente desgaste de muchas generaciones de criadas, ha asomado su cabeza por encima de la capa de pintura, y está teniendo su primera visión de la vida moderna a la vista de una habitación de paredes blancas iluminada por el fuego, ¿qué ganaría?... ¿Conocimiento? ¿Materia de especulación? Puedo pensar tanto sentada como de pie. ¿Y qué es el conocimiento? ¿Qué son nuestros eru-

of witches and hermits who crouched in caves and in woods brewing herbs, interrogating shrew-mice and writing down the language of the stars? And the less we honour them as our superstitions dwindle and our respect for beauty and health of mind increases... Yes, one could imagine a very pleasant world. A quiet, spacious world, with the flowers so red and blue in the open fields. A world without professors or specialists or house-keepers with the profiles of policemen, a world which one could slice with one's thought as a fish slices the water with his fin, grazing the stems of the water-lilies, hanging suspended over nests of white sea eggs... How peaceful it is down here, rooted in the centre of the world and gazing up through the grey waters, with their sudden gleams of light, and their reflections—if it were not for Whitaker's Almanack—if it were not for the Table of Precedency!

I must jump up and see for myself what that mark on the wall really is—a nail, a rose-leaf, a crack in the wood?

Here is nature once more at her old game of self-preservation. This train of thought, she perceives, is threatening mere waste of energy, even some collision with reality, for who will ever be able to lift a finger against Whitaker's Table of Precedency? The Archbishop of Canterbury is followed by the Lord High Chancellor; the Lord High Chancellor is followed by the Archbishop of York. Everybody follows somebody, such is the philosophy of Whitaker; and the great thing is to know who follows whom. Whitaker knows, and let that, so Nature counsels, comfort you, instead of enraging you; and if you can't be comforted, if you must shatter this hour of peace, think of the mark on the wall.

I understand Nature's game—her prompting to take action as a way of ending any thought that threatens to excite or to pain. Hence, I suppose, comes our slight contempt for men of action—men, we assume, who don't think. Still, there's no harm in putting a full stop to one's disagreeable thoughts by looking at a mark on the wall.

Indeed, now that I have fixed my eyes upon it, I feel that I have grasped a plank in the sea; I feel a satisfying sense of reality which at once turns the two Archbishops and the Lord High Chancellor to the

ditos sino los descendientes de brujas y ermitaños que se agazapan en cuevas y bosques preparando hierbas, interrogando a ratones arpía y escribiendo el lenguaje de las estrellas? Y cuanto menos los honramos, a medida que disminuyen nuestras supersticiones y aumenta nuestro respeto por la belleza y la salud de la mente... Sí, una podría imaginar un mundo muy agradable. Un mundo tranquilo y espacioso, con las flores tan rojas y azules en los campos abiertos. Un mundo sin profesores ni especialistas ni amas de casa con perfiles de policías, un mundo que se podía rebanar con el pensamiento como un pez rebanaba el agua con su aleta, rozando los tallos de los nenúfares, colgado sobre nidos de blancos huevos de mar... Qué tranquilidad hay aquí abajo, arraigada en el centro del mundo y mirando hacia arriba a través de las aguas grises, con sus repentinos destellos de luz, y sus reflejos... si no fuera por el *Almanaque* de Whitaker... ¡si no fuera por la *Tabla de Precedencia*!

Debo saltar y ver por mí misma qué es realmente esa marca en la pared... ¿un clavo, una hoja de rosa, una grieta en la madera?

Aquí está la naturaleza una vez más en su viejo juego de auto-preservación. Esta línea de pensamiento, percibe, amenaza con un mero desperdicio de energía, incluso con una colisión con la realidad, porque ¿quién será capaz de levantar un dedo contra la *Tabla de Precedencia* de Whitaker? Al Arzobispo de Canterbury le sigue el Lord Canciller; al Lord Canciller le sigue el Arzobispo de York. Cada uno sigue a alguien, tal es la filosofía de Whitaker; y lo importante es saber quién sigue a quién. Whitaker lo sabe, y deja que eso, así lo aconseja la Naturaleza, les consuele, en lugar de enfurecerlos; y si no pueden consolarse, si debes romper esta hora de paz, piensa en la marca en la pared.

Entiendo el juego de la Naturaleza... su incitación a la acción como forma de acabar con cualquier pensamiento que amenace con excitar o doler. De ahí, supongo, nuestro ligero desprecio por los hombres de acción... hombres, suponemos, que no piensan. Sin embargo, no hay nada malo en poner fin a los pensamientos desagradables mirando una marca en la pared.

De hecho, ahora que he fijado mis ojos en esto, siento que he aferrado un tablón en el mar; siento una satisfactoria sensación de realidad que al mismo tiempo convierte a los dos Arzobispos y al Lord Canciller en

shadows of shades. Here is something definite, something real. Thus, waking from a midnight dream of horror, one hastily turns on the light and lies quiescent, worshipping the chest of drawers, worshipping solidity, worshipping reality, worshipping the impersonal world which is a proof of some existence other than ours. That is what one wants to be sure of... Wood is a pleasant thing to think about. It comes from a tree; and trees grow, and we don't know how they grow. For years and years they grow, without paying any attention to us, in meadows, in forests, and by the side of rivers—all things one likes to think about. The cows swish their tails beneath them on hot afternoons; they paint rivers so green that when a moorhen dives one expects to see its feathers all green when it comes up again. I like to think of the fish balanced against the stream like flags blown out; and of water-beetles slowly raising domes of mud upon the bed of the river. I like to think of the tree itself: first the close dry sensation of being wood; then the grinding of the storm; then the slow, delicious ooze of sap. I like to think of it, too, on winter's nights standing in the empty field with all leaves close-furled, nothing tender exposed to the iron bullets of the moon, a naked mast upon an earth that goes tumbling, tumbling, all night long. The song of birds must sound very loud and strange in June; and how cold the feet of insects must feel upon it, as they make laborious progresses up the creases of the bark, or sun themselves upon the thin green awning of the leaves, and look straight in front of them with diamond-cut red eyes... One by one the fibres snap beneath the immense cold pressure of the earth, then the last storm comes and, falling, the highest branches drive deep into the ground again. Even so, life isn't done with; there are a million patient, watchful lives still for a tree, all over the world, in bedrooms, in ships, on the pavement, lining rooms, where men and women sit after tea, smoking cigarettes. It is full of peaceful thoughts, happy thoughts, this tree. I should like to take each one separately—but something is getting in the way... Where was I? What has it all been about? A tree? A river? The Downs? Whitaker's Almanack? The fields of asphodel? I can't remember a thing. Everything's moving, falling, slipping, vanishing... There is a vast upheaval of matter. Someone is standing over me and saying—

«I'm going out to buy a newspaper.»

sombras de sombras. Aquí hay algo definitivo, algo real. Así, al despertar de un sueño de horror a medianoche, una se apresura a encender la luz y se queda quieta, adorando la cómoda con sus cajones, adorando la solidez, adorando la realidad, adorando el mundo impersonal que es una prueba de alguna existencia distinta a la nuestra. Eso es lo que una quiere tener en claro… La madera es algo agradable de pensar. Viene de un árbol; y los árboles crecen, y no sabemos cómo crecen. Durante años y años crecen, sin hacernos caso, en los prados, en los bosques y a la orilla de los ríos… todo lo que a una le gusta pensar. Las vacas agitan sus colas bajo ellas en las tardes calurosas; pintan los ríos de un color tan verde que cuando una gallina de agua se sumerge una espera ver sus plumas todas verdes cuando vuelve a salir a la superficie. Me gusta pensar en los peces en equilibrio contra la corriente como banderas desplegadas; y en los escarabajos de agua levantando lentamente cúpulas de barro sobre el lecho del río. Me gusta pensar en el propio árbol: primero la sensación de sequedad y cercanía de la madera; luego el rechinar de la tormenta; después el lento y delicioso rezumar de la savia. También me gusta pensar en ello, en las noches de invierno, de pie en el campo vacío con todas las hojas cerradas, nada tierno expuesto a las balas de hierro de la luna, un mástil desnudo sobre una tierra que va dando tumbos, tumbos, toda la noche. El canto de los pájaros debe sonar muy fuerte y extraño en junio; y qué frío deben sentir los insectos en sus pies sobre ella, mientras avanzan laboriosamente por los pliegues de la corteza, o se asolean sobre el delgado toldo verde de las hojas, y miran de frente con ojos rojos como diamantes… Una a una las fibras se quiebran bajo la inmensa presión fría de la tierra, luego llega la última tormenta y, al caer, las ramas más altas se hunden de nuevo en el suelo. Aun así, la vida no está acabada; hay un millón de vidas pacientes y vigilantes todavía para un árbol, en todo el mundo, en los dormitorios, en los barcos, en las aceras, en las habitaciones, donde hombres y mujeres se sientan después del té, fumando cigarrillos. Está lleno de pensamientos pacíficos, de pensamientos felices, este árbol. Me gustaría tomar cada uno por separado… pero algo se interpone… ¿Dónde estaba yo? ¿De qué se trata todo esto? ¿Un árbol? ¿Un río? ¿Los Downs? ¿El *Almanaque* de Whitaker? ¿Los campos de asfódelos? No puedo recordar nada. Todo se mueve, cae, se desliza, se desvanece… Hay una gran agitación de la materia. Alguien está de pie sobre mí y dice…

«Voy a salir a comprar un periódico».

«Yes?»

«Though it's no good buying newspapers... Nothing ever happens. Curse this war; God damn this war!... All the same, I don't see why we should have a snail on our wall.»

Ah, the mark on the wall! It was a snail.

«¿Sí?».

«Aunque no es bueno comprar periódicos... Nunca pasa nada. Maldita guerra; ¡maldita sea esta guerra!... De todos modos, no veo por qué debemos tener un caracol en nuestra pared».

¡Ah, la marca en la pared! Era un caracol.

Mabel had her first serious suspicion that something was wrong as she took her cloak off and Mrs. Barnet, while handing her the mirror and touching the brushes and thus drawing her attention, perhaps rather markedly, to all the appliances for tidying and improving hair, complexion, clothes, which existed on the dressing table, confirmed the suspicion—that it was not right, not quite right, which growing stronger as she went upstairs and springing at her, with conviction as she greeted Clarissa Dalloway, she went straight to the far end of the room, to a shaded corner where a looking-glass hung and looked. No! It was not right. And at once the misery which she always tried to hide, the profound dissatisfaction—the sense she had had, ever since she was a child, of being inferior to other people—set upon her, relentlessly, remorselessly, with an intensity which she could not beat off, as she would when she woke at night at home, by reading Borrow or Scott; for oh these men, oh these women, all were thinking —«What's Mabel wearing? What a fright she looks! What a hideous new dress!»—their eyelids flickering as they came up and then their lids shutting rather tight. It was her own appalling inadequacy; her cowardice; her mean, water-sprinkled blood that depressed her. And at once the whole of the room where, for ever so many hours, she had planned with the little dressmaker how it was to go, seemed sordid, repulsive; and her own drawing-room so shabby, and herself, going out, puffed up with vanity as she touched the letters on the hall table and said: «How dull!» to show off—all this now seemed unutterably silly, paltry, and provincial. All this had been absolutely destroyed, shown up, exploded, the moment she came into Mrs. Dalloway's drawing-room.

What she had thought that evening when, sitting over the teacups, Mrs. Dalloway's invitation came, was that, of course, she could not be fashionable. It was absurd to pretend it even—fashion meant cut, meant style, meant thirty guineas at least—but why not be original? Why not be herself, anyhow? And, getting up, she had taken that old fashion book of her mother's, a Paris fashion book of the time of the Empire, and had thought how much prettier, more dignified, and more womanly they were then, and so set herself—oh, it was foolish— trying to be like them, pluming herself in fact, upon being modest and old-fashioned, and very charming, giving herself up, no doubt

EL VESTIDO NUEVO

Mabel tuvo su primera sospecha seria de que algo iba mal cuando se quitó la capa y Mrs. Barnet, mientras le entregaba el espejo y tocaba los cepillos y llamaba así su atención, tal vez de forma bastante marcada, sobre todos los utensilios para arreglar y mejorar el cabello, la tez y la ropa que había en el tocador, confirmó la sospecha —que no todo estaba bien, no del todo bien—, que se hizo más fuerte a medida que subía las escaleras y saltando sobre ella, con la convicción con que saludó a Clarissa Dalloway, se dirigió directamente al otro extremo de la habitación, a un rincón sombreado donde colgaba un espejo y miró. ¡No! No estaba bien. Y al instante, la miseria que siempre había intentado ocultar, la profunda insatisfacción —la sensación que había tenido, desde que era niña, de ser inferior a los demás— se abatió sobre ella, implacable, sin remordimientos, con una intensidad que no podía ahuyentar, como hacía cuando se despertaba por la noche en casa, leyendo a Borrow o a Scott; porque, oh, esos hombres, oh, esas mujeres, todos pensaban: «¿Qué lleva puesto Mabel? ¡Qué aspecto más espantoso tiene! ¡Qué vestido nuevo más horrible!»... sus párpados parpadeaban al levantarse y luego sus párpados se cerraban con fuerza. Era su propia y espantosa insuficiencia; su cobardía; su sangre mezquina y salpicada de agua lo que la deprimía. Y de repente toda la habitación donde, durante tantas horas, había planeado con la pequeña modista cómo iba a ser su vestuario, le pareció sórdida, repulsiva; y su propio salón tan destartalado, y ella misma, al salir, hinchada de vanidad mientras tocaba las cartas sobre la mesa del vestíbulo y decía: «¡Qué aburrido!», para presumir; todo esto le parecía ahora indeciblemente tonto, mezquino y provinciano. Todo esto había sido absolutamente destruido, mostrado, explotado, en el momento en que ella entró en el salón de Mrs. Dalloway.

Lo que había pensado aquella tarde cuando, sentada ante las tazas de té, llegó la invitación de Mrs. Dalloway, era que, por supuesto, no podía estar a la moda. Era absurdo pretenderlo incluso —moda significaba corte, significaba estilo, significaba treinta guineas como mínimo—, pero ¿por qué no ser original? ¿Por qué no ser ella misma, en cualquier caso? Y, levantándose, había cogido aquel viejo libro de modas de su madre, un libro de modas de París de la época del Imperio, y había pensado cuánto más bonitas, más dignas y más femeninas eran entonces, y así se propuso —oh, era una tontería— intentar ser como ellas, presumiendo, de hecho, de ser modesta y anticuada, y muy encantadora, en-

about it, to an orgy of self-love, which deserved to be chastised, and so rigged herself out like this.

But she dared not look in the glass. She could not face the whole horror—the pale yellow, idiotically old-fashioned silk dress with its long skirt and its high sleeves and its waist and all the things that looked so charming in the fashion book, but not on her, not among all these ordinary people. She felt like a dressmaker's dummy standing there, for young people to stick pins into.

«But, my dear, it's perfectly charming!» Rose Shaw said, looking her up and down with that little satirical pucker of the lips which she expected—Rose herself being dressed in the height of the fashion, precisely like everybody else, always.

We are all like flies trying to crawl over the edge of the saucer, Mabel thought, and repeated the phrase as if she were crossing herself, as if she were trying to find some spell to annul this pain, to make this agony endurable. Tags of Shakespeare, lines from books she had read ages ago, suddenly came to her when she was in agony, and she repeated them over and over again. «Flies trying to crawl,» she repeated. If she could say that over often enough and make herself see the flies, she would become numb, chill, frozen, dumb. Now she could see flies crawling slowly out of a saucer of milk with their wings stuck together; and she strained and strained (standing in front of the looking-glass, listening to Rose Shaw) to make herself see Rose Shaw and all the other people there as flies, trying to hoist themselves out of something, or into something, meagre, insignificant, toiling flies. But she could not see them like that, not other people. She saw herself like that—she was a fly, but the others were dragonflies, butterflies, beautiful insects, dancing, fluttering, skimming, while she alone dragged herself up out of the saucer. (Envy and spite, the most detestable of the vices, were her chief faults.)

«I feel like some dowdy, decrepit, horribly dingy old fly,» she said, making Robert Haydon stop just to hear her say that, just to reassure herself by furbishing up a poor weak-kneed phrase and so showing how detached she was, how witty, that she did not feel in the least out of anything. And, of course, Robert Haydon answered something, quite polite, quite insincere, which she saw through instantly, and

tregándose, sin duda alguna, a una orgía de amor propio, que merecía ser castigado, y así se amañó a sí misma.

Pero no se atrevió a mirar en el espejo. No podía enfrentarse a todo el horror: el vestido de seda amarillo pálido, idiotamente pasado de moda, con su falda larga y sus mangas altas y su cintura y todas esas cosas que parecían tan encantadoras en el libro de moda, pero no en ella, no entre toda esa gente corriente. Se sentía como el maniquí de una modista, allí, de pie, para que los jóvenes le clavaran alfileres.

«¡Pero, querida, es absolutamente encantador!», dijo Rose Shaw, mirándola de arriba abajo con ese pequeño fruncimiento satírico de los labios que ella esperaba; la propia Rose iba vestida a la última moda, precisamente como todo el mundo, siempre.

Todos somos como moscas que intentan arrastrarse por el borde del platillo, pensó Mabel, y repitió la frase como si se estuviera persignando, como si intentara encontrar algún hechizo que anulara este dolor, que hiciera soportable esta agonía. Rótulos de Shakespeare, versos de libros que había leído hacía siglos, le venían de repente cuando estaba en agonía, y los repetía una y otra vez. «Las moscas intentan arrastrarse», repetía. Si podía repetirlo con la suficiente frecuencia y obligarse a ver las moscas, se quedaría entumecida, helada, muda. Ahora podía ver moscas arrastrándose lentamente fuera de un plato de leche con las alas pegadas; y se esforzaba y se esforzaba (de pie frente al espejo, escuchando a Rose Shaw) para obligarse a ver a Rose Shaw y a todas las demás personas allí presentes como moscas, intentando salir de algo, o entrar en algo, moscas ligeras, insignificantes, trabajadoras. Pero ella no podía verlos así, no a los demás. Se veía a sí misma así; ella era una mosca, pero las demás eran libélulas, mariposas, insectos hermosos, danzando, revoloteando, rozando, mientras ella sola se arrastraba para salir del platillo. (La envidia y el rencor, el más detestable de los vicios, eran sus principales defectos).

«Me siento como una vieja mosca desaliñada, decrépita y horriblemente deslucida», dijo ella, haciendo que Robert Haydon se detuviera sólo para oírla decir eso, sólo para tranquilizarse a sí misma produciendo una pobre frase de hechura débil, demostrando así lo desprendida que era, lo ingeniosa, que no se sentía en absoluto fuera de lo que sea. Y, por supuesto, Robert Haydon contestó algo, bastante educado, bastante

said to herself, directly he went (again from some book), «Lies, lies, lies!» For a party makes things either much more real, or much less real, she thought; she saw in a flash to the bottom of Robert Haydon's heart; she saw through everything. She saw the truth. This was true, this drawing-room, this self, and the other false. Miss Milan's little workroom was really terribly hot, stuffy, sordid. It smelt of clothes and cabbage cooking; and yet, when Miss Milan put the glass in her hand, and she looked at herself with the dress on, finished, an extraordinary bliss shot through her heart. Suffused with light, she sprang into existence. Rid of cares and wrinkles, what she had dreamed of herself was there—a beautiful woman. just for a second (she had not dared look longer, Miss Milan wanted to know about the length of the skirt), there looked at her, framed in the scrolloping mahogany, a grey-white, mysteriously smiling, charming girl, the core of herself, the soul of herself; and it was not vanity only, not only self-love that made her think it good, tender, and true. Miss Milan said that the skirt could not well be longer; if anything the skirt, said Miss Milan, puckering her forehead, considering with all her wits about her, must be shorter; and she felt, suddenly, honestly, full of love for Miss Milan, much, much fonder of Miss Milan than of any one in the whole world, and could have cried for pity that she should be crawling on the floor with her mouth full of pins, and her face red and her eyes bulging—that one human being should be doing this for another, and she saw them all as human beings merely, and herself going off to her party, and Miss Milan pulling the cover over the canary's cage, or letting him pick a hemp-seed from between her lips, and the thought of it, of this side of human nature and its patience and its endurance and its being content with such miserable, scanty, sordid, little pleasures filled her eyes with tears.

And now the whole thing had vanished. The dress, the room, the love, the pity, the scrolloping looking-glass, and the canary's cage—all had vanished, and here she was in a corner of Mrs. Dalloway's drawing-room, suffering tortures, woken wide awake to reality.

But it was all so paltry, weak-blooded, and petty-minded to care so much at her age with two children, to be still so utterly dependent on people's opinions and not have principles or convictions, not to be able to say as other people did, «There's Shakespeare! There's

insincero, que ella vio al instante, y se dijo a sí misma, directamente se presentó la frase (otra vez de algún libro): «¡Mentiras, mentiras, mentiras!». Porque una fiesta hace las cosas o mucho más reales, o mucho menos reales, pensó ella; vio en un instante hasta el fondo del corazón de Robert Haydon; vio a través de todo. Vio la verdad. Esto era verdad, este salón, este yo, y lo otro era falso. El pequeño cuarto de trabajo de Miss Milan era en realidad terriblemente caluroso, sofocante, sórdido. Olía a ropa y a col cocida; y sin embargo, cuando Miss Milan le puso el espejo en la mano y se miró con el vestido puesto, acabado, una dicha extraordinaria le atravesó el corazón. Inundada de luz, brotó a la existencia. Despojada de preocupaciones y arrugas, lo que había soñado de sí misma estaba allí: una mujer hermosa. Sólo por un segundo (no se había atrevido a mirar más tiempo, Miss Milan quería saber sobre el largo de la falda), allí la miraba, enmarcada en la caoba que se desplomaba, una muchacha blanca grisácea, misteriosamente sonriente, encantadora, el núcleo de sí misma, el alma de sí misma; y no era sólo la vanidad, no sólo el amor propio lo que la hacía pensar que era buena, tierna y verdadera. Miss Milan dijo que la falda no podía ser más larga; si acaso la falda, dijo Miss Milan —frunciendo la frente, considerando con todo su ingenio—, debía ser más corta; y ella se sintió, de repente, sinceramente, llena de amor por Miss Milan, mucho, mucho más cariñosa con Miss Milan que con nadie en el mundo entero, y podría haber llorado de lástima por tener que arrastrarse por el suelo con la boca llena de alfileres, y la cara roja y los ojos saltones; que un ser humano hiciera esto por otro, y ella los veía a todos como seres humanos simplemente, y a ella misma yéndose a su fiesta, y Miss Milan tapando la jaula del canario, o dejándole coger una semilla de cáñamo de entre sus labios, y el pensamiento de ello, de este lado de la naturaleza humana y su paciencia y su resistencia y su contentarse con tan miserables, escasos, sórdidos, pequeños placeres le llenaba los ojos de lágrimas.

Y ahora todo se había desvanecido. El vestido, la habitación, el amor, la lástima, el espejo de cristal y la jaula del canario, todo se había desvanecido, y aquí estaba ella, en un rincón del salón de Mrs. Dalloway, sufriendo torturas, despierta de par en par a la realidad.

Pero era todo tan insignificante, era de sangre débil y de mente mezquina preocuparse tanto a su edad con dos hijos, seguir siendo tan absolutamente dependiente de las opiniones de la gente y no tener principios ni convicciones, no ser capaz de decir como los demás: «¡Ahí está

death! We're all weevils in a captain's biscuit»—or whatever it was that people did say.

She faced herself straight in the glass; she pecked at her left shoulder; she issued out into the room, as if spears were thrown at her yellow dress from all sides. But instead of looking fierce or tragic, as Rose Shaw would have done— Rose would have looked like Boadicea—she looked foolish and self-conscious, and simpered like a schoolgirl and slouched across the room, positively slinking, as if she were a beaten mongrel, and looked at a picture, an engraving. As if one went to a party to look at a picture! Everybody knew why she did it—it was from shame, from humiliation.

«Now the fly's in the saucer,» she said to herself, «right in the middle, and can't get out, and the milk,» she thought, rigidly staring at the picture, «is sticking its wings together.»

«It's so old-fashioned,» she said to Charles Burt, making him stop (which by itself he hated) on his way to talk to some one else.

She meant, or she tried to make herself think that she meant, that it was the picture and not her dress, that was old-fashioned. And one word of praise, one word of affection from Charles would have made all the difference to her at the moment. If he had only said, «Mabel, you're looking charming to-night!» it would have changed her life. But then she ought to have been truthful and direct. Charles said nothing of the kind, of course. He was malice itself. He always saw through one, especially if one were feeling particularly mean, paltry, or feeble-minded.

«Mabel's got a new dress!» he said, and the poor fly was absolutely shoved into the middle of the saucer. Really, he would like her to drown, she believed. He had no heart, no fundamental kindness, only a veneer of friendliness. Miss Milan was much more real, much kinder. If only one could feel that and stick to it, always. «Why,» she asked herself— replying to Charles much too pertly, letting him see that she was out of temper, or «ruffled» as he called it («Rather ruffled?» he said and went on to laugh at her with some woman over there)—«Why,» she asked herself, «can't I feel one thing always, feel quite sure that Miss Milan is right, and Charles wrong and stick to it,

Shakespeare! ¡Ahí está la muerte! Todos somos gorgojos en la galleta de un capitán...», o lo que fuera que la gente dijera.

Se miró a sí misma de frente en el espejo; se picoteó el hombro izquierdo; salió a la sala, como si le arrojaran lanzas a su vestido amarillo desde todos los lados. Pero en lugar de parecer feroz o trágica, como lo habría hecho Rose Shaw —Rose se habría parecido a Boadicea—, parecía tonta y cohibida, y gesticulaba como una colegiala y se encorvaba por la habitación, verdaderamente encorvada, como si fuera un mestizo apaleado, y miraba un cuadro, un grabado. ¡Como si una fuera a una fiesta a mirar un cuadro! Todo el mundo sabía por qué lo hacía: era por vergüenza, por humillación.

«Ahora la mosca está en el platillo», se dijo, «justo en el centro, y no puede salir, y la leche», pensó, mirando rígidamente el cuadro, «está pegándose a las alas».

«Es tan anticuado», le dijo a Charles Burt, haciéndole parar (cosa que de por sí odiaba) en su camino para hablar con otra persona.

Quería decir, o intentaba hacerse creer que quería decir, que era el cuadro y no su vestido lo que estaba pasado de moda. Y una palabra de elogio, una palabra de afecto de Charles habría hecho toda la diferencia para ella en aquel momento. Si tan sólo le hubiera dicho: «¡Mabel, estás encantadora esta noche!», le habría cambiado la vida. Pero entonces ella tendría que haber sido sincera y directa. Charles no dijo nada de eso, por supuesto. Él era la malicia misma. Siempre veía a través de una, especialmente si una se sentía particularmente mezquina, mezquina o mentalmente débil.

«¡Mabel tiene un vestido nuevo!», dijo, y la pobre mosca fue absolutamente empujada al centro del platillo. Realmente, a él le gustaría que ella se ahogara, creía ella. No tenía corazón, ni bondad fundamental, sólo un barniz de amabilidad. Miss Milan era mucho más real, mucho más amable. Si sólo se pudiera sentir eso y atenerse a ello, siempre. «¿Por qué?», se preguntó a sí misma —respondiendo a Charles con demasiada pertinacia, dejándole ver que estaba fuera de sí, o «alterada», como él la llamaba («¿Un poco alterada?», dijo él y continuó riéndose de ella con alguna mujer de allí)—, «¿por qué?», se preguntó, «¿no puedo sentir siempre una cosa, sentirme completamente segura de que Miss

feel sure about the canary and pity and love and not be whipped all round in a second by coming into a room full of people?» It was her odious, weak, vacillating character again, always giving at the critical moment and not being seriously interested in conchology, etymology, botany, archeology, cutting up potatoes and watching them fructify like Mary Dennis, like Violet Searle.

Then Mrs. Holman, seeing her standing there, bore down upon her. Of course a thing like a dress was beneath Mrs. Holman's notice, with her family always tumbling downstairs or having the scarlet fever. Could Mabel tell her if Elmthorpe was ever let for August and September? Oh, it was a conversation that bored her unutterably!—it made her furious to be treated like a house agent or a messenger boy, to be made use of. Not to have value, that was it, she thought, trying to grasp something hard, something real, while she tried to answer sensibly about the bathroom and the south aspect and the hot water to the top of the house; and all the time she could see little bits of her yellow dress in the round looking-glass which made them all the size of boot-buttons or tadpoles; and it was amazing to think how much humiliation and agony and self-loathing and effort and passionate ups and downs of feeling were contained in a thing the size of a threepenny bit. And what was still odder, this thing, this Mabel Waring, was separate, quite disconnected; and though Mrs. Holman (the black button) was leaning forward and telling her how her eldest boy had strained his heart running, she could see her, too, quite detached in the looking-glass, and it was impossible that the black dot, leaning forward, gesticulating, should make the yellow dot, sitting solitary, self-centred, feel what the black dot was feeling, yet they pretended.

«So impossible to keep boys quiet»—that was the kind of thing one said.

And Mrs. Holman, who could never get enough sympathy and snatched what little there was greedily, as if it were her right (but she deserved much more for there was her little girl who had come down this morning with a swollen knee-joint), took this miserable offering and looked at it suspiciously, grudgingly, as if it were a halfpenny when it ought to have been a pound and put it away in her purse,

Milan tiene razón y Charles está equivocado y atenerme a ello, sentirme segura sobre el canario y la piedad y el amor y no ser azotada por todos lados en un segundo al entrar en una habitación llena de gente?». Era de nuevo su carácter odioso, débil y vacilante, siempre cediendo en el momento crítico y sin interesarse seriamente por la conchología, la etimología, la botánica, la arqueología, cortando patatas y viendo cómo fructifican como Mary Dennis, como Violet Searle.

Entonces Mrs. Holman, al verla allí de pie, se abalanzó sobre ella. Por supuesto, una cosa como un vestido estaba más allá de la atención de Mrs. Holman, con su familia siempre dando tumbos por las escaleras o teniendo la escarlatina. ¿Podría decirle Mabel si Elmthorpe se alquilaba en algún momento entre agosto y septiembre? ¡Oh, era una conversación que la aburría indeciblemente...! La ponía furiosa que la trataran como a un agente inmobiliario o a un mensajero, para servirse de ella. No tener valor, eso era, pensó, tratando de captar algo duro, algo real, mientras intentaba responder sensatamente sobre el cuarto de baño y la orientación sur y el agua caliente hasta el piso superior de la casa; y todo el tiempo podía ver trocitos de su vestido amarillo en el espejo redondo que los hacía todos del tamaño de botones de bota o renacuajos; y era asombroso pensar cuánta humillación y agonía y autodesprecio y esfuerzo y apasionados altibajos de sentimientos estaban contenidos en una cosa del tamaño de un trocito de tres peniques. Y lo que era aún más extraño, esta cosa, esta Mabel Waring, estaba separada, totalmente desconectada; y aunque Mrs. Holman (el botón negro) se inclinaba hacia delante y le contaba cómo su hijo mayor se había esforzado corriendo, podía verla a ella también, totalmente separada en el espejo, y era imposible que el punto negro, inclinado hacia delante, gesticulando, hiciera que el punto amarillo, sentado solitario, egocéntrico, sintiera lo que sentía el punto negro, aunque lo fingían.

«Es tan imposible mantener a los muchachos quietos», era el tipo de cosas que se decían.

Y Mrs. Holman, que nunca obtenía suficiente compasión y arrebataba lo poco que había con avidez, como si fuera su derecho (pero se merecía mucho más porque allí estaba su hijita que había bajado esta mañana con la articulación de la rodilla hinchada), cogió esta miserable ofrenda y la miró con desconfianza, de mala gana, como si fuera medio penique cuando debería haber sido una libra y la guardó en su monedero, debía

must put up with it, mean and miserly though it was, times being hard, so very hard; and on she went, creaking, injured Mrs. Holman, about the girl with the swollen joints. Ah, it was tragic, this greed, this clamour of human beings, like a row of cormorants, barking and flapping their wings for sympathy—it was tragic, could one have felt it and not merely pretended to feel it!

But in her yellow dress to-night she could not wring out one drop more; she wanted it all, all for herself. She knew (she kept on looking into the glass, dipping into that dreadfully showing-up blue pool) that she was condemned, despised, left like this in a backwater, because of her being like this a feeble, vacillating creature; and it seemed to her that the yellow dress was a penance which she had deserved, and if she had been dressed like Rose Shaw, in lovely, clinging green with a ruffle of swansdown, she would have deserved that; and she thought that there was no escape for her—none whatever. But it was not her fault altogether, after all. It was being one of a family of ten; never having money enough, always skimping and paring; and her mother carrying great cans, and the linoleum worn on the stair edges, and one sordid little domestic tragedy after another—nothing catastrophic, the sheep farm failing, but not utterly; her eldest brother marrying beneath him but not very much—there was no romance, nothing extreme about them all. They petered out respectably in seaside resorts; every watering-place had one of her aunts even now asleep in some lodging with the front windows not quite facing the sea. That was so like them—they had to squint at things always. And she had done the same—she was just like her aunts. For all her dreams of living in India, married to some hero like Sir Henry Lawrence, some empire builder (still the sight of a native in a turban filled her with romance), she had failed utterly. She had married Hubert, with his safe, permanent underling's job in the Law Courts, and they managed tolerably in a smallish house, without proper maids, and hash when she was alone or just bread and butter, but now and then—Mrs. Holman was off, thinking her the most dried-up, unsympathetic twig she had ever met, absurdly dressed, too, and would tell every one about Mabel's fantastic appearance—now and then, thought Mabel Waring, left alone on the blue sofa, punching the cushion in order to look occupied, for she would not join Charles Burt and Rose Shaw, chattering like magpies and perhaps laughing at her by the fireplace—now and then, there did come to her delicious mo-

aguantarse, por mezquina y avara que fuera, los tiempos eran duros, muy duros; y siguió, chirriando, hiriendo a Mrs. Holman, sobre la niña de las articulaciones hinchadas. Ah, era trágica esta avaricia, este clamor de seres humanos, como una hilera de cormoranes, aullando y batiendo las alas en busca de simpatía; era trágica, ¡si una hubiera podido sentirla y no sólo fingir sentirla!

Pero esta noche, en su vestido amarillo, no podía exprimir ni una gota más; lo quería todo, todo para ella. Sabía (seguía mirando el espejo, sumergiéndose en aquel estanque azul terriblemente llamativo) que estaba condenada, despreciada, abandonada así en un remanso, por ser como era una criatura débil y vacilante; y le parecía que el vestido amarillo era una penitencia que se había merecido, y si hubiera estado vestida como Rose Shaw, de un verde precioso y pegajoso con un volante de plumón de cisne, se lo habría merecido; y pensó que no había escapatoria para ella, ninguna en absoluto. Pero, después de todo, no era del todo culpa suya. Era ser parte de una familia de diez; nunca tener dinero suficiente, siempre escatimando y recortando; y su madre cargando grandes latas, y el linóleo desgastado en los bordes de la escalera, y una pequeña y sórdida tragedia doméstica tras otra —nada catastrófico, la granja de ovejas fracasando, pero no del todo; su hermano mayor casándose por debajo de su clase, pero no mucho— no había romance, nada extremo en todas ellas. Ellos se extinguían respetablemente en los balnearios; en cada lugar de recreo había una de sus tías incluso ahora durmiendo en algún alojamiento con las ventanas delanteras no del todo orientadas hacia el mar. Así eran ellos: siempre tenían que entrecerrar los ojos. Y ella había hecho lo mismo; era igual que sus tías. A pesar de todos sus sueños de vivir en la India, casada con algún héroe como Sir Henry Lawrence, algún constructor de imperios (todavía la visión de un nativo con turbante la llenaba de romanticismo), había fracasado rotundamente. Se había casado con Hubert, con su trabajo seguro y permanente de subalterno en el Palacio de Justicia, y se las arreglaban tolerablemente en una casa pequeña, sin criadas adecuadas, y hachís cuando ella estaba sola o sólo pan y mantequilla, pero de vez en cuando —Mrs. Holman estaba fuera, la consideraba la ramita más seca y antipática que había conocido, absurdamente vestida, además, y le contaba a todo el mundo sobre el fantástico aspecto de Mabel—, de vez en cuando, pensaba Mabel Waring, que se había quedado sola en el sofá azul, golpeando el cojín para parecer ocupada, pues no quería reunirse con Charles Burt y Rose Shaw, que parloteaban como urracas y tal

ments, reading the other night in bed, for instance, or down by the sea on the sand in the sun, at Easter— let her recall it—a great tuft of pale sand-grass standing all twisted like a shock of spears against the sky, which was blue like a smooth china egg, so firm, so hard, and then the melody of the waves—«Hush, hush,» they said, and the children's shouts paddling—yes, it was a divine moment, and there she lay, she felt, in the hand of the Goddess who was the world; rather a hard-hearted, but very beautiful Goddess, a little lamb laid on the altar (one did think these silly things, and it didn't matter so long as one never said them). And also with Hubert sometimes she had quite unexpectedly—carving the mutton for Sunday lunch, for no reason, opening a letter, coming into a room—divine moments, when she said to herself (for she would never say this to anybody else), «This is it. This has happened. This is it!» And the other way about it was equally surprising—that is, when everything was arranged—music, weather, holidays, every reason for happiness was there—then nothing happened at all. One wasn't happy. It was flat, just flat, that was all.

Her wretched self again, no doubt! She had always been a fretful, weak, unsatisfactory mother, a wobbly wife, lolling about in a kind of twilight existence with nothing very clear or very bold, or more one thing than another, like all her brothers and sisters, except perhaps Herbert—they were all the same poor water-veined creatures who did nothing. Then in the midst of this creeping, crawling life, suddenly she was on the crest of a wave. That wretched fly —where had she read the story that kept coming into her mind about the fly and the saucer?—struggled out. Yes, she had those moments. But now that she was forty, they might come more and more seldom. By degrees she would cease to struggle any more. But that was deplorable! That was not to be endured! That made her feel ashamed of herself!

She would go to the London Library to-morrow. She would find some wonderful, helpful, astonishing book, quite by chance, a book by a clergyman, by an American no one had ever heard of; or she would walk down the Strand and drop, accidentally, into a hall where a miner was telling about the life in the pit, and suddenly she would become a new person. She would be absolutely transformed. She

vez se reían de ella junto a la chimenea; de vez en cuando, le llegaban momentos deliciosos, leyendo la otra noche en la cama, por ejemplo, o junto al mar, en la arena, al sol, en Pascua —dejémosla recordarlo—, un gran mechón de pálida hierba arenosa que se erguía toda retorcida como un choque de lanzas contra el cielo, que era azul como un liso huevo de porcelana, tan firme, tan duro, y luego la melodía de las olas —«Calla, calla», decían, y los gritos de los niños remando—, sí, fue un momento divino, y allí estaba ella, se sentía, en la mano de la Diosa que era el mundo; más bien una Diosa de corazón duro, pero muy hermosa, un corderito depositado en el altar (una pensaba estas tonterías, y no importaba mientras nunca las dijera). Y también con Hubert tenía a veces, de forma bastante inesperada —cortando el cordero para la comida del domingo, sin motivo alguno, abriendo una carta, entrando en una habitación— momentos divinos, en los que se decía a sí misma (pues nunca se lo diría a nadie más): «Esto es. Esto ha sucedido. ¡Esto es!». Y lo contrario era igualmente sorprendente, es decir, cuando todo estaba dispuesto —la música, el tiempo, las vacaciones, todos los motivos para la felicidad estaban ahí—, entonces no ocurría nada en absoluto. Una no era feliz. Todo era plano, simplemente plano, eso era todo.

Su desdichado yo de nuevo, ¡sin duda! Siempre había sido una madre intranquila, débil e insatisfactoria, una esposa tambaleante, que holgazaneaba en una especie de existencia crepuscular sin nada muy claro ni muy audaz, ni más una cosa que otra, como todos sus hermanos y hermanas, excepto quizá Herbert: todos eran las mismas pobres criaturas con venas de agua que no hacían nada. Entonces, en medio de esta vida rastrera y reptante, de repente se encontraba en la cresta de una ola. Aquella desgraciada mosca —¿dónde había leído la historia que seguía viniendo a su mente sobre la mosca y el platillo?— luchaba. Sí, ella tenía esos momentos. Pero ahora que tenía cuarenta años, podrían presentarse cada vez más raramente. Poco a poco dejaría de luchar. ¡Pero eso era deplorable! ¡Eso no debía soportarse! ¡Eso la hacía sentirse avergonzada de sí misma!

Mañana iría a la Biblioteca de Londres. Encontraría algún libro maravilloso, útil, asombroso, por casualidad, un libro de un clérigo, de un americano del que nadie había oído hablar; o caminaría por Strand y se dejaría llevar, accidentalmente, a una sala donde un minero estuviera contando la vida en el pozo, y de repente se convertiría en una persona nueva. Se transformaría por completo. Llevaría uniforme; la llamarían

would wear a uniform; she would be called Sister Somebody; she would never give a thought to clothes again. And for ever after she would be perfectly clear about Charles Burt and Miss Milan and this room and that room; and it would be always, day after day, as if she were lying in the sun or carving the mutton. It would be it!

So she got up from the blue sofa, and the yellow button in the looking-glass got up too, and she waved her hand to Charles and Rose to show them she did not depend on them one scrap, and the yellow button moved out of the looking-glass, and all the spears were gathered into her breast as she walked towards Mrs. Dalloway and said «Good night.»

«But it's too early to go,» said Mrs. Dalloway, who was always so charming.

«I'm afraid I must,» said Mabel Waring. «But,» she added in her weak, wobbly voice which only sounded ridiculous when she tried to strengthen it, «I have enjoyed myself enormously.»

«I have enjoyed myself,» she said to Mr. Dalloway, whom she met on the stairs.

«Lies, lies, lies!» she said to herself, going downstairs, and «Right in the saucer!» she said to herself as she thanked Mrs. Barnet for helping her and wrapped herself, round and round and round, in the Chinese cloak she had worn these twenty years.

Hermana Alguien; nunca más volvería a pensar en la ropa. Y para siempre tendría perfectamente claro todo sobre Charles Burt y Miss Milan y esta habitación y aquella otra; y sería siempre, día tras día, como si estuviera tumbada al sol o trinchando el cordero. ¡Sería así!

Así que se levantó del sofá azul, y el botón amarillo del espejo se levantó también, y agitó la mano hacia Charles y Rose para demostrarles que no dependía de ellos ni un ápice, y el botón amarillo salió del espejo, y todas las lanzas se recogieron en su pecho mientras caminaba hacia Mrs. Dalloway y decía «Buenas noches».

«Pero es muy temprano para irse», dijo Mrs. Dalloway, siempre tan encantadora.

«Me temo que debo hacerlo», dijo Mabel Waring. «Pero», añadió con su voz débil y tambaleante que sólo sonaba ridícula cuando intentaba fortalecerla, «he disfrutado enormemente».

«He disfrutado», le dijo a Mr. Dalloway, con quien se encontró en la escalera.

«¡Mentiras, mentiras, mentiras!», se dijo bajando las escaleras, y «¡Justo en el platillo!», se dijo mientras agradecía a Mrs. Barnet que la hubiera ayudado y se envolvía, dando vueltas y más vueltas, en la capa china que había llevado estos últimos veinte años.

She got in and put her suit case in the rack, and the brace of pheasants on top of it. Then she sat down in the corner. The train was rattling through the midlands, and the fog, which came in when she opened the door, seemed to enlarge the carriage and set the four travellers apart. Obviously M. M.—those were the initials on the suit case—had been staying the week-end with a shooting party. Obviously, for she was telling over the story now, lying back in her corner. She did not shut her eyes. But clearly she did not see the man opposite, nor the coloured photograph of York Minster. She must have heard, too, what they had been saying. For as she gazed, her lips moved; now and then she smiled. And she was handsome; a cabbage rose; a russet apple; tawny; but scarred on the jaw—the scar lengthened when she smiled. Since she was telling over the story she must have been a guest there, and yet, dressed as she was out of fashion as women dressed, years ago, in pictures, in sporting newspapers, she did not seem exactly a guest, nor yet a maid. Had she had a basket with her she would have been the woman who breeds fox terriers; the owner of the Siamese cat; some one connected with hounds and horses. But she had only a suit case and the pheasants. Somehow, therefore, she must have wormed her way into the room that she was seeing through the stuffing of the carriage, and the man's bald head, and the picture of York Minster. And she must have listened to what they were saying, for now, like somebody imitating the noise that someone else makes, she made a little click at the back of her throat. «Chk.» Then she smiled.

«Chk,» said Miss Antonia, pinching her glasses on her nose. The damp leaves fell across the long windows of the gallery; one or two stuck, fish shaped, and lay like inlaid brown wood upon the window panes. Then the trees in the Park shivered, and the leaves, flaunting down, seemed to make the shiver visible—the damp brown shiver.

«Chk.» Miss Antonia sniffed again, and pecked at the flimsy white stuff that she held in her hands, as a hen pecks nervously rapidly at a piece of white bread.

The wind sighed. The room was draughty. The doors did not fit, nor the windows. Now and then a ripple, like a reptile, ran under the

Entró y puso su maleta en el estante, y el par de faisanes encima. Luego se sentó en un rincón. El tren traqueteaba por las Midlands, y la niebla, que entró cuando ella abrió la puerta, pareció agrandar el vagón y separar a los cuatro viajeros. Obviamente, M. M. —esas eran las iniciales en la maleta— se había quedado el fin de semana con un grupo de cazadores. Obviamente, porque ella estaba contando la historia ahora, recostada en su rincón. No cerró los ojos. Pero era evidente que no veía al hombre de enfrente, ni la fotografía coloreada de York Minster. Debió de oír, también, lo que habían estado diciendo. Porque mientras miraba, sus labios se movían; de vez en cuando sonreía. Y era guapa; una rosa arrepollada; una manzana rojiza; leonada; pero con cicatrices en la mandíbula; la cicatriz se alargaba cuando sonreía. Puesto que estaba contando la historia, debía de haber sido una invitada allí, y sin embargo, vestida como estaba fuera de la moda como vestían las mujeres, años atrás, en las fotos, en los periódicos deportivos, no parecía exactamente una invitada, ni tampoco una criada. Si hubiera llevado una cesta, habría sido la mujer que cría fox terriers; la dueña del gato siamés; alguien relacionado con sabuesos y caballos. Pero sólo llevaba una maleta y los faisanes. De algún modo, por tanto, debió de abrirse paso hasta la habitación que estaba viendo a través del relleno del carruaje, y la cabeza calva del hombre, y el cuadro de York Minster. Y debió de escuchar lo que decían, porque ahora, como quien imita el ruido que hace otra persona, hizo un pequeño chasquido en el fondo de su garganta. «Chk». Luego sonrió.

«Chk», dijo Miss Antonia, pellizcándose las gafas en la nariz. Las hojas húmedas caían por las largas ventanas de la galería; una o dos se quedaban cerradas, con forma de pez, y yacían como incrustaciones de madera marrón sobre los cristales. Entonces los árboles del parque temblaron, y las hojas, agitándose hacia abajo, parecieron hacer visible el escalofrío: el húmedo escalofrío marrón.

«Chk». Miss Antonia olfateó de nuevo y picoteó el endeble material blanco que sostenía en sus manos, como una gallina picotea nerviosa y rápidamente un trozo de pan blanco.

El viento suspiraba. La habitación tenía corrientes de aire. Las puertas no encajaban, ni las ventanas. De vez en cuando una ondulación,

carpet. On the carpet lay panels of green and yellow, where the sun rested, and then the sun moved and pointed a finger as if in mockery at a hole in the carpet and stopped. And then on it went, the sun's feeble but impartial finger, and lay upon the coat of arms over the fireplace—gently illumined—the shield, the pendant grapes, the mermaid, and the spears. Miss Antonia looked up as the light strengthened. Vast lands, so they said, the old people had owned—her forefathers—the Rashleighs. Over there. Up the Amazons. Freebooter. Voyagers. Sacks of emeralds. Nosing round the island. Taking captives. Maidens. There she was, all scales from the tail to the waist. Miss Antonia grinned. Down struck the finger of the sun and her eye went with it. Now it rested on a silver frame; on a photograph; on an egg-shaped baldish head, on a lip that stuck out under the moustache; and the name «Edward» written with a flourish beneath.

«The King...» Miss Antonia muttered, turning the film of white upon her knee—«had the Blue Room,» she added with a toss of her head as the light faded.

Out in the King's Ride the pheasants were being driven across the noses of the guns. Up they spurted from the underwood like heavy rockets, reddish purple rockets, and as they rose the guns cracked in order, eagerly, sharply, as if a line of dogs had suddenly barked. Tufts of white smoke held together for a moment; then gently solved themselves, faded, and dispersed.

In the deep cut road beneath the hanger, a cart stood, laid already with soft warm bodies, with limp claws, and still lustrous eyes. The birds seemed alive still, but swooning under their rich damp feathers. They looked relaxed and comfortable, stirring slightly, as if they slept upon a warm bank of soft feathers on the floor of the cart.

Then the Squire, with the hang-dog stained face, in the shabby gaiters, cursed and raised his gun.

Miss Antonia stitched on. Now and then a tongue of flame reached round the grey log that stretched from one bar to another across the

como un reptil, corría bajo la alfombra. Sobre la alfombra había paneles verdes y amarillos, donde descansaba el sol, y entonces el sol se movió y señaló con un dedo, como burlándose, un agujero en la alfombra y se detuvo. Y luego siguió avanzando, el dedo débil pero imparcial del sol, y se posó sobre el escudo de armas que había sobre la chimenea, suavemente iluminado: el escudo, las uvas colgantes, la sirena y las lanzas. Miss Antonia levantó la vista cuando la luz se fortaleció. Vastas tierras, según decían, habían poseído los ancianos —sus antepasados—, los Rashleigh. Allá. Arriba las Amazonas. Saqueadores. Viajeros. Sacos de esmeraldas. Merodeando por la isla. Tomando cautivos. Doncellas. Allí estaba ella, toda escamas desde la cola hasta la cintura. Miss Antonia sonrió. Bajó el dedo del sol y su ojo se fue con él. Ahora se posaba en un marco de plata; en una fotografía; en una calva con forma de huevo, en un labio que sobresalía bajo el bigote; y el nombre «Edward» escrito con floritura debajo.

«El Rey...», murmuró Miss Antonia, volviendo la película de blanco sobre su rodilla... «tenía el Salón Azul», añadió con una sacudida de cabeza cuando la luz se desvaneció.

Fuera, en la Cabalgata del Rey, los faisanes estaban siendo pasados sobre las narices de las armas. Brotaban del sotobosque como pesados cohetes, cohetes de color púrpura rojizo, y mientras se elevaban las armas chasqueaban en orden, ansiosas, agudas, como si una hilera de perros hubiera ladrado de repente. Penachos de humo blanco se mantuvieron juntos durante un momento; luego se resolvieron suavemente, se desvanecieron y se dispersaron.

En el camino hacia lo profundo cortado bajo el hangar, había un carro, ya tendido con cuerpos blandos y calientes, con las garras inertes y los ojos aún lustrosos. Las aves parecían vivas aún, pero desmayadas bajo sus ricas plumas húmedas. Parecían relajadas y cómodas, agitándose ligeramente, como si durmieran sobre un cálido banco de suaves plumas en el suelo del carro.

Entonces el escudero, con la cara manchada de verdugo, con las polainas raídas, maldijo y levantó su pistola.

Miss Antonia siguió cosiendo. De vez en cuando, una lengua de llama rodeaba el tronco gris que se extendía de una barra a otra por la rejilla,

grate, ate it greedily, then died out, leaving a white bracelet where the bark had been eaten off. Miss Antonia looked up for a moment, stared wide eyed, instinctively, as a dog stares at a flame. Then the flame sank and she stitched again.

Then, silently, the enormously high door opened. Two lean men came in, and drew a table over the hole in the carpet. They went out; they came in. They laid a cloth upon the table. They went out; they came in. They brought a green baize basket of knives and forks; and glasses; and sugar casters; and salt cellars; and bread; and a silver vase with three chrysanthemums in it. And the table was laid. Miss Antonia stitched on.

Again the door opened, pushed feebly this time. A little dog trotted in, a spaniel nosing nimbly; it paused. The door stood open. And then, leaning on her stick, heavily, old Miss Rashleigh entered. A white shawl, diamond fastened, clouded her baldness. She hobbled; crossed the room; hunched herself in the high-backed chair by the fireside. Miss Antonia went on stitching.

«Shooting,» she said at last.

Old Miss Rashleigh nodded. She gripped her stick. They sat waiting.

The shooters had moved now from the King's Ride to the Home Woods. They stood in the purple ploughed field outside. Now and then a twig snapped; leaves came whirling. But above the mist and the smoke was an island of blue—faint blue, pure blue—alone in the sky. And in the innocent air, as if straying alone like a cherub, a bell from a far hidden steeple frolicked, gambolled, then faded. Then again up shot the rockets, the reddish purple pheasants. Up and up they went. Again the guns barked; the smoke balls formed; loosened, dispersed. And the busy little dogs ran nosing nimbly over the fields; and the warm damp bodies, still languid and soft, as if in a swoon, were bunched together by the men in gaiters and flung into the cart.

«There!» grunted Milly Masters, the house-keeper, throwing down

lo devoraba con avidez y luego se apagaba, dejando un brazalete blanco donde se había comido la corteza. Miss Antonia levantó la vista un momento, miró con los ojos muy abiertos, instintivamente, como un perro mira una llama. Luego la llama se apagó y ella volvió a coser.

Entonces, silenciosamente, la puerta enormemente alta se abrió. Dos hombres delgados entraron y colocaron una mesa sobre el agujero de la alfombra. Salieron; entraron. Pusieron un paño sobre la mesa. Salieron; entraron. Trajeron una cesta de paño verde con cuchillos y tenedores; y vasos; y azucareros; y saleros; y pan; y un jarrón de plata con tres crisantemos dentro. Y la mesa estaba puesta. Miss Antonia siguió cosiendo.

De nuevo se abrió la puerta, esta vez empujada débilmente. Un perrito entró trotando, un spaniel husmeando ágilmente; se detuvo. La puerta permaneció abierta. Y entonces, apoyándose en su bastón, pesadamente, entró la vieja Miss Rashleigh. Un chal blanco, abrochado con diamantes, nublaba su calvicie. Cojeó; cruzó la habitación; se encorvó en la silla de respaldo alto junto a la chimenea. Miss Antonia siguió cosiendo.

«Disparando», dijo al fin.

La vieja Miss Rashleigh asintió. Agarró su bastón. Se sentaron a esperar.

Los tiradores se habían trasladado ahora de la Cabalgata del Rey al Bosque del Hogar. Estaban de pie en el campo arado púrpura del exterior. De vez en cuando se rompía una ramita; las hojas se arremolinaban. Pero por encima de la niebla y el humo había una isla de azul —azul tenue, azul puro— sola en el cielo. Y en el aire inocente, como si vagara sola como un querubín, una campana de un campanario muy oculto retozaba, jugueteaba y luego se desvanecía. Entonces volvieron a dispararse los cohetes, los faisanes de color púrpura rojizo. Subieron y subieron. De nuevo ladraron las armas; las bolas de humo se formaron; se soltaron, se dispersaron. Y los atareados perritos corrieron ágilmente por los campos; y los cuerpos húmedos y calientes, todavía lánguidos y blandos, como en un desmayo, fueron agrupados por los hombres con polainas y arrojados al carro.

«¡Allí!», gruñó Milly Masters, el ama de llaves, tirando al suelo sus ga-

her glasses. She was stitching, too, in the small dark room that overlooked the stable yard. The jersey, the rough woollen jersey, for her son, the boy who cleaned the Church, was finished. «The end 'o that!» she muttered. Then she heard the cart. Wheels ground on the cobbles. Up she got. With her hands to her hair, her chestnut coloured hair, she stood in the yard, in the wind.

«Coming!» she laughed, and the scar on her cheek lengthened. She unbolted the door of the game room as Wing, the keeper, drove the cart over the cobbles. The birds were dead now, their claws gripped tight, though they gripped nothing. The leathery eyelids were creased greyly over their eyes. Mrs. Masters the housekeeper, Wing the gamekeeper, took bunches of dead birds by the neck and flung them down on the slate floor of the game larder. The slate floor became smeared and spotted with blood. The pheasants looked smaller now, as if their bodies had shrunk together. Then Wing lifted the tail of the cart and drove in the pins which secured it. The sides of the cart were stuck about with little grey-blue feathers, and the floor was smeared and stained with blood. But it was empty.

«The last of the lot!» Milly Masters grinned as the cart drove off.

«Luncheon is served, ma'am,» said the butler. He pointed at the table; he directed the footman. The dish with the silver cover was placed precisely there where he pointed. They waited, the butler and the footman.

Miss Antonia laid her white film upon the basket; put away her silk; her thimble; stuck her needle through a piece of flannel; and hung her glasses on a hook upon her breast. Then she rose.

«Luncheon!» she barked in old Miss Rashleigh's ear. One second later old Miss Rashleigh stretched her leg out; gripped her stick; and rose too. Both old women advanced slowly to the table; and were tucked in by the butler and the footman, one at this end, one at that. Off came the silver cover. And there was the pheasant, featherless, gleaming; the thighs tightly pressed to its side; and little mounds of breadcrumbs were heaped at either end.

Miss Antonia drew the carving knife across the pheasant's breast

fas. Ella también estaba cosiendo en la pequeña y oscura habitación que daba al patio del establo. El jersey, el jersey de lana áspera, para su hijo, el chico que limpiaba la Iglesia, estaba terminado. «¡Se acabó!», murmuró. Entonces oyó el carro. Las ruedas rechinaban sobre los adoquines. Se levantó. Con las manos en el pelo, su pelo de color castaño, se quedó de pie en el patio, al viento.

«¡Ya voy!», rió, y la cicatriz de su mejilla se alargó. Descerrajó la puerta de la sala de juegos mientras Wing, el guarda, conducía el carro sobre los adoquines. Los pájaros estaban muertos ahora, con las garras apretadas, aunque no agarraban nada. Los correosos párpados se arrugaban grisáceos sobre sus ojos. Mrs. Masters, el ama de llaves, Wing, el guarda, cogieron del cuello los manojos de pájaros muertos y los arrojaron sobre el suelo de pizarra de la despensa de caza. El suelo de pizarra se embadurnó y manchó de sangre. Los faisanes parecían ahora más pequeños, como si sus cuerpos se hubieran encogido. Entonces Wing levantó la cola del carro y clavó los pasadores que la sujetaban. Los lados del carro estaban atascados de pequeñas plumas de color gris azulado, y el suelo estaba embadurnado y manchado de sangre. Pero estaba vacío.

«¡El último del lote!», Milly Masters sonrió mientras el carro se alejaba.

«El almuerzo está servido, señora», dijo el mayordomo. Señaló la mesa; dirigió al lacayo. El plato con la tapa de plata fue colocado precisamente allí donde él señalaba. Esperaron, el mayordomo y el lacayo.

Miss Antonia depositó su película blanca sobre la cesta; guardó su seda; su dedal; clavó su aguja en un trozo de franela; y colgó sus gafas en un gancho sobre su pecho. Luego se levantó.

«¡A comer!», ladró al oído de la vieja Miss Rashleigh. Un segundo después, la vieja Miss Rashleigh estiró la pierna; agarró su bastón; y se levantó también. Ambas ancianas avanzaron lentamente hacia la mesa; y fueron acomodadas por el mayordomo y el lacayo, una en este extremo, otra en aquel. Se retiró la cubierta de plata. Y allí estaba el faisán, sin plumas, reluciente; los muslos bien apretados contra su costado; y pequeños montones de migas de pan se amontonaban en cada extremo.

Miss Antonia pasó el cuchillo de trinchar por la pechuga del faisán

firmly. She cut two slices and laid them on a plate. Deftly the footman whipped it from her, and old Miss Rashleigh raised her knife. Shots rang out in the wood under the window.

«Coming?» said old Miss Rashleigh, suspending her fork.

The branches flung and flaunted on the trees in the Park.

She took a mouthful of pheasant. Falling leaves flicked the window pane; one or two stuck to the glass.

«The Home Woods, now,» said Miss Antonia. «Hugh's lost that.» «Shooting.» She drew her knife down the other side of the breast. She added potatoes and gravy, brussel sprouts and bread sauce methodically in a circle round the slices on her plate. The butler and the footman stood watching, like servers at a feast. The old ladies ate quietly; silently; nor did they hurry themselves; methodically they cleaned the bird. Bones only were left on their plates. Then the butler drew the decanter towards Miss Antonia, and paused for a moment with his head bent.

«Give it here, Griffiths,» said Miss Antonia, and took the carcase in her fingers and tossed it to the spaniel beneath the table. The butler and the footman bowed and went out.

«Coming closer,» said Miss Rashleigh, listening. The wind was rising. A brown shudder shook the air; leaves flew too fast to stick. The glass rattled in the windows.

«Birds wild,» Miss Antonia nodded, watching the helter-skelter.

Old Miss Rashleigh filled her glass. As they sipped their eyes became lustrous like half precious stones held to the light. Slate blue were Miss Rashleigh's; Miss Antonia's red, like port. And their laces and their flounces seemed to quiver, as if their bodies were warm and languid underneath their feathers as they drank.

«It was a day like this, d'you remember?» said old Miss Rashleigh,

con firmeza. Cortó dos rodajas y las puso en un plato. Hábilmente, el lacayo se lo arrebató y la vieja Miss Rashleigh levantó el cuchillo. Sonaron disparos en el bosque bajo la ventana.

«¿Están llegando?», dijo la vieja Miss Rashleigh, suspendiendo su tenedor.

Las ramas ondeaban y se agitaban en los árboles del parque.

Tomó un bocado de faisán. Las hojas que caían sacudían el cristal de la ventana; una o dos se pegaron al vidrio.

«El Bosque del Hogar, ahora», dijo Miss Antonia. «Hugh lo perdió». «Cazando». Ella pasó su cuchillo por el otro lado de la pechuga. Añadió patatas y salsa, coles de Bruselas y salsa de pan metódicamente en un círculo alrededor de las rebanadas en su plato. El mayordomo y el lacayo se quedaron mirando, como camareros en un festín. Las ancianas comieron tranquilamente; en silencio; no se apresuraron; metódicamente limpiaron el ave. Sólo quedaron huesos en sus platos. Entonces el mayordomo acercó la jarra a Miss Antonia y se detuvo un momento con la cabeza inclinada.

«Aquí, Griffiths», dijo Miss Antonia, y cogiendo la carcasa entre sus dedos se la arrojó al spaniel que estaba debajo de la mesa. El mayordomo y el lacayo hicieron una reverencia y salieron.

«Se acercan», dijo Miss Rashleigh, escuchando. El viento se levantaba. Un temblor marrón sacudía el aire; las hojas volaban demasiado deprisa para pegarse. Los cristales traqueteaban en las ventanas.

«Pájaros salvajes», asintió Miss Antonia, observando el desorden.

La vieja Miss Rashleigh llenó su vaso. Mientras sorbían, sus ojos se volvieron lustrosos como piedras semipreciosas sostenidas a la luz. Azules pizarra eran los de Miss Rashleigh; los de Miss Antonia, rojos, como el oporto. Y sus encajes y sus volantes parecían temblar, como si sus cuerpos estuvieran cálidos y lánguidos bajo sus plumas mientras bebían.

«Fue un día como hoy, ¿lo recuerdas?», dijo la vieja Miss Rashleigh,

fingering her glass. «They brought him home—a bullet through his heart. A bramble, so they said. Tripped. Caught his foot...» She chuckled as she sipped her wine.

«And John...» said Miss Antonia. «The mare, they said, put her foot in a hole. Died in the field. The hunt rode over him. He came home, too, on a shutter... They sipped again.

«Remember Lily?» said old Miss Rashleigh. «A bad 'un.» She shook her head. «Riding with a scarlet tassel on her cane...»

«Rotten at the heart!» cried Miss Antonia.

«Remember the Colonel's letter. Your son rode as if he had twenty devils in him—charged at the head of his men. Then one white devil— ah hah!» She sipped again.

«The men of our house,» began Miss Rashleigh. She raised her glass. She held it high, as if she toasted the mermaid carved in plaster on the fireplace. She paused. The guns were barking. Something cracked in the woodwork. Or was it a rat running behind the plaster?

«Always women...» Miss Antonia nodded. «The men of our house. Pink and white Lucy at the Mill—d'you remember?»

«Ellen's daughter at the Goat and Sickle,» Miss Rashleigh added.

«And the girl at the tailor's,» Miss Antonia murmured, «where Hugh bought his riding breeches, the little dark shop on the right...»

«...that used to be flooded every winter. It's his boy,» Miss Antonia chuckled, leaning towards her sister, «that cleans the Church.»

There was a crash. A slate had fallen down the chimney. The great log had snapped in two. Flakes of plaster fell from the shield above the fireplace.

«Falling,» old Miss Rashleigh chuckled. «Falling.»

acariciando su vaso. «Lo trajeron a casa… una bala le atravesó el corazón. Una zarza, eso dijeron. Tropezó. Se pilló el pie…». Se rió mientras daba un sorbo a su vino.

«Y John…», dijo Miss Antonia. «La yegua, dijeron, metió la pata en un agujero. Murió en el campo. La caza le pasó por encima. Volvió a casa, también, en un postigo… Sorbieron de nuevo.

«¿Recuerdas a Lily?», dijo la vieja Miss Rashleigh. «Una mala». Sacudió la cabeza. «Cabalgaba con una borla escarlata en su bastón…».

«¡Podrida en el corazón!», gritó Miss Antonia.

«Recuerdas la carta del Coronel. Tu hijo cabalgó como si llevara veinte diablos dentro… cargó a la cabeza de sus hombres. Entonces un diablo blanco… ¡ah, ah!». Sorbió de nuevo.

«Los hombres de nuestra casa», comenzó Miss Rashleigh. Levantó su copa. La sostuvo en alto, como si brindara por la sirena esculpida en yeso sobre la chimenea. Hizo una pausa. Las armas ladraban. Algo crujió en la carpintería. ¿O era una rata corriendo detrás del yeso?

«Siempre mujeres…». MIss Antonia asintió. «Los hombres de nuestra casa. Lucy rosa y blanca en el Molino, ¿te acuerdas?».

«La hija de Ellen en La cabra y la hoz», añadió Miss Rashleigh.

«Y la chica de la sastrería», murmuró Miss Antonia, «donde Hugh compró sus pantalones de montar, la pequeña tienda oscura de la derecha…».

«…que solía inundarse cada invierno. Es su hijo», rió Miss Antonia, inclinándose hacia su hermana, «el que limpia la Iglesia».

Se oyó un estruendo. Una pizarra había caído por la chimenea. El gran tronco se había partido en dos. Copos de yeso cayeron del escudo sobre la chimenea.

«Se está cayendo», se rió la vieja Miss Rashleigh. «Cayendo».

«And who,» said Miss Antonia, looking at the flakes on the carpet, «who's to pay?»

Crowing like old babies, indifferent, reckless, they laughed; crossed to the fireplace, and sipped the sherry by the wood ashes and the plaster, until each glass held only one drop of wine, reddish purple, at the bottom. And this the old women did not wish to part with, so it seemed; for they fingered their glasses, as they sat side by side by the ashes; but they never raised them to their lips.

«Milly Masters in the still room,» began old Miss Rashleigh. «She's our brother's...»

A shot barked beneath the window. It cut the string that held the rain. Down it poured, down, down, down, in straight rods whipping the windows. Light faded from the carpet. Light faded in their eyes, too, as they sat by the white ashes listening. Their eyes became like pebbles, taken from water; grey stones dulled and dried. And their hands gripped their hands like the claws of dead birds gripping nothing. And they shrivelled as if the bodies inside the clothes had shrunk.

Then Miss Antonia raised her glass to the mermaid. It was the last drop; she drank it off. «Coming!» she croaked, and slapped the glass down. A door banged below. Then another. Then another. Feet could be heard trampling, yet shuffling, along the corridor towards the gallery.

«Closer! Closer!» grinned Miss Rashleigh, baring her three yellow teeth.

The immensely high door burst open. In rushed three great hounds and stood panting. Then there entered, slouching, the Squire himself in shabby gaiters. The dogs pressed round him, tossing their heads, snuffling at his pockets. Then they bounded forward. They smelt the meat. The floor of the gallery waved like a windlashed forest with the tails and backs of the great questing hounds. They snuffed the table. They pawed the cloth. Then, with a wild neighing whimper, they flung themselves upon the little yellow spaniel who was gnawing the

«¿Y quién», dijo Miss Antonia, mirando los copos sobre la alfombra, «quién va a pagar?».

Cacareando como bebés viejos, indiferentes, imprudentes, se rieron; cruzaron hasta la chimenea, y sorbieron el jerez junto a las cenizas de madera y el yeso, hasta que cada copa contuvo sólo una gota de vino, de color púrpura rojizo, en el fondo. Y las viejas no querían desprenderse de esto, según parecía; pues acariciaban las copas con los dedos, mientras estaban sentadas una junto a la otra, junto a las cenizas; pero nunca se las llevaban a los labios.

«Milly Masters en la despensa», empezó la vieja Miss Rashleigh. «Ella es de nuestro hermano...».

Un disparo ladró bajo la ventana. Cortó la cuerda que sujetaba la lluvia. Caía a cántaros, en barras rectas que azotaban las ventanas. La luz se desvaneció de la alfombra. La luz se desvaneció también en sus ojos, mientras escuchaban sentadas junto a las cenizas blancas. Sus ojos se volvieron como guijarros, sacados del agua; piedras grises apagadas y secas. Y sus manos se aferraron a sus manos como las garras de pájaros muertos que se aferran a la nada. Y se arrugaron como si los cuerpos dentro de las ropas se hubieran encogido.

Entonces Miss Antonia alzó su copa hacia la sirena. Era la última gota; se la bebió. «¡Ya voy!», graznó, y bajó la copa de un manotazo. Una puerta sonó abajo. Luego otra. Luego otra. Se oían pies que pisoteaban, arrastrando los pies, por el pasillo hacia la galería.

«¡Más cerca! ¡Más cerca!», sonrió Miss Rashleigh, enseñando sus tres dientes amarillos.

La puerta inmensamente alta se abrió de golpe. Entraron corriendo tres grandes sabuesos y se quedaron jadeando. Luego entró, encorvado, el propio Escudero con unas polainas raídas. Los perros se apretujaron a su alrededor, sacudiendo la cabeza, husmeando en sus bolsillos. Luego saltaron hacia delante. Olieron la carne. El suelo de la galería ondeaba como un bosque azotado por el viento con las colas y lomos de los grandes sabuesos buscadores. Hurgaron en la mesa. Palpaban el mantel. Luego, con un relincho salvaje, se lanzaron sobre el pequeño spaniel

carcass under the table.

«Curse you, curse you!» howled the Squire. But his voice was weak, as if he shouted against a wind. «Curse you, curse you!» he shouted, now cursing his sisters.

Miss Antonia and Miss Rashleigh rose to their feet. The great dogs had seized the spaniel. They worried him, they mauled him with their great yellow teeth. The Squire swung a leather knotted tawse this way and that way, cursing the dogs, cursing his sisters, in the voice that sounded so loud yet so weak. With one lash he curled to the ground the vase of chrysanthemums. Another caught old Miss Rashleigh on the cheek. The old woman staggered backwards. She fell against the mantelpiece. Her stick, striking wildly, struck the shield above the fireplace. She fell with a thud upon the ashes. The shield of the Rashleighs crashed from the wall. Under the mermaid, under the spears, she lay buried.

The wind lashed the panes of glass; shots volleyed in the Park and a tree fell. And then King Edward, in the silver frame, slid, toppled, and fell too.

The grey mist had thickened in the carriage. It hung down like a veil; it seemed to put the four travellers in the corners at a great distance from each other, though in fact they were as close as a third class railway carriage could bring them. The effect was strange. The handsome, if elderly, the well dressed, if rather shabby woman, who had got into the train at some station in the midlands, seemed to have lost her shape. Her body had become all mist. Only her eyes gleamed, changed, lived all by themselves, it seemed; eyes without a body; eyes seeing something invisible. In the misty air they shone out, they moved, so that in the sepulchral atmosphere—the windows were blurred, the lamps haloed with fog—they were like lights dancing, will o' the wisps that move, people say, over the graves of unquiet sleepers in churchyards. An absurd idea? Mere fancy! Yet after all, since there is nothing that does not leave some residue, and memory is a light that dances in the mind when the reality is buried, why should not the eyes there, gleaming, moving, be the ghost of a family, of an age, of a civilization dancing over the grave?

amarillo que estaba royendo el cadáver bajo la mesa.

«¡Malditos sean, malditos sean!», aulló el Escudero. Pero su voz era débil, como si gritara contra el viento. «¡Maldita seas tú, maldita seas tú!», gritó, maldiciendo ahora a sus hermanas.

Miss Antonia y Miss Rashleigh se pusieron en pie. Los grandes perros se habían apoderado del spaniel. Lo inquietaron, lo mutilaron con sus grandes dientes amarillos. El Escudero balanceó una azuela de cuero anudada de un lado a otro, maldiciendo a los perros, maldiciendo a sus hermanas, con esa voz que sonaba tan fuerte y a la vez tan débil. Con un latigazo hizo caer al suelo el jarrón de crisantemos. Otro alcanzó a la vieja Miss Rashleigh en la mejilla. La anciana se tambaleó hacia atrás. Cayó contra la repisa de la chimenea. Su bastón, golpeando salvajemente, chocó contra el escudo que había sobre la chimenea. Cayó con un ruido sordo sobre las cenizas. El escudo de los Rashleighs se desprendió de la pared. Bajo la sirena, bajo las lanzas, yacía enterrada.

El viento azotó los cristales; se oyeron disparos en el parque y cayó un árbol. Y entonces el Rey Eduardo, en el marco de plata, se deslizó, se desplomó y cayó también.

La niebla gris se había espesado en el vagón. Colgaba como un velo; parecía poner a los cuatro viajeros de las esquinas a gran distancia unos de otros, aunque en realidad estaban tan cerca como un vagón de ferrocarril de tercera clase podía hacerlo. El efecto era extraño. La mujer guapa, aunque anciana, bien vestida, aunque bastante desaliñada, que había subido al tren en alguna estación de las Midlands, parecía haber perdido su forma. Su cuerpo se había vuelto todo bruma. Sólo sus ojos brillaban, cambiaban, vivían por sí mismos, así parecía; ojos sin cuerpo; ojos que veían algo invisible. En el aire brumoso brillaban, se movían, de modo que en la atmósfera sepulcral —las ventanas estaban borrosas, las lámparas aureoladas por la niebla— eran como luces danzantes, voluntad de los sabios que se mueven, dice la gente, sobre las tumbas de los durmientes intranquilos en los patios de las iglesias. ¿Una idea absurda? ¡Mera fantasía! Sin embargo, después de todo, puesto que no hay nada que no deje algún residuo, y la memoria es una luz que baila en la mente cuando la realidad está enterrada, ¿por qué no habrían de ser los ojos allí, brillantes, en movimiento, el fantasma de una familia, de una época, de una civilización bailando sobre la tumba?

The train slowed down. Lamps stood up. They were felled. Up they stood again as the train slid into the station. The lights blazed. And the eyes in the corner? They were shut. Perhaps the light was too strong. And of course in the full blaze of the station lamps it was plain—she was quite an ordinary, rather elderly, woman, travelling to London on some ordinary piece of business—something connected with a cat, or a horse, or a dog. She reached for her suit case, rose, and took the pheasants from the rack. But did she, all the same, as she opened the carriage door and stepped out, murmur «Chk., Chk.» as she passed?

El tren redujo la velocidad. Las lámparas se pararon. Se desplomaron. Se levantaron de nuevo mientras el tren se deslizaba hacia la estación. Las luces ardían. ¿Y los ojos de la esquina? Estaban cerrados. Quizá la luz era demasiado fuerte. Y por supuesto, bajo el resplandor de las luces de la estación, era evidente que se trataba de una mujer corriente, bastante mayor, que viajaba a Londres por un asunto corriente, algo relacionado con un gato, un caballo o un perro. Buscó su maletín, se levantó y cogió los faisanes del estante. Pero, mientras abría la puerta del carruaje y bajaba, ¿murmuró «Chk., Chk.» al pasar?

They were married. The wedding march pealed out. The pigeons fluttered. Small boys in Eton jackets threw rice; a fox terrier sauntered across the path; and Ernest Thorburn led his bride to the car through that small inquisitive crowd of complete strangers which always collects in London to enjoy other people's happiness or unhappiness. Certainly he looked handsome and she looked shy. More rice was thrown, and the car moved off.

That was on Tuesday. Now it was Saturday. Rosalind had still to get used to the fact that she was Mrs. Ernest Thorburn. Perhaps she never would get used to the fact that she was Mrs. Ernest Anybody, she thought, as she sat in the bow window of the hotel looking over the lake to the mountains, and waited for her husband to come down to breakfast. Ernest was a difficult name to get used to. It was not the name she would have chosen. She would have preferred Timothy, Antony, or Peter. He did not look like Ernest either. The name suggested the Albert Memorial, mahogany sideboards, steel engravings of the Prince Consort with his family—her mother-in-law's dining-room in Porchester Terrace in short.

But here he was. Thank goodness he did not look like Ernest—no. But what did he look like? She glanced at him sideways. Well, when he was eating toast he looked like a rabbit. Not that anyone else would have seen a likeness to a creature so diminutive and timid in this spruce, muscular young man with the straight nose, the blue eyes, and the very firm mouth. But that made it all the more amusing. His nose twitched very slightly when he ate. So did her pet rabbit's. She kept watching his nose twitch; and then she had to explain, when he caught her looking at him, why she laughed.

«It's because you're like a rabbit, Ernest,» she said. «Like a wild rabbit,» she added, looking at him. «A hunting rabbit; a King Rabbit; a rabbit that makes laws for all the other rabbits.»

Ernest had no objection to being that kind of rabbit, and since it amused her to see him twitch his nose—he had never known that his nose twitched—he twitched it on purpose. And she laughed and laughed; and he laughed too, so that the maiden ladies and the fishing

Estaban casados. Sonó la marcha nupcial. Las palomas revolotearon. Pequeños niños con chaquetas de Eton arrojaron arroz; un fox terrier se paseó por el sendero; y Ernest Thorburn condujo a su novia al coche a través de esa pequeña multitud inquisitiva de completos desconocidos que siempre se reúne en Londres para disfrutar de la felicidad o infelicidad ajenas. Ciertamente, él parecía guapo y ella tímida. Más arroz fue arrojado y el coche se puso en marcha.

Eso fue el martes. Ahora era sábado. Rosalind aún tenía que acostumbrarse al hecho de que era la Señora de Ernest Thorburn. Quizá nunca se acostumbraría al hecho de que era la Señora de Ernest Fulano, pensó, mientras estaba sentada en la ventana de arco del hotel mirando por encima del lago hacia las montañas, y esperaba a que su marido bajara a desayunar. Ernest era un nombre al que resultaba difícil acostumbrarse. No era el nombre que ella hubiera elegido. Hubiera preferido Timothy, Antony o Peter. Tampoco parecía un Ernest. El nombre le sugería el Albert Memorial, aparadores de caoba, grabados en acero del Príncipe Consorte con su familia, el comedor de su suegra en Porchester Terrace en definitiva.

Pero aquí estaba. Menos mal que no parecía un Ernest... no. ¿Pero, qué aspecto tenía? Le miró de reojo. Bueno, cuando estaba comiendo tostadas parecía un conejo. No es que cualquier otra persona hubiera visto un parecido con una criatura tan diminuta y tímida en este joven acicalado y musculoso de nariz recta, ojos azules y boca muy firme. Pero eso lo hacía aún más divertido. Su nariz se retorcía muy ligeramente cuando comía. También lo hacía la de su conejo. Ella no dejaba de observar cómo se le retorcía la nariz; y luego tuvo que explicarle, cuando él la sorprendió mirándolo, por qué se reía.

«Es porque eres como un conejo, Ernest», dijo ella. «Como un conejo salvaje», añadió, mirándole. «Un conejo de caza; un Conejo Rey; un conejo que hace leyes para todos los demás conejos».

Ernest no tenía inconveniente en ser ese tipo de conejo, y como a ella le divertía verle retorcer la nariz —nunca había sabido que su nariz se retorcía—, la torció a propósito. Y ella se rió y se rió; y él también se rió, de modo que las doncellas y el pescador y el camarero suizo con su gra-

man and the Swiss waiter in his greasy black jacket all guessed right; they were very happy. But how long does such happiness last? they asked themselves; and each answered according to his own circumstances.

At lunch time, seated on a clump of heather beside the lake, «Lettuce, rabbit?» said Rosalind, holding out the lettuce that had been provided to eat with the hardboiled eggs. «Come and take it out of my hand,» she added, and he stretched out and nibbled the lettuce and twitched his nose.

«Good rabbit, nice rabbit,» she said, patting him, as she used to pat her tame rabbit at home. But that was absurd. He was not a tame rabbit, whatever he was. She turned it into French. «Lapin,» she called him. But whatever he was, he was not a French rabbit. He was simply and solely English-born at Porchester Terrace, educated at Rugby; now a clerk in His Majesty's Civil Service. So she tried «Bunny» next; but that was worse. «Bunny» was someone plump and soft and comic; he was thin and hard and serious. Still, his nose twitched. «Lappin,» she exclaimed suddenly; and gave a little cry as if she had found the very word she looked for.

«Lappin, Lappin, King Lappin,» she repeated. It seemed to suit him exactly; he was not Ernest, he was King Lappin. Why? She did not know.

When there was nothing new to talk about on their long solitary walks—and it rained, as everyone had warned them that it would rain; or when they were sitting over the fire in the evening, for it was cold, and the maiden ladies had gone and the fishing man, and the waiter only came if you rang the bell for him, she let her fancy play with the story of the Lappin tribe. Under her hands—she was sewing; he was reading—they became very real, very vivid, very amusing. Ernest put down the paper and helped her. There were the black rabbits and the red; there were the enemy rabbits and the friendly. There were the wood in which they lived and the outlying prairies and the swamp. Above all there was King Lappin, who, far from having only the one trick—that he twitched his nose—became as the days passed an animal of the greatest character; Rosalind was always finding new qualities in him. But above all he was a great hunter.

sienta chaqueta negra acertaron; estaban muy contentos. Pero, ¿cuánto dura esa felicidad? se preguntaron; y cada uno respondió según sus propias circunstancias.

A la hora de comer, sentados en una mata de brezo junto al lago, «¿Lechuga, conejo?», dijo Rosalind, tendiéndole la lechuga que le habían proporcionado para comer con los huevos duros. «Ven y cógela de mi mano», añadió, y él se estiró y mordisqueó la lechuga retorciendo la nariz.

«Buen conejo, bonito conejo», le dijo, acariciándole, como solía hacer con su conejo domesticado en casa. Pero eso era absurdo. No era un conejo domesticado, fuera lo que fuera. Ella lo convirtió al francés. «Lapin», le llamó. Pero fuera lo que fuera, no era un conejo francés. Era simple y llanamente inglés, nacido en Porchester Terrace, educado en Rugby; ahora empleado en la Administración Pública de Su Majestad. Así que probó con «Bunny» a continuación; pero eso fue peor. «Bunny» era alguien regordete y suave y cómico; él era delgado y duro y serio. Aun así, se le retorcía la nariz. «Lappin», exclamó de repente; y dio un gritito como si hubiera encontrado la palabra que buscaba.

«Lappin, Lappin, el Rey Lappin», repitió. Parecía sentarle como anillo al dedo; no era Ernest, era el Rey Lappin. ¿Por qué? Ella no podía decirlo.

Cuando no había nada nuevo de qué hablar en sus largos paseos solitarios —y llovía, como todo el mundo les había advertido que llovería—; o cuando estaban sentados junto al fuego por la noche, porque hacía frío, y las doncellas se habían ido y el pescador se había ido, y el camarero sólo venía si tocaba la campanilla para llamarlo, ella dejaba que su fantasía jugara con la historia de la tribu Lappin. Bajo sus manos —ella cosía; él leía— se volvieron muy reales, muy vívidos, muy divertidos. Ernest dejó el periódico y la ayudó. Estaban los conejos negros y los rojos; estaban los conejos enemigos y los amigos. Estaba el bosque en el que vivían y las praderas periféricas y el pantano. Sobre todo estaba el Rey Lappin, que, lejos de tener un único truco —que retorcía la nariz—, se convirtió con el paso de los días en un animal del mayor carácter; Rosalind siempre encontraba nuevas cualidades en él. Pero sobre todo era un gran cazador.

«And what,» said Rosalind, on the last day of the honeymoon, «did the King do to-day?»

In fact they had been climbing all day; and she had worn a blister on her heel; but she did not mean that.

«To-day,» said Ernest, twitching his nose as he bit the end off his cigar, «he chased a hare.» He paused; struck a match, and twitched again.

«A woman hare,» he added.

«A white hare!» Rosalind exclaimed, as if she had been expecting this. «Rather a small hare; silver grey; with big bright eyes?»

«Yes,» said Ernest, looking at her as she had looked at him, «a smallish animal; with eyes popping out of her head, and two little front paws dangling.» It was exactly how she sat, with her sewing dangling in her hands; and her eyes, that were so big and bright, were certainly a little prominent.

«Ah, Lapinova,» Rosalind murmured.

«Is that what she's called?» said Ernest—«the real Rosalind?» He looked at her. He felt very much in love with her.

«Yes; that's what she's called,» said Rosalind. «Lapinova.» And before they went to bed that night it was all settled. He was King Lappin; she was Queen Lapinova. They were the opposite of each other; he was bold and determined; she wary and undependable. He ruled over the busy world of rabbits; her world was a desolate, mysterious place, which she ranged mostly by moonlight. All the same, their territories touched; they were King and Queen.

Thus when they came back from their honeymoon they possessed a private world, inhabited, save for the one white hare, entirely by rabbits. No one guessed that there was such a place, and that of course made it all the more amusing. It made them feel, more even than most young married couples, in league together against the rest

«¿Y qué», dijo Rosalind, el último día de la luna de miel, «hizo el Rey hoy?».

De hecho habían estado escalando todo el día; y ella se había hecho una ampolla en el talón; pero ella no quería decir eso.

«Hoy», dijo Ernest, retorciendo la nariz mientras mordía la punta de su puro, «él persiguió a una liebre». Hizo una pausa; encendió una cerilla y volvió a retorcer la nariz.

«Una mujer liebre», añadió.

«¡Una liebre blanca!», exclamó Rosalind, como si lo hubiera estado esperando. «¿Más bien una liebre pequeña, gris plateada, con grandes ojos brillantes?».

«Sí», dijo Ernest, mirándola como ella le había mirado a él, «un pequeño animal; con los ojos saliéndole de la cabeza, y dos patitas delanteras colgando». Era exactamente como estaba sentada, con la costura colgando de las manos; y sus ojos, que eran tan grandes y brillantes, eran ciertamente un poco prominentes.

«Ah, Lapinova», murmuró Rosalind.

«¿Así es como se llama?», dijo Ernest, «¿la verdadera Rosalind?». Él la miró. Se sentía muy enamorado de ella.

«Sí; así es como se llama», dijo Rosalind. «Lapinova». Y antes de que se fueran a la cama esa noche todo estaba resuelto. Él era el Rey Lappin; ella, la Reina Lapinova. Eran lo opuesto el uno del otro; él era audaz y decidido; ella recelosa y confiaba poco. Él gobernaba el ajetreado mundo de los conejos; el mundo de ella era un lugar desolado y misterioso, que ella recorría sobre todo a la luz de la luna. No obstante, sus territorios se tocaban; eran Rey y Reina.

Así, cuando regresaron de su luna de miel poseían un mundo privado, habitado, salvo por la única liebre blanca, enteramente por conejos. Nadie se imaginaba que existiera un lugar así, y eso, por supuesto, lo hacía aún más divertido. Les hacía sentirse, incluso más que a la mayoría de los matrimonios jóvenes, aliados contra el resto del mundo. A me-

of the world. Often they looked slyly at each other when people talked about rabbits and woods and traps and shooting. Or they winked furtively across the table when Aunt Mary said that she could never bear to see a hare in a dish—it looked so like a baby: or when John, Ernest's sporting brother, told them what price rabbits were fetching that autumn in Wiltshire, skins and all. Sometimes when they wanted a gamekeeper, or a poacher or a Lord of the Manor, they amused themselves by distributing the parts among their friends. Ernest's mother, Mrs. Reginald Thorburn, for example, fitted the part of the Squire to perfection. But it was all secret—that was the point of it; nobody save themselves knew that such a world existed.

Without that world, how, Rosalind wondered, that winter could she have lived at all? For instance, there was the golden-wedding party, when all the Thorburns assembled at Porchester Terrace to celebrate the fiftieth anniversary of that union which had been so blessed—had it not produced Ernest Thorburn? and so fruitful—had it not produced nine other sons and daughters into the bargain, many themselves married and also fruitful? She dreaded that party. But it was inevitable. As she walked upstairs she felt bitterly that she was an only child and an orphan at that; a mere drop among all those Thorburns assembled in the great drawing-room with the shiny satin wallpaper and the lustrous family portraits. The living Thorburns much resembled the painted; save that instead of painted lips they had real lips; out of which came jokes; jokes about schoolrooms, and how they had pulled the chair from under the governess; jokes about frogs and how they had put them between the virgin sheets of maiden ladies. As for herself, she had never even made an apple-pie bed. Holding her present in her hand she advanced toward her mother-in-law sumptuous in yellow satin; and toward her father-in-law decorated with a rich yellow carnation. All round them on tables and chairs there were golden tributes, some nestling in cotton wool; others branching resplendent—candlesticks; cigar boxes; chains; each stamped with the goldsmith's proof that it was solid gold, hall-marked, authentic. But her present was only a little pinchbeck box pierced with holes; an old sand caster, an eighteenth-century relic, once used to sprinkle sand over wet ink. Rather a senseless present she felt—in an age of blotting paper; and as she proffered it, she saw in front of her the stubby black handwriting in which her mother-in-law when they were engaged had expressed the hope that «My son will make you happy.» No, she

nudo se miraban socarronamente cuando la gente hablaba de conejos y bosques y trampas y caza. O se guiñaban furtivamente el ojo a través de la mesa cuando la tía Mary decía que nunca soportaría ver una liebre en un plato… se parecía tanto a un bebé, o cuando John, el hermano deportista de Ernest, les contaba el precio que alcanzaban los conejos ese otoño en Wiltshire, con pieles y todo. A veces, cuando querían un guarda para la caza, un cazador furtivo o un Señor de la Mansión, se entretenían repartiendo los papeles entre sus amigos. La madre de Ernest, la Señora de Reginald Thorburn, por ejemplo, encajaba a la perfección en el papel de Escudero. Pero todo era secreto, de eso se trataba; nadie, salvo ellos mismos, sabía que existía tal mundo.

Sin aquel mundo, ¿cómo, se preguntaba Rosalind, habría podido vivir aquel invierno? Por ejemplo, estaba la fiesta de las bodas de oro, cuando todos los Thorburn se reunieron en Porchester Terrace para celebrar el quincuagésimo aniversario de aquella unión que había sido tan bendita —¿acaso no había dado a luz a Ernest Thorburn? y tan fructífera— ¿acaso no había dado a luz a otros nueve hijos e hijas, muchos de ellos casados y también fructíferos? Ella temía esa fiesta. Pero era inevitable. Mientras subía las escaleras sintió amargamente que era hija única y huérfana además; una mera gota entre todos aquellos Thorburn reunidos en el gran salón con el brillante papel pintado de raso y los lustrosos retratos familiares. Los Thorburn vivos se parecían mucho a los pintados; salvo que en lugar de labios pintados tenían labios de verdad, de los que salían chistes; chistes sobre aulas escolares y cómo habían sacado la silla de debajo de la institutriz; chistes sobre ranas y cómo las habían metido entre las sábanas vírgenes de las doncellas. En cuanto a ella misma, ni siquiera había hecho nunca una cama de pastel de manzana. Sosteniendo su regalo en la mano avanzó hacia su suegra suntuosa en satén amarillo, y hacia su suegro decorado con un rico clavel amarillo. A su alrededor, sobre mesas y sillas, había tributos de oro, algunos acomodados entre algodones; otros ramificándose resplandecientes: candelabros; cajas de puros; cadenas; cada uno estampado con la prueba del orfebre de que era de oro macizo, con la marca del salón, auténtico. Pero su regalo no era más que una cajita de pellizco agujereada; un viejo lanzador de arena, una reliquia del siglo XVIII, que en su día se utilizó para espolvorear arena sobre la tinta húmeda. Más bien un regalo sin sentido, le pareció, en una época de papel secante; y al ofrecérselo, vio frente a ella la letra negra y rechoncha con la que su suegra, cuando se habían comprometido, había expresado la esperanza de que «mi hijo

was not happy. Not at all happy. She looked at Ernest, straight as a ramrod with a nose like all the noses in the family portraits; a nose that never twitched at all.

Then they went down to dinner. She was half hidden by the great chrysanthemums that curled their red and gold petals into large tight balls. Everything was gold. A gold-edged card with gold initials intertwined recited the list of all the dishes that would be set one after another before them. She dipped her spoon in a plate of clear golden fluid. The raw white fog outside had been turned by the lamps into a golden mesh that blurred the edges of the plates and gave the pineapples a rough golden skin. Only she herself in her white wedding dress peering ahead of her with her prominent eyes seemed insoluble as an icicle.

As the dinner wore on, however, the room grew steamy with heat. Beads of perspiration stood out on the men's foreheads. She felt that her icicle was being turned to water. She was being melted; dispersed; dissolved into nothingness; and would soon faint. Then through the surge in her head and the din in her ears she heard a woman's voice exclaim, «But they breed so!»

The Thorburns-yes; they breed so, she echoed; looking at all the round red faces that seemed doubled in the giddiness that overcame her; and magnified in the gold mist that enhaloed them. «They breed so.» Then John bawled:

«Little devils!...Shoot 'em! Jump on 'em with big boots! That's the only way to deal with 'em...rabbits!»

At that word, that magic word, she revived. Peeping between the chrysanthemums she saw Ernest's nose twitch. It rippled, it ran with successive twitches. And at that a mysterious catastrophe befell the Thorburns. The golden table became a moor with the gorse in full bloom; the din of voices turned to one peal of lark's laughter ringing down from the sky. It was a blue sky—clouds passed slowly. And they had all been changed—the Thorburns. She looked at her father-in-law, a furtive little man with dyed moustaches. His foible was collecting things—seals, enamel boxes, trifles from eighteenth-century dressing tables which he hid in the drawers of his study

te hará feliz». No, ella no era feliz. Para nada feliz. Miró a Ernest, recto como una baqueta con una nariz como todas las narices de los retratos familiares; una nariz que nunca se movía en absoluto.

Luego fueron a cenar. Estaba medio oculta por los grandes crisantemos que enroscaban sus pétalos rojos y dorados en grandes bolas apretadas. Todo era dorado. Una tarjeta de bordes dorados con iniciales de oro entrelazadas recitaba la lista de todos los platos que se pondrían uno tras otro ante ellos. Mojó su cuchara en un plato de líquido dorado transparente. La cruda niebla blanca del exterior había sido convertida por las lámparas en una malla dorada que difuminaba los bordes de los platos y daba a las piñas una rugosa piel dorada. Sólo ella misma con su vestido de novia blanco mirando hacia delante con sus prominentes ojos parecía insoluble como un carámbano.

Sin embargo, a medida que avanzaba la cena, la habitación se empañaba de calor. Gotas de sudor resaltaban en las frentes de los hombres. Ella sintió que su carámbano se convertía en agua. Estaba siendo derretida; dispersada; disuelta en la nada; y pronto se desmayaría. Entonces, a través de la oleada en su cabeza y el estruendo en sus oídos, oyó una voz de mujer que exclamaba: «¡Pero si se reproducen así!».

Los Thorburn... sí; así se reproducen, repitió ella; mirando todas las redondas caras rojas que parecían dobladas por el vértigo que la invadía; y magnificadas en la bruma dorada que las realzaba. «Así se reproducen». Entonces John berreó:

«¡Diablillos!... ¡Dispárenles! ¡Salten sobre ellos con botas grandes! Esa es la única manera de lidiar con ellos... ¡conejos!».

Al oír esa palabra, esa palabra mágica, revivió. Asomándose entre los crisantemos vio cómo la nariz de Ernest se retorcía. Ondulaba, corría con sucesivas sacudidas. Y en ese momento una misteriosa catástrofe se abatió sobre los Thorburn. La mesa dorada se convirtió en un páramo con las aliagas en plena floración; el estruendo de las voces se convirtió en un tañido de risas de alondra que resonaba desde el cielo. Era un cielo azul; las nubes pasaban lentamente. Y todos habían cambiado: los Thorburn. Miró a su suegro, un hombrecillo furtivo con bigotes teñidos. Su manía era coleccionar cosas: sellos, cajas de esmalte, bagatelas de tocadores del siglo XVIII que ocultaba a su mujer en los

from his wife. Now she saw him as he was—a poacher, stealing off with his coat bulging with pheasants and partridges to drop them stealthily into a three-legged pot in his smoky little cottage. That was her real father-in-law—a poacher. And Celia, the unmarried daughter, who always nosed out other people's secrets, the little things they wished to hide—she was a white ferret with pink eyes, and a nose clotted with earth from her horrid underground nosings and pokings. Slung round men's shoulders, in a net, and thrust down a hole—it was a pitiable life—Celia's; it was none of her fault. So she saw Celia. And then she looked at her mother-in-law—whom they dubbed The Squire. Flushed, coarse, a bully—she was all that, as she stood returning thanks, but now that Rosalind—that is Lapinova—saw her, she saw behind her the decayed family mansion, the plaster peeling off the walls, and heard her, with a sob in her voice, giving thanks to her children (who hated her) for a world that had ceased to exist. There was a sudden silence. They all stood with their glasses raised; they all drank; then it was over.

«Oh, King Lappin!» she cried as they went home together in the fog, «if your nose hadn't twitched just at that moment, I should have been trapped!»

«But you're safe,» said King Lappin, pressing her paw.

«Quite safe,» she answered.

And they drove back through the Park, King and Queen of the marsh, of the mist, and of the gorse-scented moor.

Thus time passed; one year; two years of time. And on a winter's night, which happened by a coincidence to be the anniversary of the golden-wedding party—but Mrs. Reginald Thorburn was dead; the house was to let; and there was only a caretaker in residence—Ernest came home from the office. They had a nice little home; half a house above a saddler's shop in South Kensington, not far from the tube station. It was cold, with fog in the air, and Rosalind was sitting over the fire, sewing.

«What d'you think happened to me to-day?» she began as soon as he had settled himself down with his legs stretched to the blaze. «I

cajones de su estudio. Ahora ella lo veía como era: un cazador furtivo, que se escabullía con su abrigo abarrotado de faisanes y perdices para dejarlos caer sigilosamente en una olla de tres patas en su humeante casita. Ése era su verdadero suegro: un cazador furtivo. Y Celia, la hija soltera, que siempre husmeaba los secretos de los demás, las pequeñas cosas que deseaban ocultar, era un hurón blanco de ojos rosados y nariz coagulada de tierra por sus horribles narices y agujeros subterráneos. Encaramada a los hombros de los hombres, en una red, y metida en un agujero: era una vida lamentable la de Celia; no era culpa suya. Entonces vio a Celia. Y luego miró a su suegra, a quien apodaban el Escudero. Ruborizada, tosca, bravucona, todo eso era ella, mientras devolvía las gracias, pero ahora que Rosalind —es decir, Lapinova— la veía, veía detrás de ella la decadente mansión familiar, el yeso desprendiéndose de las paredes, y la oía, con un sollozo en la voz, dando gracias a sus hijos (que la odiaban) por un mundo que había dejado de existir. Se hizo un silencio repentino. Todos permanecieron de pie con las copas alzadas; todos bebieron; luego todo terminó.

«¡Oh, Rey Lappin!», gritó ella mientras volvían juntos a casa entre la niebla, «¡si tu nariz no se hubiera retorcido justo en ese momento, me habría quedado atrapada!».

«Pero estás a salvo», dijo el Rey Lappin, apretándole la pata.

«Totalmente a salvo», respondió ella.

Y condujeron de vuelta a través del Parque, Rey y Reina del pantano, de la niebla y del páramo perfumado de aliagas.

Así pasó el tiempo; un año; dos años de tiempo. Y una noche de invierno, que casualmente era el aniversario de la fiesta de bodas de oro —pero la Señora de Reginald Thorburn había muerto; la casa estaba en alquiler; y sólo había un conserje en la residencia—, Ernest volvió a casa desde la oficina. Tenían una bonita casita; lindaba con otra casa encima de una talabartería en South Kensington, no lejos de la estación del subterráneo. Hacía frío, con niebla en el aire, y Rosalind estaba sentada junto al fuego, cosiendo.

«¿Qué crees que me ha pasado hoy?», empezó a decir ella en cuanto él se hubo acomodado con las piernas estiradas hacia la hoguera. «Estaba

was crossing the stream when——»

«What stream?» Ernest interrupted her.

«The stream at the bottom, where our wood meets the black wood,» she explained.

Ernest looked completely blank for a moment.

«What the deuce are you talking about?» he asked.

«My dear Ernest!» she cried in dismay. «King Lappin,» she added, dangling her little front paws in the firelight. But his nose did not twitch. Her hands—they turned to hands—clutched the stuff she was holding; her eyes popped half out of her head. It took him five minutes at least to change from Ernest Thorburn to King Lappin; and while she waited she felt a load on the back of her neck, as if somebody were about to wring it. At last he changed to King Lappin; his nose twitched; and they spent the evening roaming the woods much as usual.

But she slept badly. In the middle of the night she woke, feeling as if something strange had happened to her. She was stiff and cold. At last she turned on the light and looked at Ernest lying beside her. He was sound asleep. He snored. But even though he snored, his nose remained perfectly still. It looked as if it had never twitched at all. Was it possible that he was really Ernest; and that she was really married to Ernest? A vision of her mother-in-law's dining-room came before her; and there they sat, she and Ernest, grown old, under the engravings, in front of the sideboard... It was their golden-wedding day. She could not bear it.

«Lappin, King Lappin!» she whispered, and for a moment his nose seemed to twitch of its own accord. But he still slept. «Wake up, Lappin, wake up!» she cried.

Ernest woke; and seeing her sitting bolt upright beside him he asked:

«What's the matter?»

cruzando el arroyo cuando...».

«¿Qué arroyo?», la interrumpió Ernest.

«El arroyo del fondo, donde nuestro bosque se encuentra con el bosque negro», explicó.

Ernest se quedó completamente en blanco por un momento.

«¿De qué demonios estás hablando?», preguntó.

«¡Mi querido Ernest!», gritó consternada. «Rey Lappin», añadió, colgando sus patitas delanteras a la luz del fuego. Pero su nariz no se torció. Sus manos —se convirtieron en manos— aferraron las cosas que sostenía; los ojos se le salieron de las órbitas. Él tardó cinco minutos por lo menos en cambiar de Ernest Thorburn a Rey Lappin; y mientras ella esperaba sintió una carga en la nuca, como si alguien estuviera a punto de retorcérsela. Por fin él cambió a Rey Lappin; su nariz se retorció; y pasaron la tarde vagando por el bosque como de costumbre.

Pero ella durmió mal. En mitad de la noche se despertó, sintiendo como si algo extraño le hubiera ocurrido. Estaba rígida y tenía frío. Por fin encendió la luz y miró a Ernest tumbado a su lado. Estaba profundamente dormido. Roncaba. Pero aunque roncaba, su nariz permanecía perfectamente inmóvil. Parecía como si nunca se hubiera movido. ¿Era posible que él fuera realmente Ernest; y que ella estuviera realmente casada con Ernest? Una visión del comedor de su suegra se presentó ante ella; y allí estaban sentados, ella y Ernest, envejecidos, bajo los grabados, frente al aparador... Era el día de sus bodas de oro. Ella no podía soportarlo.

«¡Lappin, Rey Lappin!», susurró ella, y por un momento su nariz pareció retorcerse por sí sola. Pero él seguía durmiendo. «¡Despierta, Lappin, despierta!», gritó ella.

Ernest se despertó, y al verla sentada como una poseída a su lado le preguntó:

«¿Qué ocurre?».

«I thought my rabbit was dead!» she whimpered. Ernest was angry.

«Don't talk such rubbish, Rosalind,» he said. «Lie down and go to sleep.»

He turned over. In another moment he was sound asleep and snoring.

But she could not sleep. She lay curled up on her side of the bed, like a hare in its form. She had turned out the light, but the street lamp lit the ceiling faintly, and the trees outside made a lacy network over it as if there were a shadowy grove on the ceiling in which she wandered, turning, twisting, in and out, round and round, hunting, being hunted, hearing the bay of hounds and horns; flying, escaping... until the maid drew the blinds and brought their early tea.

Next day she could settle to nothing. She seemed to have lost something. She felt as if her body had shrunk; it had grown small, and black and hard. Her joints seemed stiff too, and when she looked in the glass, which she did several times as she wandered about the flat, her eyes seemed to burst out of her head, like currants in a bun. The rooms also seemed to have shrunk. Large pieces of furniture jutted out at odd angles and she found herself knocking against them. At last she put on her hat and went out. She walked along the Cromwell Road; and every room she passed and peered into seemed to be a dining-room where people sat eating under steel engravings, with thick yellow lace curtains, and mahogany sideboards. At last she reached the Natural History Museum; she used to like it when she was a child. But the first thing she saw when she went in was a stuffed hare standing on sham snow with pink glass eyes. Somehow it made her shiver all over. Perhaps it would be better when dusk fell. She went home and sat over the fire, without a light, and tried to imagine that she was out alone on a moor; and there was a stream rushing; and beyond the stream a dark wood. But she could get no further than the stream. At last she squatted down on the bank on the wet grass, and sat crouched in her chair, with her hands dangling empty, and her eyes glazed, like glass eyes, in the firelight. Then there was the crack of a gun... She started as if she had been shot. It was only

«¡Creía que mi conejo estaba muerto!», gimoteó. Ernest estaba enfadado.

«No digas esas tonterías, Rosalind», le dijo. «Túmbate y duérmete».

Se dio la vuelta. Al siguiente instante él estaba profundamente dormido y roncando.

Pero ella no podía dormir. Yacía acurrucada en su lado de la cama, como una liebre manteniendo su forma. Había apagado la luz, pero la farola iluminaba tenuemente el techo, y los árboles del exterior formaban una red de encaje sobre ella como si hubiera una arboleda sombría en el techo por la que vagaba, girando, retorciéndose, entrando y saliendo, dando vueltas y vueltas, cazando, siendo cazada, oyendo el aullido de los sabuesos y los cuernos; volando, escapando... hasta que la criada abrió las persianas y les trajo el té de la mañana.

Al día siguiente no pudo ocuparse de nada. Parecía haber perdido algo. Sentía como si su cuerpo se hubiera encogido; se había vuelto pequeño, y negro y duro. Sus articulaciones también parecían rígidas, y cuando miraba el espejo, cosa que hizo varias veces mientras deambulaba por el piso, sus ojos parecían salírsele de la cabeza, como grosellas en un bollo. Las habitaciones también parecían haber encogido. Grandes muebles sobresalían en ángulos extraños y ella se encontraba golpeándose contra ellos. Por fin se puso el sombrero y salió. Caminó por Cromwell Road; y cada habitación que atravesaba y a la que echaba un vistazo parecía ser un comedor donde la gente se sentaba a comer bajo grabados de acero, con gruesas cortinas de encaje amarillo y aparadores de caoba. Por fin llegó al Museo de Historia Natural; solía gustarle cuando era niña. Pero lo primero que vio al entrar fue una liebre disecada, de pie sobre nieve batida, con ojos de cristal rosa. De algún modo le produjo escalofríos por todo el cuerpo. Tal vez estaría mejor cuando llegara el crepúsculo. Volvió a casa y se sentó junto al fuego, sin luz, e intentó imaginar que estaba sola en un páramo; y que corría un arroyo; y más allá del arroyo un bosque oscuro. Pero no pudo ir más allá del arroyo. Por fin se acuclilló en la orilla, sobre la hierba húmeda, y se sentó agachada en su silla, con las manos colgando vacías y los ojos vidriosos, como ojos de cristal, a la luz del fuego. Entonces se oyó el chasquido de un arma... Se sobresaltó como si le hubieran disparado. Era sólo Ernest,

Ernest, turning his key in the door. She waited, trembling. He came in and switched on the light. There he stood, tall, handsome, rubbing his hands that were red with cold.

«Sitting in the dark?» he said.

«Oh, Ernest, Ernest!» she cried, starting up in her chair.

«Well, what's up now?» he asked briskly, warming his hands at the fire.

«It's Lapinova...» she faltered, glancing wildly at him out of her great startled eyes. «She's gone, Ernest. I've lost her!»

Ernest frowned. He pressed his lips tight together. «Oh, that's what's up, is it?» he said, smiling rather grimly at his wife. For ten seconds he stood there, silent; and she waited, feeling hands tightening at the back of her neck.

«Yes,» he said at length. «Poor Lapinova...» He straightened his tie at the looking-glass over the mantelpiece.

«Caught in a trap,» he said, «killed,» and sat down and read the newspaper.

So that was the end of that marriage.

girando su llave en la puerta. Ella esperó, temblando. Él entró y encendió la luz. Allí estaba él, alto, apuesto, frotándose las manos enrojecidas por el frío.

«¿Sentada en la oscuridad?», dijo.

«¡Oh, Ernest, Ernest!», gritó ella, incorporándose en su silla.

«Bueno, ¿qué pasa ahora?», preguntó él enérgicamente, calentándose las manos junto al fuego.

«Es Lapinova...», titubeó ella, mirándole salvajemente con sus grandes ojos sobresaltados. «Se ha ido, Ernest. ¡La he perdido!».

Ernest frunció el ceño. Apretó los labios con fuerza. «Ah, eso es lo que pasa, ¿no?», dijo, sonriendo con bastante desgana a su mujer. Durante diez segundos permaneció allí de pie, en silencio; y ella esperó, sintiendo manos que le apretaban la nuca.

«Sí», dijo él al final. «Pobre Lapinova...». Se arregló la corbata ante el espejo que había sobre la repisa de la chimenea.

«Atrapada en una trampa», dijo él, «asesinada», y se sentó a leer el periódico.

Así que ese fue el final de ese matrimonio.

The only thing that moved upon the vast semicircle of the beach was one small black spot. As it came nearer to the ribs and spine of the stranded pilchard boat, it became apparent from a certain tenuity in its blackness that this spot possessed four legs; and moment by moment it became more unmistakable that it was composed of the persons of two young men. Even thus in outline against the sand there was an unmistakable vitality in them; an indescribable vigour in the approach and withdrawal of the bodies, slight though it was, which proclaimed some violent argument issuing from the tiny mouths of the little round heads. This was corroborated on closer view by the repeated lunging of a walking-stick on the right-hand side. «You mean to tell me... You actually believe...» thus the walkingstick on the right-hand side next the waves seemed to be asserting as it cut long straight stripes upon the sand.

«Politics be damned!» issued clearly from the body on the left-hand side, and, as these words were uttered, the mouths, noses, chins, little moustaches, tweed caps, rough boots, shooting coats, and check stockings of the two speakers became clearer and clearer; the smoke of their pipes went up into the air; nothing was so solid, so living, so hard, red, hirsute and virile as these two bodies for miles and miles of sea and sandhill.

They flung themselves down by the six ribs and spine of the black pilchard boat. You know how the body seems to shake itself free from an argument, and to apologize for a mood of exaltation; flinging itself down and expressing in the looseness of its attitude a readiness to take up with something new—whatever it may be that comes next to hand. So Charles, whose stick had been slashing the beach for half a mile or so, began skimming flat pieces of slate over the water; and John, who had exclaimed «Politics be damned!» began burrowing his fingers down, down, into the sand. As his hand went further and further beyond the wrist, so that he had to hitch his sleeve a little higher, his eyes lost their intensity, or rather the background of thought and experience which gives an inscrutable depth to the eyes of grown people disappeared, leaving only the clear transparent surface, expressing nothing but wonder, which the eyes of young children display. No doubt the act of burrowing in the sand had something to do

OBJETOS SÓLIDOS

Lo único que se movía en el vasto semicírculo de la playa era una pequeña mancha negra. A medida que se acercaba a las costillas y la espina dorsal de la embarcación sardinera varada, se hizo evidente, por un cierto matiz en su negrura, que esta mancha poseía cuatro patas; y momento tras momento se hizo más inconfundible que estaba compuesta por las personas de dos hombres jóvenes. Incluso así, perfilados contra la arena, había en ellos una vitalidad inconfundible; un vigor indescriptible en la aproximación y retirada de los cuerpos, por leve que fuera, que proclamaba algún argumento violento que salía de las diminutas bocas de las cabecitas redondas. Esto fue corroborado al verlo más de cerca por los repetidos embates de un bastón en el lado derecho. «Pretendes decirme... Realmente crees...», así parecía afirmar el bastón del lado derecho junto a las olas mientras cortaba largas rayas rectas sobre la arena.

«¡Maldita sea la política!», salió claramente del cuerpo del lado izquierdo y, a medida que se pronunciaban estas palabras, las bocas, narices, barbillas, pequeños bigotes, gorras de tweed, botas ásperas, abrigos de caza y medias a cuadros de los dos oradores se hacían cada vez más nítidos; el humo de sus pipas se elevaba en el aire; nada era tan sólido, tan vivo, tan duro, rojo, hirsuto y viril como estos dos cuerpos en millas y millas de mar y monte bajo.

Se arrojaron al suelo por las seis costillas y la espina dorsal del negro barco sardinero. Ya sabes cómo parece que el cuerpo se libera de una discusión y se disculpa por un estado de exaltación; arrojándose al suelo y expresando en la soltura de su actitud una disposición a emprender algo nuevo, sea lo que sea lo que se le presente. Así que Charles, cuyo bastón había estado acuchillando la playa durante media milla más o menos, empezó a rozar trozos planos de pizarra sobre el agua; y John, que había exclamado «¡Maldita sea la política!», empezó a hundir los dedos abajo, abajo, en la arena. A medida que su mano iba más y más allá de la muñeca, de modo que tenía que arremangarse un poco más arriba, sus ojos perdían intensidad, o más bien desaparecía el trasfondo de pensamiento y experiencia que da una profundidad inescrutable a los ojos de la gente adulta, dejando sólo la clara superficie transparente, que no expresa más que asombro, que muestran los ojos de los niños pequeños. Sin duda, el acto de excavar en la arena tenía algo que ver

with it. He remembered that, after digging for a little, the water oozes round your finger-tips; the hole then becomes a moat; a well; a spring; a secret channel to the sea. As he was choosing which of these things to make it, still working his fingers in the water, they curled round something hard—a full drop of solid matter—and gradually dislodged a large irregular lump, and brought it to the surface. When the sand coating was wiped off, a green tint appeared. It was a lump of glass, so thick as to be almost opaque; the smoothing of the sea had completely worn off any edge or shape, so that it was impossible to say whether it had been bottle, tumbler or window-pane; it was nothing but glass; it was almost a precious stone. You had only to enclose it in a rim of gold, or pierce it with a wire, and it became a jewel; part of a necklace, or a dull, green light upon a finger. Perhaps after all it was really a gem; something worn by a dark Princess trailing her finger in the water as she sat in the stern of the boat and listened to the slaves singing as they rowed her across the Bay. Or the oak sides of a sunk Elizabethan treasure-chest had split apart, and, rolled over and over, over and over, its emeralds had come at last to shore. John turned it in his hands; he held it to the light; he held it so that its irregular mass blotted out the body and extended right arm of his friend. The green thinned and thickened slightly as it was held against the sky or against the body. It pleased him; it puzzled him; it was so hard, so concentrated, so definite an object compared with the vague sea and the hazy shore.

Now a sigh disturbed him—profound, final, making him aware that his friend Charles had thrown all the flat stones within reach, or had come to the conclusion that it was not worth while to throw them. They ate their sandwiches side by side. When they had done, and were shaking themselves and rising to their feet, John took the lump of glass and looked at it in silence. Charles looked at it too. But he saw immediately that it was not flat, and filling his pipe he said with the energy that dismisses a foolish strain of thought:

«To return to what I was saying——»

He did not see, or if he had seen would hardly have noticed, that John, after looking at the lump for a moment, as if in hesitation, slipped it inside his pocket. That impulse, too, may have been the impul-

con ello. Recordó que, tras cavar un poco, el agua rezuma alrededor de las yemas de los dedos; el agujero se convierte entonces en un foso; un pozo; un manantial; un canal secreto hacia el mar. Mientras elegía en cuál de estas cosas convertirlo, aún trabajando con los dedos en el agua, estos se enroscaron alrededor de algo duro —una gota llena de materia sólida— y poco a poco desprendieron un gran bulto irregular y lo sacaron a la superficie. Al quitarle la capa de arena, apareció un tinte verde. Era un trozo de vidrio, tan grueso que era casi opaco; el alisado del mar había desgastado por completo cualquier borde o forma, de modo que era imposible decir si había sido botella, vaso o cristal de ventana; no era más que vidrio; era casi una piedra preciosa. Sólo había que encerrarlo en un borde de oro, o perforarlo con un alambre, y se convertía en una joya; parte de un collar, o una luz apagada y verde sobre un dedo. Tal vez, después de todo, fuera realmente una gema; algo que llevaba una princesa oscura arrastrando el dedo por el agua mientras estaba sentada en la popa de la barca y escuchaba cantar a los esclavos que la llevaban a remo a través de la bahía. O los costados de roble de un cofre isabelino hundido se habían partido y, rodando una y otra vez, una y otra vez, sus esmeraldas habían llegado por fin a la orilla. John lo giró entre sus manos; lo sostuvo a la luz; lo sostuvo de modo que su masa irregular borró el cuerpo y el brazo derecho extendido de su amigo. El verde se adelgazaba y espesaba ligeramente al sostenerlo contra el cielo o contra el cuerpo. Le agradaba; le desconcertaba; era un objeto tan duro, tan concentrado, tan definido en comparación con el vago mar y la brumosa orilla.

Ahora le molestó un suspiro... profundo, definitivo, que le hizo saber que su amigo Charles había tirado todas las piedras planas que tenía a su alcance, o había llegado a la conclusión de que no valía la pena tirarlas. Comieron sus bocadillos uno al lado del otro. Cuando terminaron, se sacudieron y se pusieron en pie, John cogió el trozo de cristal y lo miró en silencio. Charles también lo miró. Pero enseguida vio que no era plano, y llenando su pipa dijo con la energía que desecha una tontería de pensamiento

«para volver a lo que estaba diciendo...».

No vio, o si lo hubiera visto apenas se habría dado cuenta, que John, después de mirar el bulto durante un momento, como si dudara, lo deslizó dentro de su bolsillo. Ese impulso, también, podría haber sido el que

se which leads a child to pick up one pebble on a path strewn with them, promising it a life of warmth and security upon the nursery mantelpiece, delighting in the sense of power and benignity which such an action confers, and believing that the heart of the stone leaps with joy when it sees itself chosen from a million like it, to enjoy this bliss instead of a life of cold and wet upon the high road. «It might so easily have been any other of the millions of stones, but it was I, I, I!»

Whether this thought or not was in John's mind, the lump of glass had its place upon the mantelpiece, where it stood heavy upon a little pile of bills and letters and served not only as an excellent paper-weight, but also as a natural stopping place for the young man's eyes when they wandered from his book. Looked at again and again half consciously by a mind thinking of something else, any object mixes itself so profoundly with the stuff of thought that it loses its actual form and recomposes itself a little differently in an ideal shape which haunts the brain when we least expect it. So John found himself attracted to the windows of curiosity shops when he was out walking, merely because he saw something which reminded him of the lump of glass. Anything, so long as it was an object of some kind, more or less round, perhaps with a dying flame deep sunk in its mass, anything—china, glass, amber, rock, marble—even the smooth oval egg of a prehistoric bird would do. He took, also, to keeping his eyes upon the ground, especially in the neighbourhood of waste land where the household refuse is thrown away. Such objects often occurred there—thrown away, of no use to anybody, shapeless, discarded. In a few months he had collected four or five specimens that took their place upon the mantelpiece. They were useful, too, for a man who is standing for Parliament upon the brink of a brilliant career has any number of papers to keep in order—addresses to constituents, declarations of policy, appeals for subscriptions, invitations to dinner, and so on.

One day, starting from his rooms in the Temple to catch a train in order to address his constituents, his eyes rested upon a remarkable object lying half-hidden in one of those little borders of grass which edge the bases of vast legal buildings. He could only touch it with the point of his stick through the railings; but he could see that it was a

lleva a un niño a recoger un guijarro en un camino sembrado de ellos, prometiéndole una vida de calor y seguridad sobre la repisa de la habitación infantil, deleitándose en la sensación de poder y benignidad que tal acción confiere, y creyendo que el corazón de la piedra salta de alegría cuando se ve elegida entre un millón como ella, para disfrutar de esta dicha en lugar de una vida de frío y humedad en el camino elevado. «¡Podría haber sido tan fácilmente cualquier otra de los millones de piedras, pero fui yo, yo, yo!».

Tanto si este pensamiento estaba en la mente de John como si no, el trozo de cristal tenía su lugar sobre la repisa de la chimenea, donde se erguía pesado sobre un pequeño montón de billetes y cartas y servía no sólo como un excelente pisapapeles, sino también como un lugar de descanso natural para los ojos del joven cuando se desviaban de su libro. Mirado una y otra vez medio conscientemente por una mente que piensa en otra cosa, cualquier objeto se mezcla tan profundamente con la materia del pensamiento que pierde su forma real y se recompone un poco diferente en una forma ideal que ronda el cerebro cuando menos lo esperamos. Así, John se sentía atraído por los escaparates de las tiendas de curiosidades cuando salía a pasear, simplemente porque veía algo que le recordaba al trozo de cristal. Cualquier cosa, con tal de que fuera un objeto de algún tipo, más o menos redondo, tal vez con una llama moribunda profundamente hundida en su masa, cualquier cosa —porcelana, cristal, ámbar, roca, mármol—, incluso el liso huevo ovalado de un ave prehistórica, le valía. También acostumbraba a mantener la vista fija en el suelo, sobre todo en las proximidades de los terrenos baldíos donde se arroja la basura doméstica. Allí se encontraban a menudo objetos de este tipo: tirados, sin utilidad para nadie, sin forma, desechados. En pocos meses había reunido cuatro o cinco ejemplares que ocuparon su lugar sobre la repisa de la chimenea. También eran útiles, ya que un hombre que se presenta al Parlamento al borde de una brillante carrera tiene cualquier cantidad de papeles que mantener en orden —panfletos para los electores, declaraciones de política, llamamientos a suscripciones, invitaciones a cenar, etc.—.

Un día, saliendo de sus habitaciones en Temple para coger un tren con el fin de dirigirse a sus electores, sus ojos se posaron en un objeto notable que yacía semioculto en uno de esos pequeños bordes de hierba que bordean las bases de vastos edificios legales. Sólo pudo tocarlo con la punta de su bastón a través de la barandilla, pero pudo ver que se

piece of china of the most remarkable shape, as nearly resembling a starfish as anything—shaped, or broken accidentally, into five irregular but unmistakable points. The colouring was mainly blue, but green stripes or spots of some kind overlaid the blue, and lines of crimson gave it a richness and lustre of the most attractive kind. John was determined to possess it; but the more he pushed, the further it receded. At length he was forced to go back to his rooms and improvise a wire ring attached to the end of a stick, with which, by dint of great care and skill, he finally drew the piece of china within reach of his hands. As he seized hold of it he exclaimed in triumph. At that moment the clock struck. It was out of the question that he should keep his appointment. The meeting was held without him. But how had the piece of china been broken into this remarkable shape? A careful examination put it beyond doubt that the star shape was accidental, which made it all the more strange, and it seemed unlikely that there should be another such in existence. Set at the opposite end of the mantelpiece from the lump of glass that had been dug from the sand, it looked like a creature from another world—freakish and fantastic as a harlequin. It seemed to be pirouetting through space, winking light like a fitful star. The contrast between the china so vivid and alert, and the glass so mute and contemplative, fascinated him, and wondering and amazed he asked himself how the two came to exist in the same world, let alone to stand upon the same narrow strip of marble in the same room. The question remained unanswered.

He now began to haunt the places which are most prolific of broken china, such as pieces of waste land between railway lines, sites of demolished houses, and commons in the neighbourhood of London. But china is seldom thrown from a great height; it is one of the rarest of human actions. You have to find in conjunction a very high house, and a woman of such reckless impulse and passionate prejudice that she flings her jar or pot straight from the window without thought of who is below. Broken china was to be found in plenty, but broken in some trifling domestic accident, without purpose or character. Nevertheless, he was often astonished as he came to go into the question more deeply, by the immense variety of shapes to be found in London alone, and there was still more cause for wonder and speculation in the differences of qualities and designs. The finest specimens he would bring home and place upon his mantelpiece, where, however,

trataba de una pieza de porcelana de la forma más notable, tan parecida a una estrella de mar como nada podía hacerlo —con forma, o rota accidentalmente, en cinco puntas, irregulares pero inconfundibles—. El color era principalmente azul, pero franjas verdes o manchas de algún tipo recubrían el azul, y líneas de carmesí le daban una riqueza y un brillo de lo más atractivo. John estaba decidido a poseerlo pero cuanto más empujaba, más retrocedía el objeto. Al final se vio obligado a volver a sus aposentos e improvisar un aro de alambre sujeto al extremo de un bastón, con el que, a fuerza de mucho cuidado y habilidad, puso por fin la pieza de porcelana al alcance de sus manos. Al agarrarla exclamó en triunfo. En ese momento sonó la hora. Era imposible que acudiera a tiempo a su cita. La reunión se celebraría sin él. Pero, ¿cómo se había roto la pieza de porcelana hasta adquirir esa forma tan extraordinaria? Un examen minucioso puso fuera de toda duda que la forma de estrella era accidental, lo que la hacía aún más extraña, y parecía improbable que existiera otra igual. Colocada en el extremo opuesto de la repisa de la chimenea con respecto al trozo de cristal que había sido desenterrado de la arena, parecía una criatura de otro mundo —fenómeno y fantástico como un arlequín—. Parecía hacer piruetas por el espacio, titilando a la luz como una estrella caprichosa. El contraste entre la porcelana tan viva y alerta y el cristal tan mudo y contemplativo, le fascinó, y maravillado y asombrado se preguntó cómo habían llegado a existir los dos objetos en el mismo mundo, y mucho más a estar sobre la misma estrecha franja de mármol en la misma habitación. La pregunta quedó sin respuesta.

Ahora empezó a rondar por los lugares más prolíficos en porcelana rota, como los terrenos baldíos entre las vías del tren, los solares de casas derruidas y las zonas comunes de los alrededores de Londres. Pero la porcelana rara vez se tira desde una gran altura; es una de las acciones humanas más raras. Hay que encontrar en conjunción una casa muy alta y una mujer de impulsos tan temerarios y prejuicios tan apasionados que lance su jarra o su fuente directamente desde la ventana sin pensar en quién está debajo. La vajilla rota se encontraba en abundancia, pero rota en algún insignificante accidente doméstico, sin propósito ni carácter. Sin embargo, a menudo se asombraba —a medida que profundizaba en la cuestión— de la inmensa variedad de formas que podían encontrarse sólo en Londres, y aún había más motivos de asombro y especulación en las diferencias de calidades y diseños. Los ejemplares más finos los traía a casa y los colocaba sobre su repisa de la

their duty was more and more of an ornamental nature, since papers needing a weight to keep them down became scarcer and scarcer.

He neglected his duties, perhaps, or discharged them absent-mindedly, or his constituents when they visited him were unfavourably impressed by the appearance of his mantelpiece. At any rate he was not elected to represent them in Parliament, and his friend Charles, taking it much to heart and hurrying to condole with him, found him so little cast down by the disaster that he could only suppose that it was too serious a matter for him to realize all at once.

In truth, John had been that day to Barnes Common, and there under a furze bush had found a very remarkable piece of iron. It was almost identical with the glass in shape, massy and globular, but so cold and heavy, so black and metallic, that it was evidently alien to the earth and had its origin in one of the dead stars or was itself the cinder of a moon. It weighed his pocket down; it weighed the mantelpiece down; it radiated cold. And yet the meteorite stood upon the same ledge with the lump of glass and the star-shaped china.

As his eyes passed from one to another, the determination to possess objects that even surpassed these tormented the young man. He devoted himself more and more resolutely to the search. If he had not been consumed by ambition and convinced that one day some newly-discovered rubbish heap would reward him, the disappointments he had suffered, let alone the fatigue and derision, would have made him give up the pursuit. Provided with a bag and a long stick fitted with an adaptable hook, he ransacked all deposits of earth; raked beneath matted tangles of scrub; searched all alleys and spaces between walls where he had learned to expect to find objects of this kind thrown away. As his standard became higher and his taste more severe the disappointments were innumerable, but always some gleam of hope, some piece of china or glass curiously marked or broken lured him on. Day after day passed. He was no longer young. His career—that is his political career—was a thing of the past. People gave up visiting him. He was too silent to be worth asking to dinner. He never talked to anyone about his serious ambitions; their lack of understanding was apparent in their behaviour.

chimenea, donde, sin embargo, su función era cada vez más de carácter ornamental, ya que los papeles que necesitaban un peso para mantenerse en su lugar eran cada vez más escasos.

Tal vez descuidó sus obligaciones o las cumplió distraídamente, o sus electores, cuando le visitaron, quedaron desfavorablemente impresionados por el aspecto de la repisa de su chimenea. En cualquier caso, no fue elegido para representarlos en el Parlamento, y su amigo Charles, tomándoselo muy a pecho y apresurándose a condolerse con él, lo encontró tan poco abatido por el desastre que sólo pudo suponer que era un asunto demasiado serio para que lo asumiera en una sola vez.

En realidad, John había estado ese día en Barnes Common, y allí, bajo un arbusto de tojo, había encontrado un trozo de hierro muy notable. Era casi idéntico al cristal en su forma, macizo y globular, pero tan frío y pesado, tan negro y metálico, que evidentemente era ajeno a la tierra y tenía su origen en una de las estrellas muertas o era él mismo la ceniza de una luna. Pesaba en el bolsillo; pesaba en la repisa de la chimenea; irradiaba frío. Y sin embargo, el meteorito estaba en la misma repisa que el trozo de cristal y la porcelana en forma de estrella.

A medida que sus ojos pasaban de uno a otro, la determinación de poseer objetos que incluso superasen a estos atormentaba al joven. Se dedicó cada vez más resueltamente a la búsqueda. Si no hubiera estado consumido por la ambición y convencido de que algún día algún montón de basura recién descubierto le recompensaría, las decepciones sufridas, por no hablar de la fatiga y el escarnio, le habrían hecho abandonar la búsqueda. Provisto de una bolsa y un palo largo con un gancho adaptable, saqueó todos los depósitos de tierra; rastrilló bajo marañas enredadas de matorrales; buscó en todos los callejones y espacios entre muros donde había aprendido a esperar encontrar objetos de este tipo tirados. A medida que su nivel de exigencia se hacía más alto y su gusto más severo las decepciones fueron innumerables, pero siempre le atraía algún destello de esperanza, alguna pieza de porcelana o cristal curiosamente marcada o rota. Pasaban los días. Ya no era joven. Su carrera —es decir, su carrera política— era cosa del pasado. La gente renunció a visitarle. Era demasiado silencioso para que mereciera la pena invitarle a cenar. Nunca hablaba con nadie de sus verdaderas ambiciones; su falta de comprensión era evidente en su comportamiento.

He leaned back in his chair now and watched Charles lift the stones on the mantelpiece a dozen times and put them down emphatically to mark what he was saying about the conduct of the Government, without once noticing their existence.

«What was the truth of it, John?» asked Charles suddenly, turning and facing him. «What made you give it up like that all in a second?»

«I've not given it up,» John replied.

«But you've not the ghost of a chance now,» said Charles roughly.

«I don't agree with you there,» said John with conviction. Charles looked at him and was profoundly uneasy; the most extraordinary doubts possessed him; he had a queer sense that they were talking about different things. He looked round to find some relief for his horrible depression, but the disorderly appearance of the room de-pressed him still further. What was that stick, and the old carpet bag hanging against the wall? And then those stones? Looking at John, something fixed and distant in his expression alarmed him. He knew only too well that his mere appearance upon a platform was out of the question.

«Pretty stones,» he said as cheerfully as he could; and saying that he had an appointment to keep, he left John— for ever.

Ahora se recostó en su silla y observó cómo Charles levantaba una docena de veces las piedras de la repisa de la chimenea y las bajaba enfáticamente para marcar lo que decía sobre la conducta del Gobierno, sin percatarse ni una sola vez de su existencia.

«¿Cuál es la verdad, John?», preguntó Charles de repente, girándose y encarándole. «¿Qué te hizo renunciar así, en un segundo?».

«No he renunciado», respondió John.

«Pero ahora no tienes ni el fantasma de una oportunidad», dijo Charles bruscamente.

«En eso no estoy de acuerdo contigo», dijo John con convicción. Charles le miró y se sintió profundamente inquieto; las dudas más extraordinarias se apoderaron de él; tenía la extraña sensación de que estaban hablando de cosas diferentes. Miró a su alrededor en busca de algún alivio para su horrible depresión, pero el aspecto desordenado de la habitación le deprimió aún más. ¿Qué hacían aquel palo y la vieja bolsa de alfombra colgada contra la pared? ¿Y aquellas piedras? Al mirar a John, algo fijo y distante en su expresión le alarmó. Sabía demasiado bien que su mera aparición en un escenario estaba descartada.

«Bonitas piedras», dijo tan alegremente como pudo; y diciendo que tenía una cita que cumplir, dejó a John... para siempre.

THE LADY IN THE LOOKING-GLASS

A Reflection

People should not leave looking-glasses hanging in their rooms any more than they should leave open cheque books or letters confessing some hideous crime. One could not help looking, that summer afternoon, in the long glass that hung outside in the hall. Chance had so arranged it. From the depths of the sofa in the drawing-room one could see reflected in the Italian glass not only the marble-topped table opposite, but a stretch of the garden beyond. One could see a long grass path leading between banks of tall flowers until, slicing off an angle, the gold rim cut it off.

The house was empty, and one felt, since one was the only person in the drawing-room, like one of those naturalists who, covered with grass and leaves, lie watching the shyest animals—badgers, otters, kingfishers moving about freely, themselves unseen. The room that afternoon was full of such shy creatures, lights and shadows, curtains blowing, petals falling—things that never happen, so it seems, if someone is looking. The quiet old country room with its rugs and stone chimney pieces, its sunken book-cases and red and gold lacquer cabinets, was full of such nocturnal creatures. They came pirouetting across the floor, stepping delicately with high-lifted feet and spread tails and pecking allusive beaks as if they had been cranes or flocks of elegant flamingoes whose pink was faded, or peacocks whose trains were veiled with silver. And there were obscure flushes and darkenings too, as if a cuttlefish had suddenly suffused the air with purple; and the room had its passions and rages and envies and sorrows coming over it and clouding it, like a human being. Nothing stayed the same for two seconds together.

But, outside, the looking-glass reflected the hall table, the sunflowers, the garden path so accurately and so fixedly that they seemed held there in their reality unescapably. It was a strange contrast—all changing here, all stillness there. One could not help looking from one to the other. Meanwhile, since all the doors and windows were open in the heat, there was a perpetual sighing and ceasing sound, the voice of the transient and the perishing, it seemed, coming and

LA DAMA EN EL ESPEJO

Una reflexión

La gente no debería dejar espejos colgados en sus habitaciones, igual que no debería dejar talonarios de cheques abiertos o cartas confesando algún crimen espantoso. Una no podía evitar mirar, aquella tarde de verano, en el largo cristal que colgaba fuera, en el vestíbulo. El azar lo había dispuesto así. Desde el fondo del sofá del salón, una podía ver reflejado en el cristal italiano no sólo la mesa de mármol de enfrente, sino una extensión del jardín más allá. Se podía ver un largo camino de hierba que discurría entre bancos de flores altas hasta que, cercenando un ángulo, el borde dorado lo cortaba.

La casa estaba vacía, y una se sentía, puesto que era la única persona en el salón, como una de esos naturalistas que, cubiertos de hierba y hojas, yacen observando a los animales más tímidos —tejones, nutrias, martines pescadores— que se mueven libremente, ellos mismos invisibles. La habitación de aquella tarde estaba llena de criaturas tan tímidas, luces y sombras, cortinas que se agitaban, pétalos que caían... cosas que nunca ocurren, según parece, si alguien está mirando. La vieja y tranquila habitación de campo, con sus alfombras y sus chimeneas de piedra, sus estanterías hundidas y sus armarios lacados en rojo y oro, estaba llena de esas criaturas nocturnas. Venían haciendo piruetas por el suelo, pisando delicadamente con los pies elevados y las colas desplegadas y picoteando alusivos picos como si hubieran sido grullas o bandadas de elegantes flamencos cuyo rosa estaba desvaído, o pavos reales cuyas colas estaban veladas de plata. Y también había rubores ofuscados y oscurecimientos, como si de repente una sepia hubiera teñido el aire de púrpura; y la habitación tenía sus pasiones y rabias y envidias y penas que la invadían y enturbiaban, como a un ser humano. Nada permanecía igual durante dos segundos seguidos.

Pero, fuera, el espejo reflejaba la mesa del vestíbulo, los girasoles, el sendero del jardín con tanta precisión y tan fijamente que parecían sostenidos allí en su realidad de forma ineludible. Era un extraño contraste: todo cambio aquí, todo quietud allí. Una no podía evitar mirar de uno a otro. Mientras tanto, como todas las puertas y ventanas estaban abiertas por el calor, se oía un suspiro perpetuo y un sonido que cesaba, la voz de lo pasajero y lo que perecía, parecía, que iba y venía como el

going like human breath, while in the looking-glass things had ceased to breathe and lay still in the trance of immortality.

Half an hour ago the mistress of the house, Isabella Tyson, had gone down the grass path in her thin summer dress, carrying a basket, and had vanished, sliced off by the gilt rim of the looking-glass. She had gone presumably into the lower garden to pick flowers; or as it seemed more natural to suppose, to pick something light and fantastic and leafy and trailing, travellers' joy, or one of those elegant sprays of convolvulus that twine round ugly walls and burst here and there into white and violet blossoms. She suggested the fantastic and the tremulous convolvulus rather than the upright aster, the starched zinnia, or her own burning roses alight like lamps on the straight posts of their rose trees. The comparison showed how very little, after all these years, one knew about her; for it is impossible that any woman of flesh and blood of fifty-five or sixty should be really a wreath or a tendril. Such comparisons are worse than idle and superficial—they are cruel even, for they come like the convolvulus itself trembling between one's eyes and the truth. There must be truth; there must be a wall. Yet it was strange that after knowing her all these years one could not say what the truth about Isabella was; one still made up phrases like this about convolvulus and travellers' joy. As for facts, it was a fact that she was a spinster; that she was rich; that she had bought this house and collected with her own hands—often in the most obscure corners of the world and at great risk from poisonous stings and Oriental diseases—the rugs, the chairs, the cabinets which now lived their nocturnal life before one's eyes. Sometimes it seemed as if they knew more about her than we, who sat on them, wrote at them, and trod on them so carefully, were allowed to know. In each of these cabinets were many little drawers, and each almost certainly held letters, tied with bows of ribbon, sprinkled with sticks of lavender or rose leaves. For it was another fact—if facts were what one wanted—that Isabella had known many people, had had many friends; and thus if one had the audacity to open a drawer and read her letters, one would find the traces of many agitations, of appointments to meet, of upbraidings for not having met, long letters of intimacy and affection, violent letters of jealousy and reproach, terrible final words of parting—for all those interviews and assignations had led to nothing—that is, she had never married, and yet, judging from the mask-like indifference of her face, she had gone through

aliento humano, mientras que en el espejo las cosas habían dejado de respirar y yacían inmóviles en el trance de la inmortalidad.

Hacía media hora que la dueña de la casa, Isabella Tyson, había bajado por el sendero de hierba con su fino vestido de verano, llevando una cesta, y había desaparecido, cortada por el borde dorado del espejo. Había ido presumiblemente al jardín inferior a coger flores; o como parecía más natural suponer, a coger algo ligero y fantástico y frondoso y colgante, alegría de los viajeros, o una de esas elegantes matas de convolvulus que se enroscan alrededor de feas paredes y estallan aquí y allá en flores blancas y violetas. Sugería el fantástico y trémulo convólvulo más que el erguido áster, la almidonada zinnia, o sus propias rosas ardientes encendidas como lámparas en los rectos postes de sus rosales. La comparación demostraba lo poco que, después de tantos años, se sabía de ella; pues es imposible que una mujer de carne y hueso de cincuenta y cinco o sesenta años sea realmente una corona o un zarcillo. Tales comparaciones son peor que ociosas y superficiales; son incluso crueles, pues se interponen como el propio convólvulo temblando entre los ojos de una y la verdad. Debe haber verdad; debe haber un muro. Sin embargo, era extraño que después de conocerla todos estos años una no pudiera decir cuál era la verdad sobre Isabella; una seguía inventándose frases como esta sobre el convólvulo y la alegría de los viajeros. En cuanto a los hechos, era un hecho que era solterona; que era rica; que había comprado esta casa y coleccionado con sus propias manos —a menudo en los rincones más oscuros del mundo y corriendo grandes riesgos de picaduras venenosas y enfermedades orientales— las alfombras, las sillas, los armarios que ahora vivían su vida nocturna ante los ojos de una. A veces parecía como si supieran más de ella de lo que a nosotros, que nos sentábamos en ellos, escribíamos en ellos y los pisábamos con tanto esmero, se nos permitía saber. En cada uno de estos armarios había muchos cajoncitos, y casi con toda seguridad cada uno de ellos contenía cartas, atadas con lazos de cinta, espolvoreadas con ramitas de lavanda u hojas de rosa. Porque era otro hecho —si hechos eran lo que una quería— que Isabella había conocido a mucha gente, había tenido muchos amigos; y así, si una tenía la audacia de abrir un cajón y leer sus cartas, encontraría las huellas de muchas agitaciones, de citas para verse, de reproches por no haberse visto, largas cartas de intimidad y afecto, violentas cartas de celos y reproches, terribles palabras finales de despedida, pues todas aquellas entrevistas y citas no habían conducido a nada, es decir, ella nunca se había casado y, sin embargo, a juzgar por la

twenty times more of passion and experience than those whose loves are trumpeted forth for all the world to hear. Under the stress of thinking about Isabella, her room became more shadowy and symbolic; the corners seemed darker, the legs of chairs and tables more spindly and hieroglyphic.

Suddenly these reflections were ended violently—and yet without a sound. A large black form loomed into the looking-glass; blotted out everything, strewed the table with a packet of marble tablets veined with pink and grey, and was gone. But the picture was entirely altered. For the moment it was unrecognizable and irrational and entirely out of focus. One could not relate these tablets to any human purpose. And then by degrees some logical process set to work on them and began ordering and arranging them and bringing them into the fold of common experience. One realized at last that they were merely letters. The man had brought the post.

There they lay on the marble-topped table, all dripping with light and colour at first and crude and unabsorbed. And then it was strange to see how they were drawn in and arranged and composed and made part of the picture and granted that stillness and immortality which the looking-glass conferred. They lay there invested with a new reality and significance and with a greater heaviness, too, as if it would have needed a chisel to dislodge them from the table. And, whether it was fancy or not, they seemed to have become not merely a handful of casual letters but to be tablets graven with eternal truth—if one could read them, one would know everything there was to be known about Isabella, yes, and about life, too. The pages inside those marble-looking envelopes must be cut deep and scored thick with meaning. Isabella would come in, and take them, one by one, very slowly, and open them, and read them carefully word by word, and then with a profound sigh of comprehension, as if she had seen to the bottom of everything, she would tear the envelopes to little bits and tie the letters together and lock the cabinet drawer in her determination to conceal what she did not wish to be known.

The thought served as a challenge. Isabella did not wish to be known—but she should no longer escape. It was absurd, it was monstrous. If she concealed so much and knew so much one must prise her open with the first tool that came to hand—the imagination. One must fix one's mind

indiferencia enmascarada de su rostro, había pasado por veinte veces más de pasión y experiencia que aquellos cuyos amores se pregonan a los cuatro vientos. Bajo la tensión de pensar en Isabella, su habitación se volvió más sombría y simbólica; las esquinas parecían más oscuras, las patas de las sillas y las mesas más enjutas y jeroglíficas.

De repente, estas reflexiones terminaron violentamente, pero sin emitir sonido alguno. Una gran forma negra se asomó al espejo; lo borró todo, esparció por la mesa un paquete de tablillas de mármol veteadas de rosa y gris, y desapareció. Pero el cuadro estaba totalmente alterado. Por el momento era irreconocible e irracional y estaba totalmente desenfocado. No se podían relacionar estas tablillas con ningún propósito humano. Y entonces, poco a poco, algún proceso lógico se puso a trabajar en ellas y comenzó a ordenarlas y a ordenarlas y a traerlas al redil de la experiencia común. Una se daba cuenta al fin de que no eran más que cartas. El hombre había traído el correo.

Allí yacían sobre la mesa de mármol, todas goteando luz y color al principio y toscas e inabsorbibles. Y luego era extraño ver cómo eran atraídas y ordenadas y compuestas y se las convertía en parte del cuadro y se les concedía esa quietud e inmortalidad que confería el espejo. Yacían allí investidas de una nueva realidad y significado y también de una mayor pesadez, como si hubiera hecho falta un cincel para desprenderlas de la mesa. Y, fuera capricho o no, parecían haberse convertido no sólo en un puñado de cartas casuales, sino en tablillas grabadas con la verdad eterna... si una pudiera leerlas, sabría todo lo que había que saber sobre Isabella, sí, y también sobre la vida. Las páginas del interior de aquellos sobres de aspecto marmóreo debían de estar cortadas profundamente y marcadas con un grueso significado. Isabella entraba, y las cogía, una a una, muy despacio, y las abría, y las leía detenidamente palabra por palabra, y luego con un profundo suspiro de comprensión, como si hubiera llegado al fondo de todo, rompía los sobres en pedacitos y ataba las cartas juntas y cerraba el cajón del armario con llave en su determinación de ocultar lo que no deseaba que se supiera.

El pensamiento le sirvió de desafío. Isabella no deseaba ser conocida... pero ya no debía escapar. Era absurdo, era monstruoso. Si ella ocultaba tanto y sabía tanto, una debía abrirla con la primera herramienta que tuviera a mano: la imaginación. Una debe fijar su mente en ella en ese preciso mo-

upon her at that very moment. One must fasten her down there. One must refuse to be put off any longer with sayings and doings such as the moment brought forth—with dinners and visits and polite conversations. One must put oneself in her shoes. If one took the phrase literally, it was easy to see the shoes in which she stood, down in the lower garden, at this moment. They were very narrow and long and fashionable—they were made of the softest and most flexible leather. Like everything she wore, they were exquisite. And she would be standing under the high hedge in the lower part of the garden, raising the scissors that were tied to her waist to cut some dead flower, some overgrown branch. The sun would beat down on her face, into her eyes; but no, at the critical moment a veil of cloud covered the sun, making the expression of her eyes doubtful—was it mocking or tender, brilliant or dull? One could only see the indeterminate outline of her rather faded, fine face looking at the sky. She was thinking, perhaps, that she must order a new net for the strawberries; that she must send flowers to Johnson's widow; that it was time she drove over to see the Hippesleys in their new house. Those were the things she talked about at dinner certainly. But one was tired of the things that she talked about at dinner. It was her profounder state of being that one wanted to catch and turn to words, the state that is to the mind what breathing is to the body, what one calls happiness or unhappiness. At the mention of those words it became obvious, surely, that she must be happy. She was rich; she was distinguished; she had many friends; she travelled—she bought rugs in Turkey and blue pots in Persia. Avenues of pleasure radiated this way and that from where she stood with her scissors raised to cut the trembling branches while the lacy clouds veiled her face.

Here with a quick movement of her scissors she snipped the spray of travellers' joy and it fell to the ground. As it fell, surely some light came in too, surely one could penetrate a little farther into her being. Her mind then was filled with tenderness and regret... To cut an overgrown branch saddened her because it had once lived, and life was dear to her. Yes, and at the same time the fall of the branch would suggest to her how she must die herself and all the futility and evanescence of things. And then again quickly catching this thought up, with her instant good sense, she thought life had treated her well; even if fall she must, it was to lie on the earth and moulder sweetly into the roots of violets. So she stood thinking. Without making any thought precise—for she was one of those reticent people whose minds hold their thoughts enmeshed in

mento. Una debe fijarla allí abajo. Una debe negarse a seguir postergándola con dichos y hechos como los que el momento propiciaba, con cenas y visitas y conversaciones educadas. Uno debía ponerse en sus zapatos. Si se tomaba la frase al pie de la letra, era fácil ver los zapatos en los que estaba ella, abajo, en el jardín inferior, en ese momento. Eran muy estrechos y largos y a la moda; estaban hechos del cuero más suave y flexible. Como todo lo que llevaba, eran exquisitos. Y estaría de pie bajo el alto seto de la parte baja del jardín, levantando las tijeras que llevaba atadas a la cintura para cortar alguna flor muerta, alguna rama demasiado crecida. El sol le daba en la cara, en los ojos; pero no, en el momento crítico un velo de nubes cubría el sol, haciendo dudosa la expresión de sus ojos… ¿burlona o tierna, brillante o apagada? Sólo se podía ver el contorno indeterminado de su rostro, más bien descolorido y fino, mirando al cielo. Estaba pensando, tal vez, que debía encargar una red nueva para las fresas; que debía enviar flores a la viuda de Johnson; que ya era hora de que fuera a ver a los Hippesley en su nueva casa. Ésas eran las cosas de las que hablaba durante la cena, ciertamente. Pero una estaba cansada de las cosas de las que hablaba en la cena. Era su estado más profundo del ser lo que una quería captar y convertir en palabras, el estado que es para la mente lo que la respiración es para el cuerpo, lo que una llama felicidad o infelicidad. Al mencionar esas palabras se hizo evidente, sin duda, que ella debía ser feliz. Era rica; era distinguida; tenía muchos amigos; viajaba… compraba alfombras en Turquía y vasijas azules en Persia. Avenidas de placer irradiaban en esta dirección y en aquella otra desde donde ella estaba con las tijeras levantadas para cortar las ramas temblorosas mientras las nubes de encaje velaban su rostro.

Aquí, con un rápido movimiento de sus tijeras, cortó el rocío de alegría de los viajeros y este cayó al suelo. Al caer, seguramente también entró algo de luz, seguramente pudo penetrar un poco más en su ser. Su mente se llenó entonces de ternura y pesar… Cortar una rama crecida la entristecía porque una vez había vivido, y la vida le era querida. Sí, y al mismo tiempo la caída de la rama le sugeriría cómo ella misma debía morir y toda la futilidad y evanescencia de las cosas. Y entonces, de nuevo, recogiendo rápidamente este pensamiento, con su buen sentido instantáneo, pensó que la vida la había tratado bien; incluso si debía caer, era para yacer en la tierra y moldearse dulcemente en las raíces de las violetas. Así que se quedó pensando. Sin precisar ningún pensamiento —pues era una de esas personas reticentes cuyas mentes mantienen sus pensamientos enreda-

clouds of silence—she was filled with thoughts. Her mind was like her room, in which lights advanced and retreated, came pirouetting and stepping delicately, spread their tails, pecked their way; and then her whole being was suffused, like the room again, with a cloud of some profound knowledge, some unspoken regret, and then she was full of locked drawers, stuffed with letters, like her cabinets. To talk of «prising her open» as if she were an oyster, to use any but the finest and subtlest and most pliable tools upon her was impious and absurd. One must imagine—here was she in the looking-glass. It made one start.

She was so far off at first that one could not see her clearly. She came lingering and pausing, here straightening a rose, there lifting a pink to smell it, but she never stopped; and all the time she became larger and larger in the looking-glass, more and more completely the person into whose mind one had been trying to penetrate. One verified her by degrees—fitted the qualities one had discovered into this visible body. There were her grey-green dress, and her long shoes, her basket, and something sparkling at her throat. She came so gradually that she did not seem to derange the pattern in the glass, but only to bring in some new element which gently moved and altered the other objects as if asking them, courteously, to make room for her. And the letters and the table and the grass walk and the sunflowers which had been waiting in the looking-glass separated and opened out so that she might be received among them. At last there she was, in the hall. She stopped dead. She stood by the table. She stood perfectly still. At once the looking glass began to pour over her a light that seemed to fix her; that seemed like some acid to bite off the unessential and superficial and to leave only the truth. It was an enthralling spectacle. Everything dropped from her—clouds, dress, basket, diamond—all that one had called the creeper and convolvulus. Here was the hard wall beneath. Here was the woman herself. She stood naked in that pitiless light. And there was nothing. Isabella was perfectly empty. She had no thoughts. She had no friends. She cared for nobody. As for her letters, they were all bills. Look, as she stood there, old and angular, veined and lined, with her high nose and her wrinkled neck, she did not even trouble to open them.

People should not leave looking-glasses hanging in their rooms.

dos en nubes de silencio— se llenó de pensamientos. Su mente era como su habitación, en la que las luces avanzaban y retrocedían, hacían piruetas y pisaban con delicadeza, desplegaban sus colas, picoteaban a su paso; y entonces todo su ser se impregnaba, como la habitación lo hacía nuevamente, de una nube de algún conocimiento profundo, de algún pesar tácito, y entonces estaba llena de cajones cerrados, atiborrados de cartas, como sus armarios. Hablar de «abrirla» como si fuera una ostra, utilizar en ella cualquier cosa que no fueran las herramientas más finas, sutiles y flexibles, era impío y absurdo. Había que imaginársela... ahí estaba ella en el espejo. La hizo sobresaltarse a una.

Al principio estaba tan lejos que no se la podía ver con claridad. Venía demorándose y deteniéndose, aquí enderezando una rosa, allá levantando una rosa rosa para olerla, pero nunca se detenía; y todo el tiempo se hacía más y más grande en el espejo, más y más completamente la persona en cuya mente una había estado tratando de penetrar. Una la verificaba por grados... encajaba las cualidades que había descubierto en este cuerpo visible. Allí estaban su vestido verde grisáceo y sus zapatos largos, su cesta y algo que brillaba en su garganta. Llegó tan gradualmente que no parecía alterar el dibujo en el espejo, sino sólo introducir algún elemento nuevo que movía y alteraba suavemente los demás objetos como si les pidiera, cortésmente, que le hicieran sitio. Y las cartas y la mesa y el camino de hierba y los girasoles que habían estado esperando en el espejo se separaron y se abrieron para que ella pudiera ser recibida entre ellos. Por fin allí estaba ella, en el vestíbulo. Se detuvo en seco. Se detuvo junto a la mesa. Se quedó completamente quieta. Al instante, el espejo comenzó a derramar sobre ella una luz que parecía fijarla; que parecía como si un ácido mordiera lo no esencial y superficial y dejara sólo la verdad. Fue un espectáculo cautivador. Todo se desprendió de ella —las nubes, el vestido, la cesta, el diamante—, todo lo que una había llamado la enredadera y el convólvulo. Aquí estaba la dura pared de abajo. Aquí estaba la propia mujer. Estaba desnuda en aquella luz despiadada. Y no había nada. Isabella estaba perfectamente vacía. No tenía pensamientos. No tenía amigos. Nadie le importaba. En cuanto a sus cartas, todas eran facturas. Mira, como estando allí de pie, vieja y angulosa, veteada y alineada, con su nariz alta y su cuello arrugado, ni siquiera se molestaba en abrirlas.

La gente no debe dejar espejos colgados en sus habitaciones.

THE DUCHESS AND THE JEWELLER

Oliver Bacon lived at the top of a house overlooking the Green Park. He had a flat; chairs jutted out at the right angles—chairs covered in hide. Sofas filled the bays of the windows—sofas covered in tapestry. The windows, the three long windows, had the proper allowance of discreet net and figured satin. The mahogany sideboard bulged discreetly with the right brandies, whiskeys and liqueurs. And from the middle window he looked down upon the glossy roofs of fashionable cars packed in the narrow straits of Piccadilly. A more Central position could not be imagined. And at eight in the morning he would have his breakfast brought in on a tray by a man-servant: the man-servant would unfold his crimson dressing-gown; he would rip his letters open with his long pointed nails and would extract thick white cards of invitation upon which the engraving stood up roughly from duchesses, countesses, viscountesses and Honourable Ladies. Then he would wash; then he would eat his toast; then he would read his paper by the bright burning fire of electric coals.

«Behold Oliver,» he would say, addressing himself. «You who began life in a filthy little alley, you who...» and he would look down at his legs, so shapely in their perfect trousers; at his boots; at his spats. They were all shapely, shining; cut from the best cloth by the best scissors in Savile Row. But he dismantled himself often and became again a little boy in a dark alley. He had once thought that the height of his ambition—selling stolen dogs to fashionable women in Whitechapel. And once he had been done. «Oh, Oliver,» his mother had wailed. «Oh, Oliver! When will you have sense, my son?»...Then he had gone behind a counter; had sold cheap watches; then he had taken a wallet to Amsterdam... At that memory he would churckle—the old Oliver remembering the young. Yes, he had done well with the three diamonds; also there was the commission on the emerald. After that he went into the private room behind the shop in Hatton Garden; the room with the scales, the safe, the thick magnifying glasses. And then... and then... He chuckled. When he passed through the knots of jewellers in the hot evening who were discussing prices, gold mines, diamonds, reports from South Africa, one of them would lay a finger to the side of his nose and murmur, «Hum—m—m,» as he passed. It was no more than a murmur; no more than a nudge on the shoulder, a finger on the nose, a buzz that ran through the cluster of jewellers

LA DUQUESA Y EL JOYERO

Oliver Bacon vivía en lo alto de una casa con vistas a Green Park. Tenía un piso; las sillas sobresalían en los ángulos correctos... sillas cubiertas de piel. Los sofás llenaban los vanos de las ventanas... sofás cubiertos de tapicería. Las ventanas, las tres largas ventanas, tenían la apropiada dotación de discreta red y satén con figuras. El aparador de caoba abultaba discretamente con los brandies, whiskys y licores adecuados. Y desde la ventana del medio contemplaba los lustrosos techos de los coches de moda apiñados en las estrechas calles de Piccadilly. No podía imaginarse una posición más céntrica. Y a las ocho de la mañana un criado le traía el desayuno en una bandeja: el criado desplegaba su bata carmesí; rasgaba sus cartas con sus largas uñas puntiagudas y extraía gruesas tarjetas blancas de invitación, en las que el grabado destacaba rugoso, de duquesas, condesas, vizcondesas y Honorables Damas. Después se lavaba; después comía sus tostadas; después leía su periódico junto al brillante fuego ardiente de las brasas eléctricas.

«He aquí a Oliver», decía, dirigiéndose a sí mismo. «Tú que empezaste la vida en un callejón mugriento, tú que...», y miraba sus piernas, tan torneadas en sus pantalones perfectos; sus botas; sus polainas. Todas estaban torneadas, relucientes; cortadas con la mejor tela por las mejores tijeras de Savile Row. Pero a menudo se desmontaba a sí mismo y volvía a ser un niño pequeño en un callejón oscuro. Una vez le había parecido el colmo de su ambición... vender perros robados a las mujeres de moda de Whitechapel. Y una vez lo había conseguido. «¡Oh, Oliver!», se había lamentado su madre. «¡Oh, Oliver! ¿Cuándo entrarás en razón, hijo mío?»... Luego se había puesto detrás de un mostrador; había vendido relojes baratos; luego se había llevado una cartera a Ámsterdam... Ante ese recuerdo se rió... el viejo Oliver recordando al joven. Sí, le había ido bien con los tres diamantes; también estaba la comisión de la esmeralda. Después entró en la habitación privada detrás de la tienda de Hatton Garden; la habitación con las balanzas, la caja fuerte, las gruesas lupas. Y entonces... y entonces... Se rió entre dientes. Cuando pasaba entre los nudos de joyeros en la calurosa tarde que discutían sobre precios, minas de oro, diamantes, informes de Sudáfrica, uno de ellos se ponía un dedo a un lado de la nariz y murmuraba: «Hum-m-m», al pasar. No era más que un murmullo; no más que un codazo en el hombro, un dedo en la nariz, un zumbido que recorría el grupo de joyeros

in Hatton Garden on a hot afternoon—oh, many years ago now! But still Oliver felt it purring down his spine, the nudge, the murmur that meant, «Look at him young Oliver, the young jeweller—there he goes.» Young he was then. And he dressed better and better; and had, first a hansom cab; then a car; and first he went up to the dress circle, then down into the stalls. And he had a villa at Richmond, overlooking the river, with trellises of red roses; and Mademoiselle used to pick one every morning and stick it in his buttonhole.

«So,» said Oliver Bacon, rising and stretching his legs. «So...»

And he stood beneath the picture of an old lady on the mantelpiece and raised his hands. «I have kept my word,» he said, laying his hands together, palm to palm, as if he were doing homage to her. «I have won my bet.» That was so; he was the richest jeweller in England; but his nose, which was long and flexible, like an elephant's trunk, seemed to say by its curious quiver at the nostrils (but it seemed as if the whole nose quivered, not only the nostrils) that he was not sa-tisfied yet; still smelt something under the ground a little further off. Imagine a giant hog in a pasture rich with truffles; after unearthing this truffle and that, still it smells a bigger, a blacker truffle under the ground further off. So Oliver snuffed always in the rich earth of Mayfair another truffle, a blacker, a bigger further off.

Now then he straightened the pearl in his tie, cased himself in his smart blue overcoat; took his yellow gloves and his cane; and swayed as he descended the stairs and half snuffed, half sighed through his long sharp nose as he passed out into Piccadilly. For was he not still a sad man, a dissatisfied man, a man who seeks something that is hidden, though he had won his bet?

He swayed slightly as he walked, as the camel at the zoo sways from side to side when it walks along the asphalt paths laden with grocers and their wives eating from paper bags and throwing little bits of silver paper crumpled up on to the path. The camel despises the grocers; the camel is dissatisfied with its lot; the camel sees the blue lake and the fringe of palm trees in front of it. So the great jewel-ler, the greatest jeweller in the whole world, swung down Piccadilly, perfectly dressed, with his gloves, with his cane; but dissatisfied still, till he reached the dark little shop, that was famous in France, in Ger-

de Hatton Garden en una tarde calurosa... ¡oh, hace ya muchos años! Pero aún así Oliver lo sintió ronronear por su espina dorsal, el codazo, el murmullo que significaba: «Míralo al joven Oliver, el joven joyero... ahí va». Joven era entonces. Y se vestía cada vez mejor; y tenía, primero un carruaje; luego un automóvil; y primero subía al círculo del teatro, luego bajaba a la platea. Y tenía una villa en Richmond, con vistas al río, con enrejados de rosas rojas; y Mademoiselle solía coger una cada mañana y ponérsela en el ojal.

«Así», dijo Oliver Bacon, levantándose y estirando las piernas. «Así...».

Se paró bajo el retrato de una anciana en la repisa de la chimenea y levantó las manos. «He cumplido mi palabra», dijo, juntando las manos, palma con palma, como si le estuviera rindiendo homenaje. «He ganado mi apuesta». Así fue; era el joyero más rico de Inglaterra; pero su nariz, que era larga y flexible, como la trompa de un elefante, parecía decir por su curioso temblor en las fosas nasales (pero parecía como si toda la nariz temblara, no sólo las fosas nasales) que aún no estaba satisfecho; todavía olía algo bajo tierra un poco más allá. Imagínate un cerdo gigante en una dehesa rica en trufas; después de desenterrar esta trufa y aquella, todavía huele una trufa más grande, más negra, bajo el suelo más allá. Así que Oliver olfateó siempre en la rica tierra de Mayfair otra trufa, una más negra, una más grande más allá.

Ahora se enderezaba la perla de la corbata, se enfundaba en su elegante abrigo azul; cogía sus guantes amarillos y su bastón; y se balanceaba mientras bajaba las escaleras y medio resoplaba, medio suspiraba por su larga y afilada nariz mientras salía a Piccadilly. ¿Acaso no seguía siendo un hombre triste, un hombre insatisfecho, un hombre que busca algo que está oculto, aunque había ganado su apuesta?

Se balanceaba ligeramente al caminar, como el camello del zoo se balancea de lado a lado cuando camina por los senderos de asfalto cargados de tenderos y sus esposas comiendo de bolsas de papel y arrojando trocitos de papel de plata arrugado al sendero. El camello desprecia a los tenderos; el camello está insatisfecho con su suerte; el camello ve el lago azul y la franja de palmeras frente a él. Así que el gran joyero, el mayor joyero del mundo entero, bajó por Piccadilly, perfectamente vestido, con sus guantes, con su bastón; pero insatisfecho aún, hasta que llegó a la oscura tiendecita, que era famosa en Francia, en Alemania, en

many, in Austria, in Italy, and all over America—the dark little shop in the street off Bond Street.

As usual, he strode through the shop without speaking, though the four men, the two old men, Marshall and Spencer, and the two young men, Hammond and Wicks, stood straight and looked at him, envying him. It was only with one finger of the amber-coloured glove, waggling, that he acknowledged their presence. And he went in and shut the door of his private room behind him.

Then he unlocked the grating that barred the window. The cries of Bond Street came in; the purr of the distant traffic. The light from reflectors at the back of the shop struck upwards. One tree waved six green leaves, for it was June. But Mademoiselle had married Mr. Pedder of the local brewery—no one stuck roses in his buttonhole now.

«So,» he half sighed, half snorted, «so——»

Then he touched a spring in the wall and slowly the panelling slid open, and behind it were the steel safes, five, no, six of them, all of burnished steel. He twisted a key; unlocked one; then another. Each was lined with a pad of deep crimson velvet; in each lay jewels—bracelets, necklaces, rings, tiaras, ducal coronets; loose stones in glass shells; rubies, emeralds, pearls, diamonds. All safe, shining, cool, yet burning, eternally, with their own compressed light.

«Tears!» said Oliver, looking at the pearls.

«Heart's blood!» he said, looking at the rubies.

«Gunpowder!» he continued, rattling the diamonds so that they flashed and blazed.

«Gunpowder enough to blow Mayfair—sky high, high, high!» He threw his head back and made a sound like a horse neighing as he said it.

The telephone buzzed obsequiously in a low muted voice on his table. He shut the safe.

Austria, en Italia y en toda América... la oscura tiendecita sobre la calle al lado de Bond Street.

Como de costumbre, atravesó la tienda sin hablar, aunque los cuatro hombres, los dos viejos, Marshall y Spencer, y los dos jóvenes, Hammond y Wicks, se mantuvieron erguidos y le miraron, envidiándolo. Sólo con un dedo del guante color ámbar, agitándose, reconoció su presencia. Y entró y cerró la puerta de su habitación privada tras de sí.

Luego descorrió el cerrojo que atrancaba la ventana. Entraron los gritos de Bond Street; el ronroneo del tráfico lejano. La luz de los reflectores de la parte trasera de la tienda daba hacia arriba. Un árbol agitaba seis hojas verdes, pues era junio. Pero Mademoiselle se había casado con Mr. Pedder, de la cervecería local; ahora nadie le ponía rosas en el ojal.

«Así», medio suspiró, medio resopló, «así...».

Entonces tocó un resorte en la pared y lentamente el revestimiento se deslizó, abriéndose, y detrás estaban las cajas fuertes de acero, cinco, no, seis de ellas, todas de acero bruñido. Hizo girar una llave; abrió una; luego otra. Cada una estaba forrada con una almohadilla de terciopelo carmesí intenso; en cada una yacían joyas: pulseras, collares, anillos, tiaras, coronas ducales; piedras sueltas en conchas de cristal; rubíes, esmeraldas, perlas, diamantes. Todas seguras, brillantes, frías, pero ardiendo, eternamente, con su propia luz comprimida.

«¡Lágrimas!», dijo Oliver, mirando las perlas.

«¡Sangre de corazón!», dijo mirando los rubíes.

«¡Pólvora!», continuó, haciendo sonar los diamantes para que destellaran y ardieran.

«¡Pólvora suficiente para volar Mayfair... alto hasta el cielo, alto, alto!». Echó la cabeza hacia atrás y emitió un sonido parecido al relincho de un caballo mientras lo decía.

El teléfono zumbó servilmente en voz baja sobre su mesa. Cerró la caja fuerte.

«In ten minutes,» he said. «Not before.» And he sat down at his desk and looked at the heads of the Roman emperors that were graved on his sleeve links. And again he dismantled himself and became once more the little boy playing marbles in the alley where they sell stolen dogs on Sunday. He became that wily astute little boy, with lips like wet cherries. He dabbled his fingers in ropes of tripe; he dipped them in pans of frying fish; he dodged in and out among the crowds. He was slim, lissome, with eyes like licked stones. And now—now—the hands of the clock ticked on, one two, three, four... The Duchess of Lambourne waited his pleasure; the Duchess of Lambourne, daughter of a hundred Earls. She would wait for ten minutes on a chair at the counter. She would wait his pleasure. She would wait till he was ready to see her. He watched the clock in its shagreen case. The hand moved on. With each tick the clock handed him—so it seemed—*pâte de foie gras*, a glass of champagne, another of fine brandy, a cigar costing one guinea. The clock laid them on the table beside him as the ten minutes passed. Then he heard soft slow footsteps approaching; a rustle in the corridor. The door opened. Mr. Hammond flattened himself against the wall.

«Her Grace!» he announced.

And he waited there, flattened against the wall.

And Oliver, rising, could hear the rustle of the dress of the Duchess as she came down the passage. Then she loomed up, filling the door, filling the room with the aroma, the prestige, the arrogance, the pomp, the pride of all the Dukes and Duchesses swollen in one wave. And as a wave breaks, she broke, as she sat down, spreading and splashing and falling over Oliver Bacon, the great jeweller, covering him with sparkling bright colours, green, rose, violet; and odours; and iridescences; and rays shooting from fingers, nodding from plumes, flashing from silk; for she was very large, very fat, tightly girt in pink taffeta, and past her prime. As a parasol with many flounces, as a peacock with many feathers, shuts its flounces, folds its feathers, so she subsided and shut herself as she sank down in the leather armchair.

«Good morning, Mr. Bacon,» said the Duchess. And she held out her hand which came through the slit of her white glove. And Oli-

«En diez minutos», dijo. «No antes». Y se sentó en su escritorio y miró las cabezas de los emperadores romanos que tenía grabadas en los eslabones de sus mangas. Y de nuevo se desmontó a sí mismo y volvió a ser el niño pequeño que jugaba a las canicas en el callejón donde venden perros robados los domingos. Se convirtió en ese niño astuto y artero, con los labios como cerezas mojadas. Mojaba los dedos en cuerdas de tripa; los sumergía en sartenes de pescado frito; entraba y salía esquivando entre la multitud. Era esbelto, delgado, con ojos como piedras lamidas. Y ahora... ahora... las manecillas del reloj avanzaban, uno dos, tres, cuatro... La Duquesa de Lambourne esperaba su placer; la Duquesa de Lambourne, hija de cien condes. Ella esperaría diez minutos en una silla junto al mostrador. Ella esperaría su placer. Ella esperaría hasta que él estuviera listo para verla. Observó el reloj en su caja de piel de zapa. La manecilla avanzaba. Con cada tictac el reloj le entregaba —así parecía— *pâte de foie gras,* una copa de champán, otra de fino brandy, un puro que costaba una guinea. El reloj los depositaba sobre la mesa a su lado a medida que pasaban los diez minutos. Entonces oyó unos pasos suaves y lentos que se acercaban; un susurro en el pasillo. La puerta se abrió. Mr. Hammond se aplastó contra la pared.

«¡Su Alteza!», anunció.

Y esperó allí, aplastado contra la pared.

Y Oliver, levantándose, pudo oír el susurro del vestido de la Duquesa mientras pasaba por el pasillo. Entonces ella se asomó, llenando la puerta, llenando la habitación con el aroma, el prestigio, la arrogancia, la pompa, el orgullo de todos los duques y duquesas hinchados en una ola. Y como rompe una ola, ella rompió, al sentarse, extendiéndose y salpicando y cayendo sobre Oliver Bacon, el gran joyero, cubriéndole de brillantes y centelleantes colores, verde, rosa, violeta; y olores; e iridiscencias; y rayos que salían disparados de los dedos, que cabeceaban de los penachos, que destellaban de la seda; porque era muy grande, muy gorda, ceñida en tafetán rosa, y había pasado su mejor momento. Como una sombrilla con muchos volantes, como un pavo real con muchas plumas, cierra sus volantes, pliega sus plumas, así se hundió y se encerró ella misma en el sillón de cuero.

«Buenos días, Mr. Bacon», dijo la Duquesa. Y le tendió la mano que entraba por la rendija de su guante blanco. Y Oliver hizo una reverencia al

ver bent low as he shook it. And as their hands touched the link was forged between them once more. They were friends, yet enemies; he was master, she was mistress; each cheated the other, each needed the other, each feared the other, each felt this and knew this every time they touched hands thus in the little back room with the white light outside, and the tree with its six leaves, and the sound of the street in the distance and behind them the safes.

«And to-day, Duchess—what can I do for you to-day?» said Oliver, very softly.

The Duchess opened her heart, her private heart, gaped wide. And with a sigh but no words she took from her bag a long washleather pouch—it looked like a lean yellow ferret. And from a slit in the ferret's belly she dropped pearls —ten pearls. They rolled from the slit in the ferret's belly—one, two, three, four—like the eggs of some heavenly bird.

«All's that's left me, dear Mr. Bacon,» she moaned. Five, six, seven— down they rolled, down the slopes of the vast mountain sides that fell between her knees into one narrow valley—the eighth, the ninth, and the tenth. There they lay in the glow of the peach-blossom taffeta. Ten pearls.

«From the Appleby cincture,» she mourned. «The last... the last of them all.»

Oliver stretched out and took one of the pearls between finger and thumb. It was round, it was lustrous. But real was it, or false? Was she lying again? Did she dare?

She laid her plump padded finger across her lips. «If the Duke knew...» she whispered. «Dear Mr. Bacon, a bit of bad luck...»

Been gambling again, had she?

«That villain! That sharper!» she hissed.

The man with the chipped cheek bone? A bad 'un. And the Duke was straight as a poker; with side whiskers; would cut her off, shut

estrecharla. Y mientras sus manos se tocaban, el vínculo se forjó entre ellos una vez más. Eran amigos, y sin embargo enemigos; él era el amo, ella la ama; cada uno engañaba al otro, cada uno necesitaba al otro, cada uno temía al otro, cada uno sentía esto y lo sabía cada vez que se tocaban las manos así en la pequeña habitación trasera con la luz blanca fuera, y el árbol con sus seis hojas, y el sonido de la calle a lo lejos, y detrás de ellos las cajas fuertes.

«Y hoy, Duquesa... ¿qué puedo hacer por usted hoy?», dijo Oliver, muy suavemente.

La Duquesa abrió de par en par su corazón, su corazón privado. Y con un suspiro pero sin palabras sacó de su bolso una larga bolsa de piel lavada... parecía un delgado hurón amarillo. Y de una hendidura en el vientre del hurón dejó caer perlas... diez perlas. Rodaron desde la hendidura del vientre del hurón —una, dos, tres, cuatro— como los huevos de algún pájaro celestial.

«Todo lo que me queda, querido Mr. Bacon», gimió. Cinco, seis, siete... abajo rodaron, por las laderas de las vastas montañas que caían entre sus rodillas en un estrecho valle... la octava, la novena y la décima. Allí yacían en el resplandor del tafetán de flores de melocotón. Diez perlas.

«Del cíngulo de Appleby», se lamentó. «Lo último... lo último de todo».

Oliver se estiró y tomó una de las perlas entre el dedo y el pulgar. Era redonda, lustrosa. Pero, ¿era real o falsa? ¿Estaba mintiendo otra vez? ¿Se atrevía?

Se pasó el dedo regordete y acolchado por los labios. «Si el Duque lo supiera...», susurró ella. «Querido Mr. Bacon, un poco de mala suerte...».

Ella había vuelto a apostar, ¿no es cierto?

«¡Ese villano! ¡Ese estafador!», siseó ella.

¿El hombre del pómulo astillado? Un mal tipo. Y el Duque era recto como un atizador; con bigotes a los lados; la cortaría, la encerraría ahí

her up down there if he knew—what I know, thought Oliver, and glanced at the safe.

«Araminta, Daphne, Diana,» she moaned. «It's for them.»

The ladies Araminta, Daphne, Diana—her daughters. He knew them; adored them. But it was Diana he loved.

«You have all my secrets,» she leered. Tears slid; tears fell; tears, like diamonds, collecting powder in the ruts of her cherry blossom cheeks.

«Old friend,» she murmured, «old friend.»

«Old friend,» he repeated, «old friend,» as if he licked the words.

«How much?» he queried.

She covered the pearls with her hand.

«Twenty thousand,» she whispered.

But was it real or false, the one he held in his hand? The Appleby cincture—hadn't she sold it already? He would ring for Spencer or Hammond. «Take it and test it,» he would say. He stretched to the bell.

«You will come down to-morrow?» she urged, she interrupted. «The Prime Minister—His Royal Highness...» She stopped. «And Diana...» she added.

Oliver took his hand off the bell.

He looked past her, at the backs of the houses in Bond Street. But he saw, not the houses in Bond Street, but a dimpling river; and trout rising and salmon; and the Prime Minister; and himself too, in white waistcoat; and then, Diana. He looked down at the pearl in his hand. But how could he test it, in the light of the river, in the light of the eyes of Diana? But the eyes of the Duchess were on him.

abajo si supiera... lo que sé, pensó Oliver, y echó un vistazo a la caja fuerte.

«Araminta, Daphne, Diana», gimió. «Es para ellas».

Las damas Araminta, Daphne, Diana... sus hijas. Las conocía; las adoraba. Pero era a Diana a quien amaba.

«Usted sabe todos mis secretos», espetó ella. Las lágrimas resbalaron; las lágrimas cayeron; las lágrimas, como diamantes, acumulando polvo en los surcos de sus mejillas de flor de cerezo.

«Viejo amigo», murmuró ella, «viejo amigo».

«Viejo amigo», repitió él, «viejo amigo», como si lamiera las palabras.

«¿Cuánto?», preguntó él.

Ella cubrió las perlas con la mano.

«Veinte mil», susurró.

Pero, ¿era real o falsa la que tenía en la mano? El cíngulo de Appleby, ¿no lo había vendido ya? Llamaría a Spencer o a Hammond. «Tómelo y pruébelo», diría. Se estiró hacia la campana.

«¿Vendrá mañana?», le instó ella, interrumpiéndole. «El Primer Ministro... Su Alteza Real...». Se detuvo. «Y Diana...», añadió.

Oliver retiró la mano de la campana.

Miró más allá de ella, a las espaldas de las casas de Bond Street. Pero no vio las casas de Bond Street, sino un río con hoyitos; y truchas subiendo y salmones; y al Primer Ministro; y a él mismo también, con chaleco blanco; y luego, a Diana. Miró la perla que tenía en la mano. ¿Pero cómo podría probarla, a la luz del río, a la luz de los ojos de Diana? Pero los ojos de la Duquesa estaban puestos en él.

«Twenty thousand,» she moaned. «My honour!»

The honour of the mother of Diana! He drew his cheque book towards him; he took out his pen.

«Twenty—» he wrote. Then he stopped writing. The eyes of the old woman in the picture were on him—of the old woman his mother.

«Oliver!» she warned him. «Have sense! Don't be a fool!»

«Oliver!» the Duchess entreated—it was «Oliver» now, not «Mr. Bacon.» «You'll come for a long weekend?»

Alone in the woods with Diana! Riding alone in the woods with Diana!

«Thousand,» he wrote, and signed it.

«Here you are,» he said.

And there opened all the flounces of the parasol, all the plumes of the peacock, the radiance of the wave, the swords and spears of Agincourt, as she rose from her chair. And the two old men and the two young men, Spencer and Marshall, Wicks and Hammond, flattened themselves behind the counter envying him as he led her through the shop to the door. And he waggled his yellow glove in their faces, and she held her honour—a Cheque for twenty thousand pounds with his signature—quite firmly in her hands.

«Are they false or are they real?» asked Oliver, shutting his private door. There they were, ten pearls on the blotting-paper on the table. He took them to the window. He held them under his lens to the light... This, then, was the truffle he had routed out of the earth! Rotten at the centre—rotten at the core!

«Forgive me, oh, my mother!» he sighed, raising his hand as if he asked pardon of the old woman in the picture. And again he was a little boy in the alley where they sold dogs on Sunday.

«For,» he murmured, laying the palms of his hands together, «it is to be a long week-end.»

«Veinte mil», gimió ella. «¡Por mi honor...!».

¡El honor de la madre de Diana! Acercó su talonario de cheques hacia él; sacó su pluma.

«Veinte...», escribió. Luego dejó de escribir. Los ojos de la anciana de la foto estaban puestos en él... la anciana que fue su madre.

«¡Oliver!», le advirtió. «¡Ten sentido común! No seas tonto!».

«¡Oliver!», suplicó la Duquesa... ahora era «Oliver», no «Mr. Bacon». «¿Vendrás por un fin de semana largo?».

¡A solas en el bosque con Diana! ¡Cabalgando a solas en el bosque con Diana!

«Mil», escribió, y lo firmó.

«Aquí tiene», dijo él.

Y allí se abrieron todos los volantes de la sombrilla, todos los penachos del pavo real, el resplandor de la ola, las espadas y las lanzas de Agincourt, mientras ella se levantaba de su silla. Y los dos viejos y los dos jóvenes, Spencer y Marshall, Wicks y Hammond, se aplastaron tras el mostrador envidiándole mientras la conducía por la tienda hasta la puerta. Y él les sacudió el guante amarillo en la cara, y ella sostuvo su honor —un cheque de veinte mil libras con su firma— con firmeza en las manos.

«¿Son falsas o son reales?», preguntó Oliver, cerrando su puerta privada. Allí estaban, diez perlas sobre el papel secante de la mesa. Las llevó a la ventana. Las sostuvo bajo su lente a la luz... ¡Esta era, pues, la trufa que había sacado de la tierra! ¡Podrida en el centro... podrida en el corazón!

«¡Perdóname, oh, madre mía!», suspiró, levantando la mano como si pidiera perdón a la anciana del cuadro. Y de nuevo era un niño pequeño en el callejón donde vendían perros los domingos.

«Porque», murmuró, juntando las palmas de las manos, «va a ser un fin de semana largo».

MOMENTS OF BEING

«Slater's pins have no points—don't you always find that?» said Miss Craye, turning round as the rose fell out of Fanny Wilmot's dress, and Fanny stooped, with her cars full of the music, to look for the pin on the floor.

The words gave her an extraordinary shock, as Miss Craye struck the last chord of the Bach fugue. Did Miss Craye actually go to Slater's and buy pins then, Fanny Wilmot asked herself, transfixed for a moment. Did she stand at the counter waiting like anybody else, and was she given a bill with coppers wrapped in it, and did she slip them into her purse and then, an hour later, stand by her dressing table and take out the pins? What need had she of pins? For she was not so much dressed as cased, like a beetle compactly in its sheath, blue in winter, green in summer. What need had she of pins—Julia Craye—who lived, it seemed in the cool glassy world of Bach fugues, playing to herself what she liked, to take one or two pupils at the and only consenting Archer Street College of Music (so the Principal, Miss Kingston, said) as a special favour to herself, who had «the greatest admiration for her in every way.» Miss Craye was left badly off, Miss Kingston was afraid, at her brother's death. Oh, they used to have such lovely things, when they lived at Salisbury, and her brother Julius was, of course, a very well-known man: a famous archaeologist. It was a great privilege to stay with them, Miss Kingston said («My family had always known them—they were regular Canterbury people,» Miss Kingston said), but a little frightening for a child; one had to be careful not to slam the door or bounce into the room unexpectedly. Miss Kingston, who gave little character sketches like this on the first day of term while she received cheques and wrote out receipts for them, smiled here. Yes, she had been rather a tomboy; she had bounced in and set all those green Roman glasses and things jumping in their case. The Crayes were not used to children. The Crayes were none of them married. They kept cats; the cats, one used to feel, knew as much about the Roman urns and things as anybody.

MOMENTOS DE VIDA

«LOS ALFILERES DE SLATER NO TIENEN PUNTA»

«Los alfileres de Slater no tienen punta... ¿no le pasa siempre?», dijo Miss Craye, dándose la vuelta cuando la rosa se cayó del vestido de Fanny Wilmot, y esta se agachó, con los oídos llenos de música, para buscar el alfiler en el suelo.

Las palabras le produjeron un sobresalto extraordinario, mientras Miss Craye tocaba el último acorde de la fuga de Bach. ¿Fue realmente Miss Craye a Slater's a comprar alfileres entonces?, se preguntó Fanny Wilmot, paralizada por un momento. ¿Se quedó de pie ante el mostrador esperando como cualquier otra persona, le dieron un billete con monedas de cobre envueltas en él, las deslizó en su bolso y luego, una hora más tarde, se quedó de pie junto a su tocador y sacó los alfileres? ¿Qué necesidad tenía ella de alfileres? Porque ella no estaba tanto vestida como enfundada, como un escarabajo compacto en su vaina, azul en invierno, verde en verano. ¿Qué necesidad tenía de alfileres —Julia Craye— que vivía, al parecer, en el fresco y vidrioso mundo de las fugas de Bach, tocando para sí misma lo que le gustaba, para tomar una o dos alumnas en el exclusivo Archer Street College of Music (así lo dijo la Directora, Miss Kingston) como un favor especial para ella misma, que sentía «la mayor admiración por ella en todos los sentidos». Miss Craye quedó en mala situación, se temía Miss Kingston, a la muerte de su hermano. Oh, solían tener cosas tan encantadoras, cuando vivían en Salisbury, y su hermano Julius era, por supuesto, un hombre muy conocido: un famoso arqueólogo. Era un gran privilegio quedarse con ellos, dijo Miss Kingston («Mi familia siempre los había conocido... eran gente conocida en Canterbury», dijo Miss Kingston), pero un poco aterrador para una niña; había que tener cuidado de no dar un portazo o entrar torpemente en la habitación inesperadamente. Miss Kingston, que hacía pequeños esbozos de carácter como este el primer día de curso mientras recibía los cheques y extendía los recibos correspondientes, sonrió en ese momento. Sí, había sido más bien una marimacho; había entrado tropezándose y había hecho saltar las vasijas romanas y las otras cosas. Los Craye no estaban acostumbrados a los niños. Los Craye no estaban casados. Tenían gatos; los gatos, solía pensar una, sabían tanto sobre las urnas y las cosas romanas como nadie más.

«Far more than I did!» said Miss Kingston brightly, writing her name across the stamp in her dashing, cheerful, full-bodied hand, for she had always been practical. That was how she made her living, after all.

Perhaps then, Fanny Wilmot thought, looking for the pin, Miss Craye said that about «Slater's pins having no points,» at a venture. None of the Crayes had ever married. She knew nothing about pins— nothing whatever. But she wanted to break the spell that had fallen on the house; to break the pane of glass which separated them from other people. When Polly Kingston, that merry little girl, had slammed the door and made the Roman vases jump, Julius, seeing that no harm was done (that would be his first instinct) looked, for the case was stood in the window, at Polly skipping home across the fields; looked with the look his sister often had, that lingering, driving look.

«Stars, sun, moon,» it seemed to say, «the daisy in the grass, fires, frost on the window pane, my heart goes out to you. But,» it always seemed to add, «you break, you pass, you go.» And simultaneously it covered the intensity of both these states of mind with «I can't reach you—I can't get at you,» spoken wistfully, frustratedly. And the stars faded, and the child went. That was the kind of spell that was the glassy surface, that Miss Craye wanted to break by showing, when she had played Bach beautifully as a reward to a favourite pupil (Fanny Wilmot knew that she was Miss Craye's favourite pupil), that she, too, knew, like other people, about pins. Slater's pins had no points.

Yes, the «famous archaeologist» had looked like that too. «The famous archaeologist»—as she said that, endorsing cheques, ascertaining the day of the month, speaking so brightly and frankly, there was in Miss Kingston's voice an indescribable tone which hinted at something odd; something queer in Julius Craye; it was the very same thing that was odd perhaps in Julia too. One could have sworn, thought Fanny Wilmot, as she looked for the pin, that at parties, meetings (Miss Kingston's father was a clergyman), she had picked up some piece of gossip, or it might only have been a smile, or a tone when his name was mentioned, which had given her «a feeling» about Julius Craye. Needless to say, she had never spoken about it

«¡Mucho más que yo!», dijo alegremente Miss Kingston, escribiendo su nombre sobre el sello con su mano gallarda, alegre y corpulenta, pues siempre había sido práctica. Al fin y al cabo, así era como se ganaba la vida.

Quizá entonces, pensó Fanny Wilmot, buscando el alfiler, Miss Craye dijo eso de que «los alfileres de Slater no tienen punta», en una aventura. Ninguno de los Craye se había casado nunca. Ella no sabía nada de alfileres, nada en absoluto. Pero quería romper el hechizo que había caído sobre la casa; romper el cristal que las separaba de los demás. Cuando Polly Kingston, aquella niña alegre, había dado un portazo y hecho saltar los jarrones romanos, Julius, al ver que no había habido ningún daño (ése fue su primer instinto) miró, pues la maleta estaba parada en la ventana, a Polly que saltaba a casa a través de los campos; miró con la mirada que a menudo tenía su hermana, esa mirada persistente y directriz.

«Estrellas, sol, luna», parecía decir, «la margarita en la hierba, los fuegos, la escarcha en el cristal de la ventana, mi corazón está contigo. Pero», parecía añadir siempre, «te rompes, pasas, te vas». Y simultáneamente cubría la intensidad de ambos estados de ánimo con «no puedo llegar a ti, no puedo llegar a ti», dicho con nostalgia, con frustración. Y las estrellas se desvanecieron, y el niño se fue. Ése era el tipo de hechizo que constituía la superficie cristalina, que Miss Craye quiso romper demostrando, cuando había tocado Bach maravillosamente como recompensa a una alumna favorita (Fanny Wilmot sabía que era la alumna favorita de Miss Craye), que ella también sabía, como otras personas, de alfileres. Los alfileres de Slater no tenían punta.

Sí, la «famosa arqueóloga» también había lucido así. «La famosa arqueóloga»... mientras decía eso, endosando cheques, inquiriendo el día del mes, hablando tan brillante y francamente, había en la voz de Miss Kingston un tono indescriptible que insinuaba algo raro; algo extraño en Julius Craye; era lo mismo que era extraño quizá también en Julia. Se podría jurar, pensó Fanny Wilmot, mientras buscaba el alfiler, que en las fiestas, en las reuniones (el padre de Miss Kingston era clérigo), se había enterado de algún chisme, o podría haber sido sólo una sonrisa, o un tono cuando se mencionaba su nombre, lo que le había dado «un presentimiento» sobre Julius Craye. Ni que decir tiene que nunca había hablado de ello con nadie. Probablemente apenas sabía lo que quería

to anybody. Probably she scarcely knew what she meant by it. But whenever she spoke of Julius, or heard him mentioned, that was the first thing that came to mind; and it was a seductive thought; there was something odd about Julius Craye.

It was so that Julia looked too, as she sat half turned on the music stool, smiling. It's on the field, it's on the pane, it's in the sky—beauty; and I can't get at it; I can't have it—I, she seemed to add, with that little clutch of the hand which was so characteristic, who adore it so passionately, would give the whole world to possess it! And she picked up the carnation which had fallen on the floor, while Fanny searched for the pin. She crushed it, Fanny felt, voluptuously in her smooth veined hands stuck about with water-coloured rings set in pearls. The pressure of her fingers seemed to increase all that was most brilliant in the flower; to set it off; to make it more frilled, fresh, immaculate. What was odd in her, and perhaps in her brother, too, was that this crush and grasp of the finger was combined with a perpetual frustration. So it was even now with the carnation. She had her hands on it; she pressed it; but she did not possess it, enjoy it, not entirely and altogether.

None of the Crayes had married, Fanny Wilmot remembered. She had in mind how one evening when the lesson had lasted longer than usual and it was dark, Julia Craye had said «it's the use of men, surely, to protect us,» smiling at her that same odd smile, as she stood fastening her cloak, which made her, like the flower, conscious to her finger tips of youth and brilliance, but, like the flower, too, Fanny suspected, made her feel awkward.

«Oh, but I don't want protection,» Fanny had laughed, and when Julia Craye, fixing on her that extraordinary look, had said she was not so sure of that, Fanny positively blushed under the admiration in her eyes.

It was the only use of men, she had said. Was it for that reason then, Fanny wondered, with her eyes on the floor, that she had never married? After all, she had not lived all her life in Salisbury. «Much the nicest part of London,» she had said once, «(but I'm speaking of fifteen or twenty years ago) is Kensington. One was in the Gardens in ten

decir con ello. Pero siempre que hablaba de Julius, u oía mencionarle, eso era lo primero que le venía a la mente; y era un pensamiento seductor; había algo extraño en Julius Craye.

Julia también había lucido así, mientras estaba sentada medio girada en el taburete de música, sonriendo. Está en el campo, está en el cristal, está en el cielo... la belleza; y no puedo llegar a ella; no puedo tenerla... ¡Yo, parecía añadir, con ese pequeño apretón de mano tan característico, que la adoro con tanta pasión, daría el mundo entero por poseerla! Y recogió el clavel que había caído al suelo, mientras Fanny buscaba el alfiler. Lo aplastó, sintió Fanny, voluptuosamente en sus manos de suaves venas enjaezadas con anillos de color agua engarzados en perlas. La presión de sus dedos parecía aumentar todo lo que había de más brillante en la flor; realzarla; hacerla más fruncida, fresca, inmaculada. Lo extraño en ella, y quizá también en su hermano, era que este aplastamiento y agarre del dedo se combinaba con una perpetua frustración. Así sucedía incluso ahora con el clavel. Tenía las manos sobre él; lo apretaba; pero no lo poseía, no lo disfrutaba, no del todo y por completo.

Ninguno de los Craye se había casado, recordaba Fanny Wilmot. Tenía en mente cómo una tarde, cuando la lección había durado más de lo habitual y había oscurecido, Julia Craye había dicho «los hombres sirven, seguramente, para protegernos», sonriéndole con aquella misma extraña sonrisa, mientras se abrochaba la capa, que la hacía, como la flor, consciente hasta la punta de los dedos de la juventud y el brillo, pero, como la flor también, sospechaba Fanny, la hacía sentirse incómoda.

«Oh, pero yo no quiero protección», se había reído Fanny, y cuando Julia Craye, fijando en ella aquella extraordinaria mirada, le había dicho que no estaba tan segura de ello, Fanny se ruborizó, sin duda, bajo la admiración de sus ojos.

Era la única utilidad de los hombres, había dicho. ¿Era por esa razón entonces, se preguntaba Fanny, con los ojos en el suelo, por la que nunca se había casado? Después de todo, no había vivido toda su vida en Salisbury. «La parte más bonita de Londres», había dicho una vez, «(pero estoy hablando de hace quince o veinte años) es Kensington. Una estaba

minutes—it was like the heart of the country. One could dine out in one's slippers without catching cold. Kensington—it was like a village then, you know,» she had said.

Here she broke off, to denounce acridly the draughts in the Tubes.

«It was the use of men,» she had said, with a queer wry acerbity. Did that throw any light on the problem why she had not married? One could imagine every sort of scene in her youth, when with her good blue eyes, her straight firm nose, her air of cool distinction, her piano playing, her rose flowering with chaste passion in the bosom of her muslin dress, she had attracted first the young men to whom such things, the china tea cups and the silver candlesticks and the inlaid table, for the Crayes had such nice things, were wonderful; young men not sufficiently distinguished; young men of the cathedral town with ambitions. She had attracted them first, and then her brother's friends from Oxford or Cambridge. They would come down in the summer; row her on the river; continue the argument about Browning by letter; and arrange perhaps, on the rare occasions when she stayed in London, to show her—Kensington Gardens?

«Much the nicest part of London—Kensington (I'm speaking of fifteen or twenty years ago),» she had said once. One was in the gardens in ten minutes—in the heart of the country. One could make that yield what one liked, Fanny Wilmot thought, single out, for instance, Mr. Sherman, the painter, an old friend of hers; make him call for her, by appointment, one sunny day in June; take her to have tea under the trees. (They had met, too, at those parties to which one tripped in slippers without fear of catching cold.) The aunt or other elderly relative was to wait there while they looked at the Serpentine. They looked at the Serpentine. He may have rowed her across. They compared it with the Avon. She would have considered the comparison very furiously. Views of rivers were important to her. She sat hunched a little, a little angular, though she was graceful then, steering. At the critical moment, for he had determined that he must speak now—it was his only chance of getting her alone—he was speaking with his head turned at an absurd angle, in his great nervousness, over his shoulder—at that very moment she interrupted fiercely. He would

en los Jardines en diez minutos; era como el corazón del país. Una podía cenar fuera en zapatillas sin coger frío. Kensington... era como un pueblo entonces, ¿sabes?», había dicho.

Aquí se interrumpió, para denunciar con acritud las corrientes de aire en el subterráneo.

«Era la utilidad de los hombres», había dicho ella, con una acerba ironía. ¿Acaso eso arrojaba alguna luz sobre el problema de por qué no se había casado? Una podía imaginarse todo tipo de escenas en su juventud, cuando con sus buenos ojos azules, su nariz recta y firme, su aire de fría distinción, su forma de tocar el piano, su rosa floreciendo con casta pasión en el seno de su vestido de muselina, había atraído primero a los jóvenes para quienes esas cosas, las tazas de té de porcelana y los candelabros de plata y la mesa con incrustaciones, pues los Craye tenían cosas tan bonitas, eran maravillosas; jóvenes no suficientemente distinguidos; jóvenes de la ciudad catedralicia con ambiciones. Ella los había atraído primero, y luego a los amigos de su hermano de Oxford o Cambridge. Venían en verano; remaban con ella por el río; continuaban la discusión sobre Browning por carta; y se ponían de acuerdo quizá, en las raras ocasiones en que ella se quedaba en Londres, para enseñarle —¿los Jardines de Kensington?—.

«La parte más bonita de Londres... Kensington (hablo de hace quince o veinte años)», había dicho una vez. Una estaba en los jardines en diez minutos, en el corazón del país. Una podía hacer de aquello lo que quisiera, pensó Fanny Wilmot, señalar, por ejemplo, a Mr. Sherman, el pintor, un viejo amigo suyo; hacer que la llamara, previa cita, un soleado día de junio; llevarla a tomar el té bajo los árboles. (También se habían conocido en esas fiestas a las que una iba en zapatillas sin miedo a resfriarse). La tía u otro pariente mayor debía esperar allí mientras ellos miraban el Serpentine. Miraron el Serpentine. Puede que lo cruzara a remo. Lo compararon con el Avon. Ella habría considerado la comparación muy ociosa. Los paisajes de los ríos eran importantes para ella. Se sentó un poco encorvada, un poco angulosa, aunque entonces era grácil, dirigiendo. En el momento crítico, pues había decidido que debía hablar ahora —era su única oportunidad de tenerla a solas—, hablaba con la cabeza girada en un ángulo absurdo, en su gran nerviosismo, por encima del hombro; en ese preciso instante ella interrumpió enérgicamente. Chocarían con el Puente, gritó ella. Fue un momento de horror,

have them into the Bridge, she cried. It was a moment of horror, of disillusionment, of revelation, for both of them. I can't have it, I can't possess it, she thought. He could not see why she had come then. With a great splash of his oar he pulled the boat round. Merely to snub him? He rowed her back and said good-bye to her.

The setting of that scene could be varied as one chose, Fanny Wilmot reflected. (Where had that pin fallen?) It might be Ravenna; or Edinburgh, where she had kept house for her brother. The scene could be changed; and the young man and the exact manner of it all, but one thing was constant—her refusal, and her frown, and her anger with herself afterwards, and her argument, and her relief—yes, certainly her immense relief. The very next day, perhaps, she would get up at six, put on her cloak, and walk all the way from Kensington to the river. She was so thankful that she had not sacrificed her right to go and look at things when they are at their best—before people are up, that is to say she could have her breakfast in bed if she liked. She had not sacrificed her independence.

Yes, Fanny Wilmot smiled, Julia had not endangered her habits. They remained safe; and her habits would have suffered if she had married. «They're ogres,» she had said one evening, half laughing, when another pupil, a girl lately married, suddenly bethinking her that she would miss her husband, had rushed off in haste.

«They're ogres,» she had said, laughing grimly. An ogre would have interfered perhaps with breakfast in bed; with walks at dawn down to the river. What would have happened (but one could hardly conceive this) had she had children? She took astonishing precautions against chills, fatigue, rich food, the wrong food, draughts, heated rooms, journeys in the Tube. for she could never determine which of these it was exactly that brought on those terrible headaches that gave her life the semblance of a battlefield. She was always engaged in outwitting the enemy, until it seemed as if the pursuit had its interest; could she have beaten the enemy finally she would have found life a little dull. As it was, the tug-of-war was perpetual—on the one side the nightingale or the view which she loved with passion—yes, for views and birds she felt nothing less than passion; on the other the damp path or the horrid long drag up a steep hill which would certainly make her good for nothing next day and bring on one of

de desilusión, de revelación, para ambos. No puedo tenerlo, no puedo poseerlo, pensó ella. Él no entendía por qué había venido entonces. Con un gran golpe de remo dio la vuelta a la barca. ¿Simplemente para desairarle? Volvió a remar y se despidió de ella.

El escenario de aquella escena podía variar a voluntad, reflexionó Fanny Wilmot. (¿Dónde había caído aquel alfiler?). Podía ser Rávena; o Edimburgo, donde ella había cuidado la casa de su hermano. La escena podía cambiarse; y el joven y la manera exacta de hacerlo todo, pero una cosa era constante: su negativa, y su ceño fruncido, y su enfado consigo misma después, y su argumento, y su alivio; sí, ciertamente su inmenso alivio. Al día siguiente, tal vez, se levantaría a las seis, se pondría la capa y caminaría desde Kensington hasta el río. Estaba tan agradecida de no haber sacrificado su derecho a ir a ver las cosas cuando están en su mejor momento, antes de que la gente se levante, es decir... ella podía tomar su desayuno en la cama si quería. No había sacrificado su independencia.

Sí, sonrió Fanny Wilmot, Julia no había puesto en peligro sus hábitos. Permanecían a salvo; y sus hábitos habrían sufrido si se hubiera casado. «Son unos ogros», había dicho una tarde, riendo a medias, cuando otra alumna, una muchacha recién casada, recordando de pronto que no se encontraría con su marido, se había marchado corriendo.

«Son ogros», había dicho ella, riendo sombríamente. Un ogro habría interferido tal vez con el desayuno en la cama; con los paseos al amanecer hasta el río. ¿Qué habría pasado (pero apenas se podía concebir esto) si ella hubiera tenido hijos? Tomaba precauciones asombrosas contra los escalofríos, la fatiga, la comida pesada, la comida equivocada, las corrientes de aire, las habitaciones caldeadas, los viajes en subterráneo, pues nunca podía determinar cuál de todos ellos era exactamente el que le provocaba aquellos terribles dolores de cabeza que daban a su vida el aspecto de un campo de batalla. Siempre estaba empeñada en burlar al enemigo, hasta que parecía que la persecución tenía su interés; si hubiera podido vencerlo finalmente, la vida le habría parecido un poco aburrida. Así las cosas, el tira y afloja era perpetuo: por un lado, el ruiseñor o el paisaje que amaba con pasión —sí, por los paisajes y los pájaros no sentía nada menos que pasión—; por otro, el camino húmedo o el horrible y largo camino por una colina empinada que, sin duda, no

her headaches. When, therefore, from time to time, she managed her forces adroitly and brought off a visit to Hampton Court the week the crocuses—those glossy bright flowers were her favourite—were at their best, it was a victory. It was something that lasted; something that mattered for ever. She strung the afternoon on the necklace of memorable days, which was not too long for her to be able to recall this one or that one; this view, that city; to finger it, to feel it, to savour, sighing, the quality that made it unique.

«It was so beautiful last Friday,» she said, «that I determined I must go there.» So she had gone off to Waterloo on her great undertaking—to visit Hampton Court—alone. Naturally, but perhaps foolishly, one pitied her for the thing she never asked pity for (indeed she was reticent habitually, speaking of her health only as a warrior might speak of his foe)—one pitied her for always doing everything alone. Her brother was dead. Her sister was asthmatic. She found the climate of Edinburgh good for her. It was too bleak for Julia. Perhaps, too, she found the associations painful, for her brother, the famous archaeologist, had died there; and she had loved her brother. She lived in a little house off the Brompton Road entirely alone.

Fanny Wilmot saw the pin; she picked it up. She looked at Miss Craye. Was Miss Craye so lonely? No, Miss Craye was steadily, blissfully, if only for that moment, a happy woman. Fanny had surprised her in a moment of ecstasy. She sat there, half turned away from the piano, with her hands clasped in her lap holding the carnation upright, while behind her was the sharp square of the window, uncurtained, purple in the evening, intensely purple after the brilliant electric lights which burnt unshaded in the bare music room. Julia Craye, sitting hunched and compact holding her flower, seemed to emerge out of the London night, seemed to fling it like a cloak behind her, it seemed, in its bareness and intensity, the effluence of her spirit, something she had made which surrounded her. Fanny stared.

All seemed transparent, for a moment, to the gaze of Fanny Wilmot, as if looking through Miss Craye, she saw the very fountain of her being spurting its pure silver drops. She saw back and back into the past behind her. She saw the green Roman vases stood in their

le sería para nada beneficioso al día siguiente y le provocaría uno de sus dolores de cabeza. Por eso, cuando de vez en cuando manejaba sus fuerzas con destreza y conseguía visitar Hampton Court la semana en que los azafranes —esas flores brillantes y lustrosas eran sus favoritas— estaban en su mejor momento, era una victoria. Era algo que duraba; algo que importaba para siempre. Engarzó la tarde en el collar de los días memorables, que no era demasiado largo para que ella pudiera recordar este o aquél; este paisaje, aquella ciudad; palparla, sentirla, saborear, suspirando, la cualidad que la hacía única.

«Hacía tan buen tiempo el viernes pasado», dijo, «que decidí que debía ir allí». Así que se había marchado a Waterloo en su gran misión —visitar Hampton Court— sola. Naturalmente, pero quizá tontamente, una se compadecía de ella por aquello por lo que nunca pedía compasión (de hecho era reticente habitualmente, hablando de su salud sólo como un guerrero hablaría de su enemigo)... una se compadecía de ella por hacerlo siempre todo sola. Su hermano había muerto. Su hermana era asmática. El clima de Edimburgo le sentaba bien. Era demasiado sombrío para Julia. Quizá también le resultaban dolorosas las asociaciones, pues su hermano, el famoso arqueólogo, había muerto allí; y ella había amado a su hermano. Vivía en una casita de Brompton Road completamente sola.

Fanny Wilmot vio el alfiler; lo cogió. Miró a Miss Craye. ¿Se sentía tan sola Miss Craye? No, Miss Craye era firme, dichosa, aunque sólo fuera por ese momento, una mujer feliz. Fanny la había sorprendido en un momento de éxtasis. Estaba allí sentada, medio de espaldas al piano, con las manos entrelazadas en el regazo sosteniendo el clavel erguido, mientras detrás de ella se veía el agudo cuadro de la ventana, sin cortinas, púrpura al atardecer, intensamente púrpura después de las brillantes luces eléctricas que ardían sin sombra en la desnuda sala de música. Julia Craye, sentada, encorvada y compacta, sosteniendo su flor, parecía emerger de la noche londinense, parecía arrojarla como un manto tras ella, parecía, en su desnudez e intensidad, la efluencia de su espíritu, algo que ella había hecho y que la rodeaba. Fanny se quedó mirando.

Todo pareció transparente, por un momento, a la mirada de Fanny Wilmot, como si mirando a través de Miss Craye, viera la fuente misma de su ser derramando sus gotas de plata pura. Vio atrás y atrás en el pasado detrás de ella. Vio los verdes jarrones romanos colocados en su

case; heard the choristers playing cricket; saw Julia quietly descend the curving steps on to the lawn; then saw her pour out tea beneath the cedar tree; softly enclosed the old man's hand in hers; saw her going round and about the corridors of that ancient Cathedral dwelling place with towels in her hand to mark them; lamenting, as she went, the pettiness of daily life; and slowly ageing, and putting away clothes when summer came, because at her age they were too bright to wear; and tending her father's sickness; and cleaving her way ever more definitely as her will stiffened towards her solitary goal; travelling frugally; counting the cost and measuring out of her tight shut purse the sum needed for this journey or for that old mirror; obstinately adhering, whatever people might say, in choosing her pleasures for herself. She saw Julia——

Julia blazed. Julia kindled. Out of the night she burnt like a dead white star. Julia opened her arms. Julia kissed her on the lips. Julia possessed it.

«Slater's pins have no points,» Miss Craye said, laughing queerly and relaxing her arms, as Fanny Wilmot pinned the flower to her breast with trembling fingers.

estuche; oyó a los coristas jugando al cricket; vio a Julia bajar tranquilamente los curvos escalones hasta el césped; luego la vio servir el té bajo el cedro; cerró suavemente la mano del anciano entre las suyas; la vio recorrer los pasillos de aquella antigua morada catedralicia con toallas en la mano para señalarlos; lamentando, a medida que avanzaba, la mezquindad de la vida cotidiana; y envejeciendo lentamente, y guardando la ropa cuando llegaba el verano, porque a su edad era demasiado brillante para ponérsela; y atendiendo la enfermedad de su padre; y hendiendo su camino cada vez más definitivamente a medida que su voluntad se endurecía hacia su meta solitaria; viajando frugalmente; fijándose en el costo y midiendo con su apretado y cerrado monedero la suma necesaria para este viaje o para aquel viejo espejo; obstinándose, dijera lo que dijera la gente, en elegir sus placeres para sí misma. Vio a Julia...

Julia ardía. Julia se encendió. De la noche ardió como una estrella blanca muerta. Julia le abrió los brazos. Julia la besó en los labios. Julia la poseyó.

«Los alfileres de Slater no tienen punta», dijo Miss Craye, riendo de forma extraña y relajando los brazos, mientras Fanny Wilmot se prendía la flor al pecho con dedos temblorosos.

THE MAN WHO LOVED HIS KIND

Trotting through Deans Yard that afternoon, Prickett Ellis ran straight into Richard Dalloway, or rather, just as they were passing, the covert side glance which each was casting on the other, under his hat, over his shoulder, broadened and burst into recognition; they had not met for twenty years. They had been at school together. And what was Ellis doing? The Bar? Of course, of course—he had followed the case in the papers. But it was impossible to talk here. Wouldn't he drop in that evening. (They lived in the same old place—just round the corner). One or two people were coming. Joynson perhaps. «An awful swell now,» said Richard.

«Good—till this evening then,» said Richard, and went his way, «jolly glad» (that was quite true) to have met that queer chap, who hadn't changed one bit since he had been at school—just the same knobbly, chubby little boy then, with prejudices sticking out all over him, but uncommonly brilliant—won the Newcastle. Well—off he went.

Prickett Ellis, however, as he turned and looked at Dalloway disappearing, wished now he had not met him or, at least, for he had always liked him personally, hadn't promised to come to this party. Dalloway was married, gave parties; wasn't his sort at all. He would have to dress. However, as the evening drew on, he supposed, as he had said that, and didn't want to be rude, he must go there.

But what an appalling entertainment! There was Joynson; they had nothing to say to each other. He had been a pompous little boy; he had grown rather more self-important—that was all; there wasn't a single other soul in the room that Prickett Ellis knew. Not one. So, as he could not go at once, without saying a word to Dalloway, who seemed altogether taken up with his duties, bustling about in a white waistcoat, there he had to stand. It was the sort of thing that made his gorge rise. Think of grown up, responsible men and women doing this every night of their lives! The lines deepened on his blue and red shaven cheeks as he leant against the wall in complete silence, for though he worked like a horse, he kept himself fit by exercise; and he looked hard and fierce, as if his moustaches were dipped in frost. He bristled; he grated. His meagre dress clothes made him look un-

EL HOMBRE QUE AMABA A LOS SUYOS

Trotando por Deans Yard aquella tarde, Prickett Ellis se topó de frente
con Richard Dalloway, o mejor dicho, justo cuando pasaban, la disimu-
lada mirada de reojo que cada uno lanzaba al otro, bajo el sombrero, por
encima del hombro, se amplió y estalló en reconocimiento; hacía veinte
años que no se veían. Habían ido juntos a la escuela. ¿Y qué hacía Ellis?
¿Era abogado? Por supuesto, por supuesto; había seguido el caso en los
periódicos. Pero era imposible hablar aquí. ¿No vendría de visita esta
tarde? (Vivían en el mismo lugar de siempre, a la vuelta de la esquina).
Vendrían una o dos personas. Joynson quizás. «Todo muy bien ahora»,
dijo Richard.

«Bien, pues hasta esta noche», dijo Richard, y siguió su camino, «encantado» (eso era bastante cierto) de haber conocido a aquel tipo raro,
que no había cambiado nada desde que estaba en la escuela —sólo el
mismo chiquillo nudoso y regordete de entonces, con prejuicios aso-
mando por todas partes, pero extraordinariamente brillante—, que
ganó el Newcastle. Bien... y se fue.

Prickett Ellis, sin embargo, al volverse y mirar a Dalloway que desaparecía, deseó ahora no haberle encontrado o, al menos, ya que siempre
le había caído bien personalmente, no haberle prometido venir a esta
fiesta. Dalloway estaba casado, daba fiestas; no era para nada su tipo.
Tendría que vestirse. Sin embargo, a medida que avanzaba la noche, supuso que, ya que lo había dicho, y no quería ser descortés, debía ir.

Pero ¡qué tipo de entretenimiento tan espantoso! Estaba Joynson;
no tenían nada que decirse. Había sido un chiquillo pomposo; se había vuelto algo más engreído; eso era todo; no había ni una sola alma
más en la sala que Prickett Ellis conociera. Ni una sola. Así que, como no
podía irse de inmediato, sin decir una palabra a Dalloway, que parecía
totalmente absorbido por sus obligaciones, yendo de un lado a otro con
un chaleco blanco, allí tuvo que quedarse. Era el tipo de cosas que se le
subían a la garganta. ¡Pensar en hombres y mujeres adultos y respon-
sables haciendo esto todas las noches de su vida! Las líneas se hicieron más profundas en sus mejillas afeitadas, azules y rojas, mientras se
apoyaba en la pared en completo silencio, pues aunque trabajaba como
un caballo, se mantenía en forma haciendo ejercicio; y tenía un aspecto
duro y feroz, como si sus bigotes estuvieran bañados en escarcha. Se

kempt, insignificant, angular.

Idle, chattering, overdressed, without an idea in their heads, these fine ladies and gentlemen went on talking and laughing; and Prickett Ellis watched them and compared them with the Brunners who, when they won their case against Fenners' Brewery and got two hundred pounds compensation (it was not half what they should have got) went and spent five of it on a clock for him. That was a decent sort of thing to do; that was the sort of thing that moved one, and he glared more severely than ever at these people, overdressed, cynical, prosperous, and compared what he felt now with what he felt at eleven o'clock that morning when old Brunner and Mrs. Brunner, in their best clothes, awfully respectable and clean looking old people, had called in to give him that small token, as the old man put it, standing perfectly upright to make his speech, of gratitude and respect for the very able way in which you conducted our case, and Mrs. Brunner piped up, how it was all due to him they felt. And they deeply appreciated his generosity—because, of course, he hadn't taken a fee.

And as he took the clock and put it on the middle of his mantelpiece, he had felt that he wished nobody to see his face. That was what he worked for—that was his reward; and he looked at the people who were actually before his eyes as if they danced over that scene in his chambers and were exposed by it, and as it faded—the Brunners faded—there remained as if left of that scene, himself, confronting this hostile population, a perfectly plain, unsophisticated man, a man of the people (he straightened himself) very badly dressed, glaring, with not an air or a grace about him, a man who was an ill hand at concealing his feelings, a plain man, an ordinary human being, pitted against the evil, the corruption, the heartlessness of society. But he would not go on staring. Now he put on his spectacles and examined the pictures. He read the titles on a line of books; for the most part poetry. He would have liked well enough to read some of his old favourites again—Shakespeare, Dickens—he wished he ever had time to turn into the National Gallery, but he couldn't—no, one could not. Really one could not—with the world in the state it was in. Not when people all day long wanted your help, fairly clamoured for help. This wasn't an age for luxuries. And he looked at the arm chairs and the

erizaba; rechinaba. Su escasa ropa de vestir le daba un aspecto desaliñado, insignificante, anguloso.

Ociosos, parlanchines, excesivamente vestidos, sin una idea en la cabeza, estas finas damas y caballeros seguían hablando y riendo; y Prickett Ellis los observaba y los comparaba con los Brunner que, cuando ganaron su caso contra la Cervecería Fenners y obtuvieron doscientas libras de indemnización (no era ni la mitad de lo que deberían haber obtenido) fueron y se gastaron cinco de ellas en un reloj para él. Aquello era algo decente; era el tipo de cosas que le emocionaban a uno, y miró con más severidad que nunca a aquella gente, demasiado vestida, cínica, próspera, y comparó lo que sentía ahora con lo que sentía a las once de la mañana, cuando el viejo Brunner y Mrs. Brunner, con sus mejores galas, unos ancianos de aspecto terriblemente respetable y limpio, habían llamado para darle esa pequeña muestra, como dijo el hombre mayor, poniéndose perfectamente erguido para pronunciar su discurso, de gratitud y respeto por la forma tan hábil en que usted había llevado nuestro caso, y Mrs. Brunner dijo en voz alta que sentían que todo se lo debían a él. Y apreciaron profundamente su generosidad, porque, por supuesto, no había cobrado honorarios.

Y mientras cogía el reloj y lo colocaba en el centro de su repisa, había sentido que deseaba que nadie le viera la cara. Para eso había trabajado, ésa era su recompensa; y miró a la gente que en realidad estaba ante sus ojos como si bailaran sobre aquella escena en sus aposentos y se vieran expuestos por ella, y a medida que se desvanecía —los Brunner se desvanecían— quedaba, como resto de aquella escena, él mismo, enfrentándose a esta población hostil, un hombre perfectamente llano, poco sofisticado, un hombre del pueblo (se enderezó) muy mal vestido, deslumbrante, sin aire ni gracia, un hombre que tenía mala mano para ocultar sus sentimientos, un hombre sencillo, un ser humano corriente, enfrentado a la maldad, la corrupción, la falta de corazón de la sociedad. Pero no quiso seguir mirando. Ahora se puso las gafas y examinó los cuadros. Leyó los títulos de una fila de libros; en su mayoría, poesía. Le hubiera gustado mucho volver a leer algunos de sus viejos favoritos —Shakespeare, Dickens—, ojalá hubiera tenido tiempo de entrar en la National Gallery, pero no podía... no, no podía. Realmente uno no podía... con el mundo en el estado en que estaba. No cuando la gente todo el día quería su ayuda, clamaba justamente por ayuda. No era una época para lujos. Y miró los sillones y los cortapapeles y los libros bien encuaderna-

paper knives and the well bound books, and shook his head, knowing that he would never have the time, never he was glad to think have the heart, to afford himself such luxuries. The people here would be shocked if they knew what he paid for his tobacco; how he had borrowed his clothes. His one and only extravagance was his little yacht on the Norfolk Broads. And that he did allow himself, He did like once a year to get right away from everybody and lie on his back in a field. He thought how shocked they would be these fine folk—if they realized the amount of pleasure he got from what he was. old fashioned enough to call the love of nature; trees and fields he had known ever since he was a boy.

These fine people would be shocked. Indeed, standing there, putting his spectacles away in his pocket, he felt himself grow more and more shocking every instant. And it was a very disagreeable feeling. He did not feel this—that he loved humanity, that he paid only fivepence an ounce for tobacco and loved nature—naturally and quietly. Each of these pleasures had been turned into a protest. He felt that these people whom he despised made him stand and deliver and justify himself. «I am an ordinary man,» he kept saying. And what he said next he was really ashamed of saying, but he said it. «I have done more for my kind in one day than the rest of you in all your lives.» Indeed, he could not help himself; he kept recalling scene after scene, like that when the Brunners gave him the clockhe kept reminding himself of the nice things people had said of his humanity, of his generosity, how he had helped them. He kept seeing himself as the wise and tolerant servant of humanity. And he wished he could repeat his praises aloud. It was unpleasant that the sense of his goodness should boil within him. It was still more unpleasant that he could tell no one what people had said about him. Thank the Lord, he kept saying, I shall be back at work to-morrow; and yet he was no longer satisfied simply to slip through the door and go home. He must stay, he must stay until he had justified himself. But how could he? In all that room full of people, he did not know a soul to speak to.

At last Richard Dalloway came up.

«I want to introduce Miss O'Keefe,» he said. Miss O'Keefe looked him full in the eyes. She was a rather arrogant, abrupt mannered wo-

dos, y sacudió la cabeza, sabiendo que nunca tendría tiempo, se alegró de pensar, que nunca tendría el corazón, para permitirse tales lujos. La gente de aquí se escandalizaría si supiera lo que pagaba por su tabaco; cómo había tomado prestada su ropa. Su única extravagancia era su pequeño yate en los Norfolk Broads. Y eso sí se lo permitía, le gustaba una vez al año alejarse de todo el mundo y tumbarse de espaldas en un campo. Pensó en lo sorprendidos que se quedarían —esa buena gente— si se dieran cuenta de la cantidad de placer que él obtenía de lo que era. lo bastante anticuado como para llamarlo así, amor a la naturaleza; árboles y campos que había conocido desde que era un niño.

Esta buena gente se escandalizaría. De hecho, allí de pie, guardándose las gafas en el bolsillo, se sentía cada instante más escandalizado. Y era una sensación muy desagradable. No sentía esto —que amaba a la humanidad, que pagaba sólo cinco peniques la onza por el tabaco y que amaba la naturaleza— con naturalidad y tranquilidad. Cada uno de estos placeres se había convertido en una protesta. Sentía que esas personas a las que despreciaba le hacían levantarse y entregarse y justificarse. «Soy un hombre corriente», repetía. Y lo que dijo a continuación realmente le avergonzaba decirlo, pero lo dijo. «He hecho más por los de mi especie en un día que el resto de ustedes en toda su vida». De hecho, no podía evitarlo; seguía recordando escena tras escena, como aquella en la que los Brunner le regalaron el reloj; seguía recordándose a sí mismo las cosas bonitas que la gente había dicho de su humanidad, de su generosidad, de cómo les había ayudado. Seguía viéndose a sí mismo como el sabio y tolerante servidor de la humanidad. Y deseaba poder repetir sus alabanzas en voz alta. Era desagradable que el sentimiento de su bondad bullera en su interior. Era aún más desagradable que no pudiera decirle a nadie lo que la gente había dicho de él. Gracias al Señor, repetía una y otra vez, mañana volveré al trabajo; y sin embargo, ya no le bastaba con escabullirse por la puerta y marcharse a casa. Debía quedarse, debía quedarse hasta que se hubiera justificado. ¿Pero cómo iba a hacerlo? En toda aquella sala llena de gente, no conocía a un alma con la que hablar.

Por fin apareció Richard Dalloway.

«Quiero presentarte a Miss O'Keefe», dijo. Miss O'Keefe le miró fijamente a los ojos. Era una mujer de unos treinta años, bastante arrogan-

man in the thirties.

Miss O'Keefe wanted an ice or something to drink. And the reason why she asked Prickett Ellis to give it her in what he felt a haughty, unjustifiable manner, was that she had seen a woman and two children, very poor, very tired, pressing against the railings of a square, peering in, that hot afternoon. Can't they be let in? she had thought, her pity rising like a wave; her indignation boiling. No; she rebuked herself the next moment, roughly, as if she boxed her own ears. The whole force of the world can't do it. So she picked up the tennis ball and hurled it back. The whole force of the world can't do it, she said in a fury, and that was why she said so commandingly, to the unknown man:

«Give me an ice.»

Long before she had eaten it, Prickett Ellis, standing beside her without taking anything, told her that he had not been to a party for fifteen years; told her that his dress suit was lent him by his brother-in-law; told her that he did not like this sort of thing, and it would have eased him greatly to go on to say that he was a plain man, who happened to have a liking for ordinary people, and then would have told her (and been ashamed of it afterwards) about the Brunners and the clock, but she said:

«Have you seen *the Tempest?*»

then (for he had not seen *the Tempest),* had he read some book? Again no, and then, putting her ice down, did he never read poetry?

And Prickett Ellis feeling something rise within him which would decapitate this young woman, make a victim of her, massacre her, made her sit down there, where they would not be interrupted, on two chairs, in the empty garden, for everyone was upstairs, only you could hear a buzz and a hum and a chatter and a jingle, like the mad accompaniment of some phantom orchestra to a cat or two slinking across the grass, and the wavering of leaves, and the yellow and red fruit like Chinese lanterns wobbling this way and that—the talk seemed like a frantic skeleton dance music set to something very real, and full of suffering.

te y de modales bruscos.

Miss O'Keefe quería un helado o algo de beber. Y la razón por la que le pidió a Prickett Ellis que se lo diera de un modo que le pareció altanero e injustificable, era que había visto a una mujer y dos niños, muy pobres, muy cansados, apretados contra la verja de una plaza, asomándose, aquella tarde calurosa. ¿No se les puede dejar entrar? había pensado, su compasión subiendo como una ola; su indignación hirviendo. No; se reprendió a sí misma al instante siguiente, bruscamente, como si se hubiera tapado los oídos. Toda la fuerza del mundo no puede hacerlo. Entonces recogió la pelota de tenis y la lanzó devolviéndola. Toda la fuerza del mundo no puede hacerlo, dijo con furia, y por eso le dijo de forma tan autoritaria, al hombre desconocido:

«Deme un helado».

Mucho antes de que se lo hubiera comido, Prickett Ellis, de pie junto a ella, sin tomar nada, le dijo que hacía quince años que no iba a una fiesta; le contó que su traje de gala se lo había prestado su cuñado; le dijo que no le gustaban ese tipo de cosas, y que le habría aliviado mucho seguir diciendo que era un hombre sencillo, al que le gustaba la gente corriente, y luego le habría contado (y se habría avergonzado de ello después) lo de los Brunner y el reloj, pero ella dijo:

«¿Ha visto *La tempestad?*»,

entonces (ya que no había visto *La tempestad), ¿*había leído algún libro? De nuevo no, y entonces, bajando el helado, ¿nunca había leído poesía?

Y Prickett Ellis sintiendo surgir en su interior algo que decapitaría a esta joven, que la convertiría en víctima, que la masacraría, la hizo sentarse allí, donde no les interrumpieran, en dos sillas, en el jardín vacío, pues todo el mundo estaba arriba, sólo se oía un zumbido y un murmullo y un parloteo y un tintineo, como el loco acompañamiento de alguna orquesta fantasma a uno o dos gatos que se escabullían por la hierba, y el vacilar de las hojas, y los frutos amarillos y rojos como linternas chinas que se bamboleaban de un lado a otro; la charla parecía una frenética música de baile esquelético ambientada en algo muy real y lleno de sufrimiento.

«How beautiful!» said Miss O'Keefe.

Oh, it was beautiful, this little patch of grass, with the towers of Westminster massed round it black, high in the air, after the drawing-room; it was silent, after that noise. After all, they had that—the tired woman, the children.

Prickett Ellis lit a pipe. That would shock her; he filled it with shag tobacco—five pence half penny an ounce. He thought how he would lie in his boat smoking, he could see himself, alone, at night, smoking under the stars. For always to-night he kept thinking how he would look if these people here were to see him. He said to Miss O'Keefe, striking a match on the sole of his boot, that he couldn't see anything particularly beautiful out here.

«Perhaps,» said Miss O'Keefe, «you don't care for beauty.» (He had told her that he had not seen *the Tempest;* that he had not read a book; he looked ill-kempt, all moustache, chin, and silver watch chain.) She thought nobody need pay a penny for this; the Museums are free and the National Gallery; and the country. Of course she knew the objections— the washing, cooking, children; but the root of things, what they were all afraid of saying, was that happiness is dirt cheap. You can have it for nothing. Beauty.

Then Prickett Ellis let her have it—this pale, abrupt, arrogant woman. He told her, puffing his shag tobacco, what he had done that day. Up at six; interviews; smelling a drain in a filthy slum; then to court.

Here he hesitated, wishing to tell her something of his own doings. Suppressing that, he was all the more caustic. He said it made him sick to hear well fed, well dressed women (she twitched her lips, for she was thin, and her dress not up to standard) talk of beauty.

«Beauty!» he said. He was afraid he did not understand beauty apart from human beings.

So they glared into the empty garden where the lights were swaying, and one cat hesitating in the middle, its paw lifted.

«¡Qué bonito!», dijo Miss O'Keefe.

Oh, era hermoso, este pequeño trozo de hierba, con las torres de Westminster amontonadas a su alrededor oscuro, alto en el aire, después del salón; era silencioso, después de aquel ruido. Después de todo, tenían eso: la mujer cansada, los niños.

Prickett Ellis encendió una pipa. Eso la escandalizaría; la llenó de tabaco barato —cinco peniques y medio la onza—. Pensó en cómo se tumbaría en su barco a fumar, se veía a sí mismo, solo, por la noche, fumando bajo las estrellas. Durante toda la noche no dejó de pensar en el aspecto que tendría si estas personas de aquí le vieran. Le dijo a Miss O'Keefe, encendiendo una cerilla en la suela de su bota, que no veía nada especialmente bello aquí fuera.

«Quizá», dijo Miss O'Keefe, «no le interese la belleza». (Le había dicho que no había visto *La tempestad;* que no había leído un libro; tenía un aspecto desaliñado, todo bigote, barbilla y cadena de reloj de plata). Ella pensó que nadie necesitaba pagar un penique por esto; los Museos son gratuitos y la National Gallery; y el campo. Por supuesto, ella conocía las objeciones: el lavado, la cocina, los niños; pero la raíz de las cosas, lo que todos temían decir, era que la felicidad es baratísima. Se puede tener por nada. La belleza.

Entonces Prickett Ellis se lo soltó: esa mujer pálida, brusca y arrogante. Le contó, dando caladas a su tabaco de lana, lo que había hecho aquel día. Levantarse a las seis; entrevistas; oler una alcantarilla en un tugurio mugriento; luego al juzgado.

Aquí vaciló, deseando contarle algo de sus propias acciones. Al reprimirlo, se mostró aún más cáustico. Dijo que le ponía enfermo oír hablar de belleza a mujeres bien alimentadas y bien vestidas (ella retorció los labios, pues era delgada y su vestido no estaba a la altura de la fiesta).

«¡Belleza!», dijo él. Temía no entender la belleza al margen de los seres humanos.

Así que miraron hacia el jardín vacío, donde las luces se balanceaban y un gato vacilaba en el centro, con la pata levantada.

Beauty apart from human beings? What did he mean by that? she demanded suddenly.

Well this: getting more and more wrought up, he told her the story of the Brunners and the clock, not concealing his pride in it. That was beautiful, he said.

She had no words to specify the horror his story roused in her. First his conceit; then his indecency in talking about human feelings; it was a blasphemy; no one in the whole world ought to tell a story to prove that they had loved their kind. Yet as he told it—how the old man had stood up and made his speech—tears came into her eyes; ah, if any one had ever said that to her! but then again, she felt how it was just this that condemned humanity for ever; never would they reach beyond affecting scenes with clocks; Brunners making speeches to Prickett Ellises, and the Prickett Ellises would always say how they had loved their kind; they would always be lazy, compromising, and afraid of beauty. Hence sprang revolutions; from laziness and fear and this love of affecting scenes. Still this man got pleasure from his Brunners; and she was condemned to suffer for ever and ever from her poor poor women shut out from squares. So they sat silent. Both were very unhappy. For Prickett Ellis was not in the least solaced by what he had said; instead of picking her thorn out he had rubbed it in; his happiness of the morning had been ruined. Miss O'Keefe was muddled and annoyed; she was muddy instead of clear.

«I am afraid I am one of those very ordinary people,» he said, getting up, «who love their kind.»

Upon which Miss O'Keefe almost shouted: «So do I.»

Hating each other, hating the whole houseful of people who had given them this painful, this disillusioning evening, these two lovers of their kind got up, and without a word, parted for ever.

¿Belleza aparte de los seres humanos? ¿Qué quería decir con eso? preguntó ella de repente.

Pues esto: poniéndose cada vez más nervioso, le contó la historia de los Brunner y el reloj, sin ocultar su orgullo por ello. Fue hermoso, dijo él.

Ella no tenía palabras para especificar el horror que su historia despertaba en ella. Primero su engreimiento; luego su indecencia al hablar de sentimientos humanos; era una blasfemia; nadie en todo el mundo debería contar una historia para demostrar que había amado a los suyos. Sin embargo, mientras lo contaba —cómo el hombre mayor se había puesto en pie y había pronunciado su discurso—, lágrimas acudieron a los ojos de ella; ¡ah, si alguien le hubiera dicho eso alguna vez! Pero, de nuevo, sintió cómo era precisamente esto lo que condenaba a la humanidad para siempre; nunca llegarían más allá de las escenas conmovedoras con relojes; los Brunner dando discursos a los Prickett Ellis, y los Prickett Ellis siempre dirían cómo habían amado a los suyos; siempre serían perezosos, transigentes y temerosos de la belleza. De ahí surgieron las revoluciones; de la pereza y el miedo y de este amor por las escenas conmovedoras. Aun así, este hombre obtenía placer de sus Brunner; y ella estaba condenada a sufrir por siempre jamás por sus pobres mujeres apartadas de las plazas. Así que se sentaron en silencio. Ambos eran muy infelices. A Prickett Ellis no le tranquilizaba lo más mínimo lo que había dicho; en lugar de sacarle la espina se la había restregado; su felicidad de la mañana se había arruinado. Miss O'Keefe estaba confusa y molesta; estaba embarrada en vez de despejada.

«Me temo que soy una de esas personas tan corrientes», dijo él, levantándose, «que aman a los suyos».

A lo que Miss O'Keefe casi gritó: «Yo también lo temo»

Odiándose el uno al otro, odiando a toda la casa llena de gente que les había brindado esta dolorosa... esta velada que quitaba la ilusión, estos dos amantes de los suyos se levantaron y, sin mediar palabra, se separaron para siempre.

THE SEARCHLIGHT

The mansion of the eighteenth century Earl had been changed in the twentieth century into a Club. And it was pleasant, after dining in the great room with the pillars and the chandeliers under a glare of light to go out on to the balcony overlooking the Park. The trees were in full leaf, and had there been a moon, one could have seen the pink and cream coloured cockades on the chestnut trees. But it was a moonless night; very warm, after a fine summer's day.

Mr. and Mrs. Ivimey's party were drinking coffee and smoking on the balcony. As if to relieve them from the need of talking, to entertain them without any effort on their part, rods of light wheeled across the sky. It was peace then; the air force was practising; searching for enemy aircraft in the sky. After pausing to prod some suspected spot, the light wheeled, like the wings of a windmill, or again like the antennae of some prodigious insect and revealed here a cadaverous stone front; here a chestnut tree with all its blossoms riding; and then suddenly the light struck straight at the balcony, and for a second a bright disc shone—perhaps it was a mirror in a ladies' hand-bag.

«Look!» Mrs. Ivimey exclaimed.

The light passed. They were in darkness again

«You'll never guess what that made me see!» she added. Naturally, they guessed.

«No, no, no,» she protested. Nobody could guess; only she knew; only she could know, because she was the great-grand-daughter of the man himself. He had told her the story. What story? If they liked, she would try to tell it. There was still time before the play.

«But where do I begin?» she pondered. «In the year 1820?... It must have been about then that my greatgrandfather was a boy. I'm not young myself»—no, but she was very well set up and handsome—«and he was a very old man when I was a child—when he told me the story. A very handsome old man, with a shock of white hair, and blue eyes. He must have been a beautiful boy. But queer... That

EL REFLECTOR

La mansión del Conde del siglo XVIII se había convertido en el siglo XX en un Club. Y era agradable, después de cenar en el gran salón con los pilares y las lámparas de araña bajo un resplandor de luz, salir al balcón con vistas al Parque. Los árboles estaban llenos de hojas y, de haber habido luna, se habrían podido ver las escarapelas de color rosa y crema en los castaños. Pero era una noche sin luna; muy cálida, después de un buen día de verano.

El grupo de Mr. y Mrs. Ivimey tomaba café y fumaba en el balcón. Como para aliviarles la necesidad de hablar, para entretenerles sin ningún esfuerzo por su parte, unas varas de luz surcaron el cielo. Entonces reinaba la paz; las fuerzas aéreas estaban practicando; buscaban aviones enemigos en el cielo. Tras hacer una pausa para marcar algún punto sospechoso, la luz giraba en círculos, como las alas de un molino de viento, o de nuevo como las antenas de algún insecto prodigioso, y revelaba aquí una fachada de piedra cadavérica; aquí un castaño con todas sus flores cabalgando; y de repente la luz daba de lleno en el balcón, y durante un segundo brilló un disco luminoso... quizá era un espejo en un bolso de mano de señora.

«¡Miren!», exclamó Mrs. Ivimey.

La luz pasó. Estaban de nuevo en la oscuridad

«¡Nunca adivinarán lo que eso me hizo ver!», añadió. Naturalmente, intentaron adivinarlo.

«No, no, no», protestó ella. Nadie podía adivinarlo; sólo ella lo sabía; sólo ella podía saberlo, porque era la bisnieta del propio hombre. Él le había contado la historia. ¿Qué historia? Si querían, ella intentaría contarla. Aún había tiempo antes de la obra de teatro.

«Pero, ¿por dónde empiezo?», reflexionó. «¿En el año 1820?... Debió ser por entonces cuando mi bisabuelo era un niño. Yo no soy joven» —no, pero estaba muy bien puesta y era guapa— «y él era un hombre muy mayor cuando yo era una niña... cuando me contó la historia. Un anciano muy apuesto, con un mechón de pelo blanco y ojos azules. Debió de ser un niño precioso. Pero raro... Era natural», explicó, «viendo

was only natural,» she explained, «seeing how they lived. The name was Comber. They'd come down in the world. They'd been gentlefolk; they'd owned land up in Yorkshire. But when he was a boy only the tower was left. The house was nothing but a little farmhouse, standing in the middle of fields. We saw it ten years ago and went over it. We had to leave the car and walk across the fields. There isn't any road to the house. It stands all alone, the grass grows right up to the gate... there were chickens pecking about, running in and out of the rooms. All gone to rack and ruin. I remember a stone fell from the tower suddenly.» She paused. «There they lived,» she went on, «the old man, the woman and the boy. She wasn't his wife, or the boy's mother. She was just a farm hand, a girl the old man had taken to live with him when his wife died. Another reason perhaps why nobody visited them—why the whole place was gone to rack and ruin. But I remember a coat of arms over the door; and books, old books, gone mouldy. He taught himself all he knew from books. He read and read, he told me, old books, books with maps hanging out from the pages. He dragged them up to the top of the tower—the rope's still there and the broken steps. There's a chair still in the window with the bottom fallen out; and the window swinging open, and the panes broken, and a view for miles and miles across the moors.»

She paused as if she were up in the tower looking from the window that swung open.

«But we couldn't,» she said, «find the telescope.» In the dining-room behind them the clatter of plates grew louder. But Mrs. Ivimey, on the balcony, seemed puzzled, because she could not find the telescope.

«Why a telescope?» someone asked her.

«Why? Because if there hadn't been a telescope,» she laughed, «I shouldn't be sitting here now.»

And certainly she was sitting there now, a well set-up, middle-aged woman, with something blue over her shoulders.

«It must have been there,» she resumed, «because, he told me, every night when the old people had gone to bed he sat at the window,

cómo vivían. Se llamaban Comber. Habían descendido en la clase social. Habían sido gentileshombres; habían poseído tierras en Yorkshire. Pero cuando era niño sólo quedaba la torre. La casa no era más que una pequeña granja, en medio de los campos. La vimos hace diez años y la recorrimos. Tuvimos que dejar el coche y atravesar los campos a pie. No hay ningún camino hasta la casa. Se levanta sola, la hierba crece hasta la puerta... había gallinas picoteando, entrando y saliendo de las habitaciones. Todo se ha ido al traste y a la ruina. Recuerdo que de repente cayó una piedra de la torre». Hizo una pausa. «Allí vivían», continuó, «el viejo, la mujer y el niño. Ella no era su esposa, ni la madre del chico. Era sólo una peona, una chica que el viejo se había llevado a vivir con él cuando murió su esposa. Otra razón quizá por la que nadie les visitaba, por la que todo el lugar se había ido al traste y a la ruina. Pero recuerdo un escudo de armas sobre la puerta; y libros, libros viejos, enmohecidos. Él mismo aprendió todo lo que sabía de los libros. Leía y leía, me dijo, libros viejos, libros con mapas colgando de las páginas. Los arrastró hasta lo alto de la torre; la cuerda sigue ahí y los escalones rotos. Todavía hay una silla en la ventana con la parte de abajo caída; y la ventana abriéndose, y los cristales rotos, y una vista de millas y millas a través de los páramos».

Se detuvo como si estuviera en la torre mirando desde la ventana que se abrió.

«Pero no pudimos», dijo, «encontrar el telescopio». En el comedor, detrás de ellas, el estrépito de los platos se hizo más fuerte. Pero Mrs. Ivimey, en el balcón, parecía desconcertada, porque no encontraba el telescopio.

«¿Por qué un telescopio?», le preguntó alguien.

«¿Por qué? Porque si no hubiera habido un telescopio», se rió, «yo no estaría sentada aquí ahora».

Y ciertamente ahora estaba allí sentada, una mujer bien plantada, de mediana edad, con algo azul sobre los hombros.

«Debía de estar allí», continuó, «porque, según me contó, todas las noches, cuando las personas mayores se habían ido a la cama, él se

looking through the telescope at the stars. Jupiter, Aldebaran, Cassiopeia.» She waved her hand at the stars that were beginning to show over the trees. It was growing draker. And the searchlight seemed brighter, sweeping across the sky, pausing here and there to stare at the stars.

«There they were,» she went on, «the stars. And he asked himself, my great-grandfather—that boy: 'What are they? Why are they? And who am I?' as one does, sitting alone, with no one to talk to, looking at the stars.»

She was silent. They all looked at the stars that were coming out in the darkness over the trees. The stars seemed very permanent, very unchanging. The roar of London sank away. A hundred years seemed nothing. They felt that the boy was looking at the stars with them. They seemed to be with him, in the tower, looking out over the moors at the stars.

Then a voice behind them said:

«Right you are. Friday.»

They all turned, shifted, felt dropped down on to the balcony again.

«Ah, but there was nobody to say that to him,» she murmured. The couple rose and walked away.

«He was alone,» she resumed. «It was a fine summer's day. A June day. One of those perfect summer days when everything seems to stand still in the heat. There were the chickens pecking in the farmyard; the old horse stamping in the stable; the old man dozing over his glass. The woman scouring pails in the scullery. Perhaps a stone fell from the tower. It seemed as if the day would never end. And he had no one to talk to—nothing whatever to do. The whole world stretched before him. The moor rising and falling; the sky meeting the moor; green and blue, green and blue, for ever and ever.»

In the half light, they could see that Mrs. Ivimey was leaning over the balcony, with her chin propped on her hands, as if she were looking out over the moors from the top of a tower.

sentaba junto a la ventana y miraba las estrellas a través del telescopio. Júpiter, Aldebarán, Casiopea». Agitó la mano hacia las estrellas que empezaban a asomar por encima de los árboles. Crecía el bosque. Y el reflector parecía más brillante, barriendo el cielo, deteniéndose aquí y allá para mirar las estrellas.

«Allí estaban», prosiguió, «las estrellas. Y él se preguntó a sí mismo, mi bisabuelo, aquel muchacho: "¿Qué son? ¿Por qué son? ¿Y quién soy yo?", como lo hace alguien, sentado solo, sin nadie con quien hablar, mirando las estrellas».

Ella se quedó en silencio. Todos miraron las estrellas que salían en la oscuridad por encima de los árboles. Las estrellas parecían muy permanentes, muy inmutables. El rugido de Londres se hundió. Cien años no parecían nada. Sintieron que el niño miraba las estrellas con ellos. Parecían estar con él, en la torre, mirando las estrellas sobre los páramos.

Entonces una voz detrás de ellos dijo:

«Así es. Viernes».

Todos se giraron, se movieron, se sintieron caer de nuevo al balcón.

«Ah, pero no había nadie para decirle eso», murmuró ella. La pareja se levantó y se alejó.

«Él estaba solo», reanudó ella. «Era un buen día de verano. Un día de junio. Uno de esos días perfectos de verano en los que todo parece detenerse con el calor. Estaban las gallinas picoteando en el corral; el viejo caballo zapateando en el establo; el anciano dormitando sobre su vaso. La mujer fregando cubos en la fregadera. Tal vez cayó una piedra de la torre. Parecía como si el día no fuera a terminar nunca. Y no tenía a nadie con quien hablar, nada que hacer. El mundo entero se extendía ante él. El páramo subiendo y bajando; el cielo encontrándose con el páramo; verde y azul, verde y azul, por los siglos de los siglos».

En la penumbra, pudieron ver que Mrs. Ivimey estaba inclinada sobre el balcón, con la barbilla apoyada en las manos, como si contemplara los páramos desde lo alto de una torre.

«Nothing but moor and sky, moor and sky, for ever and ever,» she murmured.

Then she made a movement, as if she swung something into position.

«But what did the earth look like through the telescope?» she asked.

She made another quick little movement with her fingers as if she were twirling something.

«He focussed it,» she said. «He focussed it upon the earth. He focussed it upon a dark mass of wood upon the horizon. He focussed it so that he could see... each tree... each tree separate... and the birds... rising and falling... and a stem of smoke... there... in the midst of the trees... And then... lower... lower... (she lowered her eyes)... there was a house... a house among the trees... a farm-house... every brick showed... and the tubs on either side of the door... with flowers in them blue, pink, hydrangeas, perhaps...». She paused... «And then a girl came out of the house... wearing something blue upon her head... and stood there... feeding birds... pigeons... they came fluttering round her... And then... look... A man... A man! He came round the corner. He seized her in his arms! They kissed... they kissed.»

Mrs. Ivimey opened her arms and closed them as if she were kissing someone.

«It was the first time he had seen a man kiss a woman—in his telescope—miles and miles away across the moors!»

She thrust something from her—the telescope presumably. She sat upright.

«So he ran down the stairs. He ran through the fields. He ran down lanes, out upon the high road, through woods. He ran for miles and miles, and just when the stars were showing above the trees he reached the house... covered with dust, streaming with sweat...»

She stopped, as if she saw him.

«Nada más que páramo y cielo, páramo y cielo, por los siglos de los siglos», murmuró ella.

Entonces hizo un movimiento, como si balanceara algo en su posición.

«¿Pero qué aspecto tenía la Tierra a través del telescopio?», preguntó.

Hizo otro pequeño y rápido movimiento con los dedos como si estuviera haciendo girar algo.

«Lo enfocó», dijo. «Lo enfocó sobre la tierra. Lo enfocó sobre una masa oscura de bosque en el horizonte. Lo enfocó de forma que podía ver... cada árbol... cada árbol por separado... y los pájaros... subiendo y bajando... y un hilo de humo... allí... en medio de los árboles... Y entonces... más abajo... más abajo... (bajó los ojos)... había una casa... una casa entre los árboles... una casa de labranza... se veían todos los ladrillos... y las tinas a ambos lados de la puerta... con flores en ellas azules, rosas, hortensias, tal vez...». Hizo una pausa... «Y entonces una muchacha salió de la casa... llevaba algo azul en la cabeza... y se quedó allí... dando de comer a los pájaros... palomas... vinieron revoloteando a su alrededor... Y entonces... mira... Un hombre... ¡Un hombre! Llegó doblando la esquina. ¡La cogió en brazos! Se besaron... se besaron».

Mrs. Ivimey abrió los brazos y los cerró como si estuviera besando a alguien.

«Era la primera vez que él veía a un hombre besar a una mujer —en su telescopio— ¡a millas y millas de distancia a través de los páramos!».

Ella se quitó algo de encima... el telescopio, presumiblemente. Se sentó erguida.

«Así que él bajó corriendo las escaleras. Corrió por los campos. Corrió por los senderos, por la carretera, por los bosques. Corrió millas y millas, y justo cuando las estrellas se asomaban por encima de los árboles llegó a la casa... cubierto de polvo, chorreando sudor...».

Ella se detuvo, como si le hubiera visto.

«And then, and then... what did he do then? What did he say? And the girl...» they pressed her.

A shaft of light fell upon Mrs. Ivimey as if someone had focussed the lens of a telescope upon her. (It was the air force, looking for enemy air craft.) She had risen. She had something blue on her head. She had raised her hand, as if she stood in a doorway, amazed.

«Oh the girl... She was my—» she hesitated, as if she were about to say «myself.» But she remembered; and corrected herself. «She was my great-grand-mother,» she said.

She turned to look for her cloak. It was on a chair behind her.

«But tell us—what about the other man, the man who came round the corner?» they asked.

«That man? Oh, that man,» Mrs. Ivimey murmured, stooping to fumble with her cloak (the searchlight had left the balcony), «he I suppose, vanished.»

«The light,» she added, gathering her things about her, «only falls here and there.»

The searchlight had passed on. It was now focussed on the plain expanse of Buckingham Palace. And it was time they went on to the play.

«Y entonces, y entonces... ¿qué hizo entonces? ¿Qué dijo? Y la muchacha...», la presionaron.

Un rayo de luz cayó sobre Mrs. Ivimey como si alguien hubiera enfocado sobre ella la lente de un telescopio. (Eran los aviones de la fuerza aérea, en busca de aeronaves enemigas). Se había puesto de pie. Tenía algo azul en la cabeza. Había levantado la mano, como si estuviera en el umbral de una puerta, asombrada.

«Oh, la muchacha... Ella era...», vaciló, como si estuviera a punto de decir «yo misma». Pero se acordó; y se corrigió. «Era mi bisabuela», dijo.

Se volvió para buscar su capa. Estaba en una silla detrás de ella.

«Pero díganos... ¿qué hay del otro hombre, el que dobló la esquina?», le preguntaron.

«¿Ese hombre? Oh, ese hombre», murmuró Mrs. Ivimey, agachándose para tantear en busca de su capa (el reflector había abandonado el balcón), «él, supongo, desapareció».

«La luz», añadió, recogiendo sus cosas a su alrededor, «sólo cae aquí y allá».

El reflector había pasado de largo. Ahora enfocaba la llana extensión del Palacio de Buckingham. Y ya era hora de que vayan a la obra de teatro.

THE LEGACY

«For Sissy Miller.» Gilbert Clandon, taking up the pearl brooch that lay among a litter of rings and brooches on a little table in his wife's drawing-room, read the inscription: «For Sissy Miller, with my love.»

It was like Angela to have remembered even Sissy Miller, her secretary. Yet how strange it was, Gilbert Clandon thought once more, that she had left everything in such order—a little gift of some sort for every one of her friends. It was as if she had foreseen her death. Yet she had been in perfect health when she left the house that morning, six weeks ago; when she stepped off the kerb in Piccadilly and the car had killed her.

He was waiting for Sissy Miller. He had asked her to come; he owed her, he felt, after all the years she had been with them, this token of consideration. Yes, he went on, as he sat there waiting, it was strange that Angela had left everything in such order. Every friend had been left some little token of her affection. Every ring, every necklace, every little Chinese box—she had a passion for little boxes—had a name on it. And each had some memory for him. This he had given her; this—the enamel dolphin with the ruby eyes—she had pounced upon one day in a back street in Venice. He could remember her little cry of delight. To him, of course, she had left nothing in particular, unless it were her diary. Fifteen little volumes, bound in green leather, stood behind him on her writing table. Ever since they were married, she had kept a diary. Some of their very few—he could not call them quarrels, say tiffs—had been about that diary. When he came in and found her writing, she always shut it or put her hand over it. «No, no, no,» he could hear her say, «After I'm dead—perhaps.» So she had left it him, as her legacy. It was the only thing they had not shared when she was alive. But he had always taken it for granted that she would outlive him. If only she had stopped one moment, and had thought what she was doing, she would be alive now. But she had stepped straight off the kerb, the driver of the car had said at the inquest. She had given him no chance to pull up... Here the sound of voices in the hall interrupted him.

«Miss Miller, Sir,» said the maid.

EL LEGADO

«Para Sissy Miller». Gilbert Clandon, cogiendo el broche de perlas que yacía entre un montón de anillos y broches sobre una mesita en el salón de su esposa, leyó la inscripción: «Para Sissy Miller, con amor».

Era propio de Angela haberse acordado incluso de Sissy Miller, su secretaria. Pero qué extraño era, pensó Gilbert Clandon una vez más, que lo hubiera dejado todo tan ordenado... un regalito de algún tipo para cada uno de sus amigos. Era como si hubiera previsto su muerte. Sin embargo, ella había estado en perfecto estado de salud cuando salió de casa aquella mañana, hacía seis semanas; cuando se bajó del bordillo en Piccadilly y el coche la había matado.

Él estaba esperando a Sissy Miller. Le había pedido que viniera; le debía, sintió, después de todos los años que había estado con ellos, esta muestra de consideración. Sí, continuó, mientras esperaba sentado, era extraño que Angela lo hubiera dejado todo tan ordenado. A cada amiga le había dejado alguna pequeña muestra de su afecto. Cada anillo, cada collar, cada cajita china —ella tenía pasión por las cajitas— tenía un nombre. Y cada una tenía algún recuerdo para él. Esta se la había regalado él; esta —el delfín de esmalte con ojos de rubí— la había encontrado ella un día en una callejuela de Venecia. Podía recordar su pequeño grito de alegría. A él, por supuesto, no le había dejado nada en particular, a no ser su diario. Quince pequeños volúmenes, encuadernados en cuero verde, estaban detrás de él sobre su mesa de escribir. Desde que se casaron, ella había llevado un diario. Algunas de sus escasas —no podía llamarlas peleas, sino riñas— habían girado en torno a ese diario. Cuando él entraba y la encontraba escribiendo, ella siempre lo cerraba o ponía la mano encima. «No, no, no», podía oírla decir, «después de muerta... tal vez». Así que ella se lo había dejado a él, como su legado. Era lo único que no habían compartido cuando ella vivía. Pero él siempre había dado por sentado que ella le sobreviviría. Si tan sólo se hubiera detenido un momento, y hubiera pensado en lo que estaba haciendo, ahora estaría viva. Pero ella se había bajado directamente del bordillo, había dicho el conductor del coche en la investigación. Ella no le había dado ninguna oportunidad de detenerse... Aquí el sonido de voces en el pasillo le interrumpió.

«Miss Miller, Sir», dijo la criada.

She came in. He had never seen her alone in his life, nor, of course, in tears. She was terribly distressed, and no wonder. Angela had been much more to her than an employer. She had been a friend. To himself, he thought, as he pushed a chair for her and asked her to sit down, she was scarcely distinguishable from any other woman of her kind. There were thousands of Sissy Millers—drab little women in black carrying attaché cases. But Angela, with her genius for sympathy, had discovered all sorts of qualities in Sissy Miller. She was the soul of discretion; so silent; so trustworthy, one could tell her anything, and so on.

Miss Miller could not speak at first. She sat there dabbing her eyes with her pocket handkerchief. Then she made an effort.

«Pardon me, Mr. Clandon,» she said.

He murmured. Of course he understood. It was only natural. He could guess what his wife had meant to her.

«I've been so happy here,» she said, looking round. Her eyes rested on the writing table behind him. It was here they had worked—she and Angela. For Angela had her share of the duties that fall to the lot of a prominent politician's wife. She had been the greatest help to him in his career. He had often seen her and Sissy sitting at that table—Sissy at the typewriter, taking down letters from her dictation. No doubt Miss Miller was thinking of that, too. Now all he had to do was to give her the brooch his wife had left her. A rather incongruous gift it seemed. It might have been better to have left her a sum of money, or even the typewriter. But there it was—«For Sissy Miller, with my love.» And, taking the brooch, he gave it her with the little speech that he had prepared. He knew, he said, that she would value it. His wife had often worn it... And she replied, as she took it almost as if she too had prepared a speech, that it would always be a treasured possession... She had, he supposed, other clothes upon which a pearl brooch would not look quite so incongruous. She was wearing the little black coat and skirt that seemed the uniform of her profession. Then he remembered—she was in mourning, of course. She, too, had had her tragedy—a brother, to whom she was devoted, had died only a week or two before Angela. In some accident was it? He could not remember—only Angela telling him. Angela, with her genius for sym-

Ella entró. Nunca la había visto sola en su vida, ni, por supuesto, llorando. Estaba terriblemente afligida, y no era de extrañar. Angela había sido para ella mucho más que una empleadora. Había sido una amiga. Para él mismo, pensó, mientras le acercaba una silla y le pedía que se sentara, apenas se distinguía de cualquier otra mujer de su clase. Había miles de Sissy Millers, mujercitas vestidas de negro que llevaban maletines. Pero Angela, con su genio para la simpatía, había descubierto todo tipo de cualidades en Sissy Miller. Era el alma de la discreción; tan silenciosa; tan digna de confianza, que uno podía contarle cualquier cosa, etcétera.

Miss Miller no podía hablar al principio. Se quedó sentada secándose los ojos con su pañuelo de bolsillo. Luego hizo un esfuerzo.

«Perdóneme, Mr. Clandon», dijo ella.

Él murmuró. Por supuesto que lo entendía. Era natural. Podía adivinar lo que su esposa había significado para ella.

«He sido tan feliz aquí», dijo, mirando a su alrededor. Sus ojos se posaron en la mesa de escribir que había detrás de él. Era aquí donde habían trabajado —ella y Angela—. Porque Angela tenía su parte de los deberes que corresponden a la esposa de un político prominente. Ella había sido la mayor ayuda para él en su carrera. A menudo las había visto a ella y a Sissy sentadas en aquella mesa... Sissy ante la máquina de escribir, tipeando cartas al dictado. Sin duda, Miss Miller también pensaba en eso. Ahora todo lo que tenía que hacer era regalarle el broche que su esposa le había dejado. Un regalo bastante incongruente al parecer. Hubiera sido mejor dejarle una suma de dinero, o incluso la máquina de escribir. Pero ahí estaba: «Para Sissy Miller, con mi amor». Y, cogiendo el broche, se lo entregó con el pequeño discurso que había preparado. Sabía, dijo, que ella lo valoraría. Su esposa lo había llevado a menudo... Y ella respondió, mientras lo cogía casi como si también hubiera preparado un discurso, que siempre sería una posesión preciada... Ella tenía, supuso él, otras prendas sobre las que un broche de perlas no parecería tan incongruente. Llevaba el abriguito y la falda negros que parecían el uniforme de su profesión. Entonces recordó: estaba de luto, por supuesto. Ella también había tenido su tragedia: un hermano, por el que sentía devoción, había muerto sólo una o dos semanas antes que Ángela. ¿Fue en algún accidente? No podía recordarlo... sólo sabía lo que Ángela dijo.

pathy, had been terribly upset. Meanwhile Sissy Miller had risen. She was putting on her gloves. Evidently she felt that she ought not to intrude. But he could not let her go without saying something about her future. What were her plans? Was there any way in which he could help her?

She was gazing at the table, where she had sat at her typewriter, where the diary lay. And, lost in her memories of Angela, she did not at once answer his suggestion that he should help her. She seemed for a moment not to understand. So he repeated:

«What are your plans, Miss Miller?»

«My plans? Oh, that's all right, Mr. Clandon,» she exclaimed. «Please don't bother yourself about me.»

He took her to mean that she was in no need of financial assistance. It would be better, he realized, to make any suggestion of that kind in a letter. All he could do now was to say as he pressed her hand, «Remember, Miss Miller, if there's any way in which I can help you, it will be a pleasure...» Then he opened the door. For a moment, on the threshold, as if a sudden thought had struck her, she stopped.

«Mr. Clandon,» she said, looking straight at him for the first time, and for the first time he was struck by the expression, sympathetic yet searching, in her eyes. «If at any time,» she continued, «there's anything I can do to help you, remember, I shall feel it, for your wife's sake, a pleasure...»

With that she was gone. Her words and the look that went with them were unexpected. It was almost as if she believed, or hoped, that he would need her. A curious, perhaps a fantastic idea occurred to him as he returned to his chair. Could it be, that during all those years when he had scarcely noticed her, she, as the novelists say, had entertained a passion for him? He caught his own reflection in the glass as he passed. He was over fifty; but he could not help admitting that he was still, as the looking-glass showed him, a very distingui-shed-looking man.

Angela, con su genio para la simpatía, se había sentido terriblemente afectada. Mientras tanto Sissy Miller se había levantado. Se estaba poniendo los guantes. Evidentemente sentía que no debía importunar. Pero no podía dejarla marchar sin decir algo sobre su futuro. ¿Cuáles eran sus planes? ¿Había alguna forma en la que él pudiera ayudarla?

Ella estaba mirando la mesa, donde se había sentado ante su máquina de escribir, donde yacía el diario. Y, perdida en sus recuerdos de Angela, no respondió de inmediato a su sugerencia de que la ayudara. Por un momento pareció no entender. Así que él repitió:

«¿Cuáles son sus planes, Miss Miller?».

«¿Mis planes? Oh, eso está bien, Mr. Clandon,» exclamó ella. «Por favor, no se moleste por mí».

Entendió que quería decir que no necesitaba ayuda financiera. Sería mejor, se dio cuenta, hacer cualquier sugerencia de ese tipo en una carta. Todo lo que podía hacer ahora era decir mientras le apretaba la mano: «Recuerde, Miss Miller, si hay alguna forma en la que pueda ayudarla, será un placer...». Entonces abrió la puerta. Por un momento, en el umbral, como si hubiera tenido un pensamiento repentino; ella se detuvo.

«Mr. Clandon», dijo ella, mirándole fijamente por primera vez, y por primera vez él quedó impresionado por la expresión, comprensiva y a la vez escrutadora, de sus ojos. «Si en algún momento», continuó ella, «hay algo que pueda hacer para ayudarle, recuerde que lo sentiré, por el bien de su esposa, como un placer...».

Con eso se fue. Sus palabras y la mirada que las acompañó fueron inesperadas. Era casi como si ella creyera, o esperara, que él la necesitaría. Una idea curiosa, quizás fantástica, se le ocurrió mientras volvía a su silla. ¿Podría ser que durante todos aquellos años en los que él apenas había reparado en ella, ella, como dicen los novelistas, hubiera sentido pasión por él? Al pasar, captó su propio reflejo en el cristal. Tenía más de cincuenta años; pero no pudo evitar admitir que seguía siendo, como le mostraba el espejo, un hombre de aspecto muy distinguido.

«Poor Sissy Miller!» he said, half laughing. How he would have liked to share that joke with his wife! He turned instinctively to her diary. «Gilbert,» he read, opening it at random, «looked so wonderful...» It was as if she had answered his question. Of course, she seemed to say, you're very attractive to women. Of course Sissy Miller felt that too. He read on. «How proud I am to be his wife!» And he had always been very proud to be her husband. How often, when they dined out somewhere, he had looked at her across the table and said to himself, She is the loveliest woman here! He read on. That first year he had been standing for Parliament. They had toured his constituency. «When Gilbert sat down the applause was terrific. The whole audience rose and sang: 'For he's a jolly good fellow.' I was quite overcome.» He remembered that, too. She had been sitting on the platform beside him. He could still see the glance she cast at him, and how she had tears in her eyes. And then? He turned the pages. They had gone to Venice. He recalled that happy holiday after the election. «We had ices at Florians.» He smiled—she was still such a child; she loved ices. «Gilbert gave me a most interesting account of the history of Venice. He told me that the Doges...» she had written it all out in her schoolgirl hand. One of the delights of travelling with Angela had been that she was so eager to learn. She was so terribly ignorant, she used to say, as if that were not one of her charms. And then—he opened the next volume—they had come back to London. «I was so anxious to make a good impression. I wore my wedding dress.» He could see her now sitting next old Sir Edward; and making a conquest of that formidable old man, his chief. He read on rapidly, filling in scene after scene from her scrappy fragments. «Dined at the House of Commons... To an evening party at the Lovegroves. Did I realize my responsibility, Lady L. asked me, as Gilbert's wife?» Then, as the years passed—he took another volume from the writing table—he had become more and more absorbed in his work. And she, of course, was more often alone... It had been a great grief to her, apparently, that they had had no children. «How I wish,» one entry read, «that Gilbert had a son!» Oddly enough he had never much regretted that himself. Life had been so full, so rich as it was. That year he had been given a minor post in the government. A minor post only, but her comment was: «I am quite certain now that he will be Prime Minister!» Well, if things had gone differently, it might have been so. He paused here to speculate upon what might have been. Politics was a gamble, he reflected; but the game wasn't over yet. Not at fifty. He cast his eyes rapidly

«¡Pobre Sissy Miller!», dijo, medio riendo. ¡Cómo le hubiera gustado compartir aquel chiste con su mujer! Se volvió instintivamente hacia su diario. «Gilbert», leyó, abriéndolo al azar, «lucía tan maravilloso...». Era como si ella hubiera respondido a su pregunta. Por supuesto, parecía decir, tú eres muy atractivo para las mujeres. Por supuesto que Sissy Miller también lo sentía así. Siguió leyendo. «¡Qué orgullosa estoy de ser su esposa!». Y él siempre había estado muy orgulloso de ser su marido. Cuántas veces, cuando cenaban fuera en algún sitio, la había mirado al otro lado de la mesa y se había dicho: «¡Es la mujer más hermosa que hay aquí!». Siguió leyendo. Aquel primer año se había presentado como candidato al Parlamento. Habían recorrido su circunscripción. «Cuando Gilbert se sentó el aplauso fue tremendo. Todo el público se levantó y cantó: "Porque es un buen compañero". Me sentí sobrecogida». También lo recordaba. Ella había estado sentada en la plataforma junto a él. Aún podía ver la mirada que le lanzó y cómo tenía lágrimas en los ojos. ¿Y entonces? Pasó las páginas. Habían ido a Venecia. Recordó aquellas felices vacaciones después de las elecciones. «Tomamos helados en Florians». Él sonrió... ella seguía siendo una niña; le encantaban los helados. «Gilbert me hizo un relato de lo más interesante sobre la historia de Venecia. Me dijo que los Dogos...», lo había escrito todo con su letra de colegiala. Una de las delicias de viajar con Angela había sido que estaba tan ansiosa por aprender. Era tan terriblemente ignorante, solía decir, como si ése no fuera uno de sus encantos. Y entonces —abrió el siguiente volumen— habían vuelto a Londres. «Estaba tan ansiosa por causar una buena impresión. Me puse mi vestido de novia». Podía verla ahora sentada junto al viejo Sir Edward; y haciendo una conquista de aquel formidable anciano, su jefe. Siguió leyendo rápidamente, rellenando escena tras escena a partir de sus retazos. «Cenamos en la Cámara de los Comunes... A una fiesta nocturna en casa de los Lovegrove. ¿Me di cuenta de mi responsabilidad, me preguntó Lady L., como esposa de Gilbert?». Luego, con el paso de los años —tomó otro volumen del escritorio—, se había ido absorbiendo cada vez más en su trabajo. Y ella, por supuesto, estaba más a menudo sola... Había sido una gran pena para ella, al parecer, que no hubieran tenido hijos. «¡Cómo desearía», decía una entrada, «que Gilbert tuviera un hijo!». Curiosamente, él mismo nunca lo había lamentado mucho. La vida había sido tan plena, tan rica como era. Ese año le habían dado un puesto menor en el gobierno. Un puesto menor solamente, pero su comentario fue: «¡Ahora estoy segura de que será Primer Ministro!». Si las cosas hubieran ido de otro modo, podría haber sido así. Hizo una pausa aquí para especular sobre lo que

over more pages, full of the little trifles, the insignificant, happy, daily trifles that had made up her life.

    He took up another volume and opened it at random. «What a coward I am! I let the chance slip again. But it seemed selfish to bother him with my own affairs, when he has so much to think about. And we so seldom have an evening alone.» What was the meaning of that? Oh, here was the explanation—it referred to her work in the East End. «I plucked up courage and talked to Gilbert at last. He was so kind, so good. He made no objection.» He remembered that conversation. She had told him that she felt so idle, so useless. She wished to have some work of her own. She wanted to do something —she had blushed so prettily, he remembered, as she said it, sitting in that very chair—to help others. He had bantered her a little. Hadn't she enough to do looking after him, after her home? Still, if it amused her, of course he had no objection. What was it? Some district? Some committee? Only she must promise not to make herself ill. So it seemed that every Wednesday she went to Whitechapel. He remembered how he hated the clothes she wore on those occasions. But she had taken it very seriously, it seemed. The diary was full of references like this: «Saw Mrs. Jones... She has ten children... Husband lost his arm in an accident... Did my best to find a job for Lily.» He skipped on. His own name occurred less frequently. His interest slackened. Some of the entries conveyed nothing to him. For example: «Had a heated argument about socialism with B. M.» Who was B. M.? He could not fill in the initials; some woman, he supposed, that she had met on one of her committees. «B. M. made a violent attack upon the upper classes... I walked back after the meeting with B. M. and tried to convince him. But he is so narrow-minded.» So B. M. was a man— no doubt one of those «intellectuals,» as they call themselves, who are so violent, as Angela said, and so narrowminded. She had invited him to come and see her apparently. «B. M. came to dinner. He shook hands with Minnie!» That note of exclamation gave another twist to his mental picture. B. M., it seemed, wasn't used to parlourmaids; he had shaken hands with Minnie. Presumably he was one of those tame working men who air their views in ladies' drawing-rooms. Gilbert knew the type, and had no liking for this particular specimen, whoever B. M. might be. Here he was again. «Went with B. M. to the

podría haber sido. La política era una apuesta, reflexionó; pero la partida aún no había terminado. No a los cincuenta. Pasó rápidamente los ojos por más páginas, llenas de las pequeñas nimiedades, las insignificantes, felices y cotidianas nimiedades que habían conformado su vida.

Cogió otro volumen y lo abrió al azar. «¡Qué cobarde soy! Volví a dejar escapar la oportunidad. Pero me pareció egoísta molestarlo con mis propios asuntos, cuando él tiene tanto en qué pensar. Y tan pocas veces tenemos una tarde a solas». ¿Qué significaba aquello? Oh, aquí estaba la explicación: se refería a su trabajo en el East End. «Me armé de valor y hablé por fin con Gilbert. Fue muy amable, muy bueno. No puso ninguna objeción». Recordó aquella conversación. Ella le había dicho que se sentía tan ociosa, tan inútil. Deseaba tener algún trabajo propio. Quería hacer algo —se había sonrojado tan bellamente, recordó él, mientras lo decía, sentada en aquella misma silla— para ayudar a los demás. Él había hecho algunas bromas. ¿No tenía ella bastante que hacer cuidando de él, de su casa? Aun así, si eso la divertía, por supuesto que él no tenía nada que objetar. ¿De qué se trataba? ¿Algún distrito? ¿Algún comité? Sólo debía prometer que no le haría enfermarse. Así que parecía que todos los miércoles ella iba a Whitechapel. Recordó cómo él odiaba la ropa que ella llevaba en esas ocasiones. Pero ella se lo había tomado muy en serio, al parecer. El diario estaba lleno de referencias como esta: «Vi a la señora Jones... Tiene diez hijos... El marido perdió el brazo en un accidente... Hice todo lo posible por encontrar un trabajo para Lily». Y siguió. Su propio nombre aparecía con menos frecuencia. Su interés decayó. Algunas de las entradas no le transmitían nada. Por ejemplo: «Tuve una acalorada discusión sobre el socialismo con B. M.». ¿Quién era B. M.? No pudo completar las iniciales; alguna mujer, supuso, que había conocido en uno de sus comités. «B. M. atacó violentamente a las clases altas... Volví después de la reunión con B. M. e intenté convencerle. Pero es tan estrecho de miras». Así que B. M. era un hombre, sin duda uno de esos «intelectuales», como se llaman a sí mismos, que son tan violentos, como decía Angela, y tan estrechos de miras. Al parecer, ella le había invitado a venir a verla. «B. M. vino a cenar. ¡Le dio la mano a Minnie!». Aquel signo de exclamación dio otro giro a su imagen mental. B. M., al parecer, no estaba acostumbrado a las criadas; le había dado la mano a Minnie. Presumiblemente era uno de esos mansos trabajadores que airean sus opiniones en los salones de señoras. Gilbert conocía el tipo de persona y no sentía ninguna simpatía por este espécimen en particular, fuera quien fuera B. M. Aquí estaba de nuevo. «Fui con B. M. a la Torre de Londres... Dijo que la revolución está por llegar... Dijo que vivimos en el Paraíso de los Tontos». Ese era

Tower of London... He said revolution is bound to come... He said we live in a Fool's Paradise.» That was just the kind of thing B. M. would say—Gilbert could hear him. He could also see him quite distinctly—a stubby little man, with a rough beard, red tie, dressed as they always did in tweeds, who had never done an honest day's work in his life. Surely Angela had the sense to see through him? He read on. «B. M. said some very disagreeable things about—» The name was carefully scratched out. «I told him I would not listen to any more abuse of —» Again the name was obliterated. Could it have been his own name? Was that why Angela covered the page so quickly when he came in? The thought added to his growing dislike of B. M. He had had the impertinence to discuss him in this very room. Why had Angela never told him? It was very unlike her to conceal anything; she had been the soul of candour. He turned the pages, picking out every reference to B. M. «B. M. told me the story of his childhood. His mother went out charring... When I think of it, I can hardly bear to go on living in such luxury... Three guineas for one hat!» If only she had discussed the matter with him, instead of puzzling her poor little head about questions that were much too difficult for her to understand! He had lent her books. Karl Marx, *The Coming Revolution*. The initials B.M., B. M., B. M., recurred repeatedly. But why never the full name? There was an informality, an intimacy in the use of initials that was very unlike Angela. Had she called him B. M. to his face? He read on. «B. M. came unexpectedly after dinner. Luckily, I was alone.» That was only a year ago. «Luckily»—why luckily?—«I was alone.» Where had he been that night? He checked the date in his engagement book. It had been the night of the Mansion House dinner. And B. M. and Angela had spent the evening alone! He tried to recall that evening. Was she waiting up for him when he came back? Had the room looked just as usual? Were there glasses on the table? Were the chairs drawn close together? He could remember nothing—nothing whatever, nothing except his own speech at the Mansion House dinner. It became more and more inexplicable to him—the whole situation; his wife receiving an unknown man alone. Perhaps the next volume would explain. Hastily he reached for the last of the diaries—the one she had left unfinished when she died. There, on the very first page, was that cursed fellow again. «Dined alone with B. M... He became very agitated. He said it was time we understood each other... I tried to make him listen. But he would not. He threatened that if I did not...» the rest of the page was scored over. She had written «Egypt. Egypt.

justo el tipo de cosas que B. M. diría… Gilbert podía oírle. También podía verle con bastante claridad: un hombrecillo rechoncho, con barba áspera, corbata roja, vestido como siempre de tweed, que no había hecho un día de trabajo honrado en su vida. Seguramente Angela tenía el sentido común para ver a través de él. Siguió leyendo. «B. M. dijo cosas muy desagradables sobre…» El nombre fue cuidadosamente tachado. «Le dije que no escucharía más abusos de…». De nuevo el nombre estaba borrado. ¿Podría haber sido su propio nombre? ¿Era por eso por lo que Angela cubría la página tan rápidamente cuando entraba? El pensamiento aumentó su creciente antipatía por B. M. Había tenido la impertinencia de hablar de él en esta misma habitación. ¿Por qué Angela nunca se lo había dicho? No era propio de ella ocultar nada; había sido el alma de la franqueza. Pasó las páginas, seleccionando cada referencia a B. M. «B. M. me contó la historia de su infancia. Su madre salía a hacer trabajos de limpieza… Cuando pienso en ello, apenas soporto seguir viviendo con tanto lujo… ¡Tres guineas por un sombrero!». ¡Si al menos hubiera discutido el asunto con él, en lugar de atormentar su pobre cabecita con preguntas que le resultaban demasiado difíciles de entender! Él le había prestado libros. Karl Marx, *La revolución que viene.* Las iniciales B. M., B. M., B. M., se repetían una y otra vez. Pero, ¿por qué nunca el nombre completo? Había una informalidad, una intimidad en el uso de las iniciales que no era muy propia de Angela. ¿Le había llamado B. M. en su cara? Siguió leyendo. «B. M. llegó inesperadamente después de cenar. Por suerte, estaba sola». De eso hacía sólo un año. «Por suerte», ¿por qué por suerte?, «estaba sola». ¿Dónde había estado aquella noche? Comprobó la fecha en su agenda. Había sido la noche de la cena en Mansion House. ¡Y B. M. y Angela habían pasado la velada a solas! Intentó recordar aquella velada. ¿Le estaba esperando despierta cuando regresó? ¿Tenía la habitación el aspecto de siempre? ¿Había vasos sobre la mesa? ¿Estaban las sillas muy juntas? No podía recordar nada, nada en absoluto, nada excepto su propio discurso en la cena de Mansion House. Cada vez le resultaba más inexplicable toda la situación; su esposa recibiendo a solas a un hombre desconocido. Tal vez el siguiente volumen se lo explicaría. Apresuradamente buscó el último de los diarios, el que ella había dejado inacabado cuando murió. Allí, en la primera página, estaba de nuevo aquel tipo maldito. «Cené a solas con B. M… Se puso muy agitado. Dijo que ya era hora de que nos entendiéramos… Intenté que me escuchara. Pero no quiso. Me amenazó con que si no…», el resto de la página estaba tachado. Había escrito «Egipto. Egipto. Egipto», sobre toda la página. No pudo distinguir ni una sola palabra; pero sólo podía haber una interpretación: el canalla le había pedido que se convirtiera en su amante. ¡Sola en su habitación! La sangre acudió al rostro

Egypt,» over the whole page. He could not make out a single word; but there could be only one interpretation: the scoundrel had asked her to become his mistress. Alone in his room! The blood rushed to Gilbert Clandon's face. He turned the pages rapidly. What had been her answer? Initials had ceased. It was simply «he» now. «He came again. I told him I could not come to any decision... I implored him to leave me.» He had forced himself upon her in this very house. But why hadn't she told him? How could she have hesitated for an instant? Then: «I wrote him a letter.» Then pages were left blank. Then there was this: «No answer to my letter.» Then more blank pages; and then this: «He has done what he threatened.» After that—what came after that? He turned page after page. All were blank. But there, on the very day before her death, was this entry: «Have I the courage to do it too?» That was the end.

Gilbert Clandon let the book slide to the floor. He could see her in front of him. She was standing on the kerb in Piccadilly. Her eyes stared; her fists were clenched. Here came the car...

He could not bear it. He must know the truth. He strode to the telephone.

«Miss Miller!» There was silence. Then he heard someone moving in the room.

«Sissy Miller speaking»—her voice at last answered him.

«Who,» he thundered, «is B. M.?»

He could hear the cheap clock ticking on her mantelpiece; then a long drawn sigh. Then at last she said:

«He was my brother.»

He was her brother; her brother who had killed himself. «Is there,» he heard Sissy Miller asking, «anything that I can explain?»

«Nothing!» he cried. «Nothing!»

He had received his legacy. She had told him the truth. She had

de Gilbert Clandon. Pasó las páginas rápidamente. ¿Cuál había sido su respuesta? Las iniciales habían cesado. Ahora era simplemente «él». «Él» vino de nuevo. Le dije que no podía tomar ninguna decisión... Le imploré que me dejara». Él la había forzado en esta misma casa. Pero, ¿por qué no se lo había dicho ella? ¿Cómo había podido dudar un instante? Entonces: «Le escribí una carta». Luego había páginas en blanco. Luego vino esto: «Ninguna respuesta a mi carta». Luego más páginas en blanco; y después esto: «Ha hecho lo que amenazó». Después de eso... ¿qué vino después de eso? Pasó una página tras otra. Todas estaban en blanco. Pero allí, el mismo día antes de su muerte, estaba esta anotación: «¿Tengo yo también el valor de hacerlo?». Ése era el final.

Gilbert Clandon dejó que el libro se deslizara hasta el suelo. Podía verla frente a él. Estaba de pie en el bordillo de Piccadilly. Sus ojos miraban fijamente; tenía los puños cerrados. Ahí venía el coche...

No podía soportarlo. Debía saber la verdad. Caminó hacia el teléfono.

«¡Miss Miller!». Se hizo el silencio. Entonces oyó que alguien se movía en la habitación.

«Sissy Miller al habla», le respondió por fin su voz.

«¿Quién», tronó, «es B. M.?».

Pudo oír el tictac del reloj barato de su repisa; luego un largo suspiro. Luego, por fin, ella dijo:

«Era mi hermano».

Era su hermano; su hermano que se había suicidado. «¿Hay», oyó que preguntaba Sissy Miller, «algo que pueda explicar?».

«¡Nada!», gritó él. «¡Nada!».

Había recibido su legado. Ella le había dicho la verdad. Se había baja-

stepped off the kerb to rejoin her lover. She had stepped off the kerb to escape from him.

do del bordillo para reunirse con su amante. Se había bajado del bordillo para escapar de él.

Mrs. Dalloway introduced them, saying you will like him. The conversation began some minutes before anything was said, for both Mr. Serle and Miss Anning looked at the sky and in both of their minds the sky went on pouring its meaning though very differently, until the presence of Mr. Serle by her side became so distinct to Miss Anning that she could not see the sky, simply, itself, any more, but the sky shored up by the tall body, dark eyes, grey hair, clasped hands, the stern melancholy (but she had been told «falsely melancholy») face of Roderick Serle, and, knowing how foolish it was, she yet felt impelled to say:

«What a beautiful night!»

Foolish! Idiotically foolish! But if one mayn't be foolish at the age of forty in the presence of the sky, which makes the wisest imbecile—mere wisps of straw—she and Mr. Serle atoms, motes, standing there at Mrs. Dalloway's window, and their lives, seen by moonlight, as long as an insect's and no more important.

«Well!» said Miss Anning, patting the sofa cushion emphatically. And down he sat beside her. Was he «falsely melancholy,» as they said? Prompted by the sky, which seemed to make it all a little futile—what they said, what they did—she said something perfectly commonplace again:

«There was a Miss Serle who lived at Canterbury when I was a girl there.»

With the sky in his mind, all the tombs of his ancestors immediately appeared to Mr. Serle in a blue romantic light, and his eyes expanding and darkening, he said: «Yes.»

«We are originally a Norman family, who came over with the Conqueror. That is a Richard Serle buried in the Cathedral. He was a knight of the garter.»

Miss Anning felt that she had struck accidentally the true man, upon whom the false man was built. Under the influence of the moon

Mrs. Dalloway los presentó, diciendo que él le gustaría. La conversación comenzó unos minutos antes de que se dijera nada, pues tanto Mr. Serle como Miss Anning miraron al cielo y en la mente de ambos el cielo siguió vertiendo su significado aunque de forma muy diferente, hasta que la presencia de Mr. Serle a su lado se hizo tan nítida para Miss Anning que ya no podía ver el cielo, simplemente, en sí mismo, sino el cielo apuntalado por el cuerpo alto, los ojos oscuros, el pelo gris, las manos entrelazadas, el rostro severamente melancólico (pero le habían dicho «falsamente melancólico») de Roderick Serle y, sabiendo lo tonto que era, se sintió, sin embargo, impulsada a decir:

«¡Qué noche tan bonita!».

¡Idiota! ¡Idióticamente tonta! Pero si una no puede ser tonta a la edad de cuarenta años en presencia del cielo, que convierte al más sabio en imbécil —en meras briznas de paja—, ella y Mr. Serle son átomos, motas, que están allí en la ventana de Mrs. Dalloway, y sus vidas, vistas a la luz de la luna, tan largas como la de un insecto y no más importantes.

«¡Bien!», dijo Miss Anning, palmeando enfáticamente el cojín del sofá. Y él se sentó junto a ella. ¿Era «falsamente melancólico», como decían? Incitada por el cielo, que parecía hacerlo todo un poco inútil —lo que decían, lo que hacían—, volvió a decir algo perfectamente corriente:

«Había una Miss Serle que vivía en Canterbury cuando yo era una niña allí».

Con el cielo en su mente, todas las tumbas de sus antepasados aparecieron inmediatamente a Mr. Serle en una romántica luz azul, y sus ojos se expandieron y oscurecieron; dijo: «Sí».

«Somos originalmente una familia normanda, que vino con el Conquistador. Hay un Richard Serle enterrado en la catedral. Era caballero de la liga».

Miss Anning sintió que había golpeado accidentalmente al hombre verdadero, sobre el que se había construido el hombre falso. Bajo la in-

(the moon which symbolized man to her, she could see it through a chink of the curtain, and she took dips of the moon) she was capable of saying almost anything and she settled in to disinter the true man who was buried under the false, saying to herself: «On, Stanley, on»—which was a watchword of hers, a secret spur, or scourge such as middle-aged people often make to flagellate some inveterate vice, hers being a deplorable timidity, or rather indolence, for it was not so much that she lacked courage, but lacked energy, especially in talking to men, who frightened her rather, and so often her talks petered out into dull commonplaces, and she had very few men friends— very few intimate friends at all, she thought, but after all, did she want them? No. She had Sarah, Arthur, the cottage, the chow and, of course that, she thought, dipping herself, sousing herself, even as she sat on the sofa beside Mr. Serle, in that, in the sense she had coming home of something collected there, a cluster of miracles, which she could not believe other people had (since it was she only who had Arthur, Sarah, the cottage, and the chow), but she soused herself again in the deep satisfactory possession, feeling that what with this and the moon (music that was, the moon), she could afford to leave this man and that pride of his in the Serles buried. No! That was the danger— she must not sink into torpidity—not at her age. «On, Stanley, on,» she said to herself, and asked him:

«Do you know Canterbury yourself?»

Did he know Canterbury! Mr. Serle smiled, thinking how absurd a question it was—how little she knew, this nice quiet woman who played some instrument and seemed intelligent and had good eyes, and was wearing a very nice old necklace—knew what it meant. To be asked if he knew Canterbury. When the best years of his life, all his memories, things he had never been able to tell anybody, but had tried to write—ah, had tried to write (and he sighed) all had centred in Canterbury; it made him laugh.

His sigh and then his laugh, his melancholy and his humour, made people like him, and he knew it, and yet being liked had not made up for the disappointment, and if he sponged on the liking people had for him (paying long calls on sympathetic ladies, long, long calls), it was half bitterly, for he had never done a tenth part of what he could

fluencia de la luna (la luna que para ella simbolizaba al hombre, podía verla a través de un resquicio de la cortina, y se daba baños de luna) era capaz de decir casi cualquier cosa y se dispuso a desenterrar al hombre verdadero que estaba enterrado bajo el falso, diciéndose a sí misma: «Adelante, Stanley, adelante»... que era una consigna suya, un acicate secreto o azote como los que suelen hacer las personas de mediana edad para flagelar algún vicio inveterado, siendo el suyo una timidez deplorable, o más bien indolencia, pues no era tanto que le faltara valor sino que le faltaba energía, sobre todo para hablar con los hombres, que más bien la asustaban, por lo que a menudo sus conversaciones se quedaban en aburridos lugares comunes, y tenía muy pocos amigos hombres... muy pocos amigos íntimos en realidad, pensaba ella, pero al fin y al cabo, ¿los quería? No. Tenía a Sarah, a Arthur, la casita, la comida y, por supuesto eso, pensó, sumergiéndose, remojándose, incluso mientras estaba sentada en el sofá junto a Mr. Serle, en eso, en la sensación que tenía al llegar a casa de algo reunido allí, un cúmulo de milagros, que no podía creer que otras personas tuvieran (ya que era ella sola quien tenía a Arthur, a Sarah, la casita y el perro chow), pero se volvió a remojar en la profunda posesión satisfactoria, sintiendo que con esto y la luna (que era una música, la luna), podía permitirse dejar enterrado a este hombre y a ese orgullo suyo de los Serle. ¡No! Ese era el peligro, no debía hundirse en la torpeza, no a su edad. «Adelante, Stanley, adelante», se dijo a sí misma, y le preguntó:

«¿Conoce usted Canterbury?».

¿Si conocía Canterbury? Mr. Serle sonrió, pensando en lo absurda que era la pregunta, en lo poco que sabía ella, esta agradable y tranquila mujer que tocaba algún instrumento y parecía inteligente y tenía ojos de buena, y llevaba un collar antiguo muy bonito, sabía lo que significaba. Que le preguntaran si conocía Canterbury. Cuando los mejores años de su vida, todos sus recuerdos, las cosas que nunca había podido contarle a nadie, pero que había intentado escribir... ah, había intentado escribir (y suspiró) todo se había centrado en Canterbury; le hizo reír.

Su suspiro y luego su risa, su melancolía y su humor, hacían que la gente le apreciara, y él lo sabía, y el hecho de ser apreciado no había compensado la decepción, y si aprovechaba la simpatía que la gente sentía por él (haciendo largas llamadas a damas simpáticas, largas, largas llamadas), era medio amargamente, porque nunca había hecho ni

have done, and had dreamed of doing, as a boy in Canterbury. With a stranger he felt a renewal of hope because they could not say that he had not done what he had promised, and yielding to his charm would give him a fresh start at fifty! She had touched the spring. Fields and flowers and grey buildings dripped down into his mind, formed silver drops on the gaunt, dark walls of his mind and dripped down. With such an image his poems often began. He felt the desire to make images now, sitting by this quiet woman.

«Yes, I know Canterbury,» he said reminiscently, sentimentally, inviting, Miss Anning felt, discreet questions, and that was what made him interesting to so many people, and it was this extraordinary facility and responsiveness to talk on his part that had been his undoing, so he thought often, taking his studs out and putting his keys and small change on the dressing-table after one of these parties (and he went out sometimes almost every night in the season), and, going down to breakfast, becoming quite different, grumpy, unpleasant at breakfast to his wife, who was an invalid, and never went out, but had old friends to see her sometimes, women friends for the most part, interested in Indian philosophy and different cures and different doctors, which Roderick Serle snubbed off by some caustic remark too clever for her to meet, except by gentle expostulations and a tear or two—he had failed, he often thought, because he could not cut himself off utterly from society and the company of women, which was so necessary to him, and write. He had involved himself too deep in life—and here he would cross his knees (all his movements were a little unconventional and distinguished) and not blame himself, but put the blame off upon the richness of his nature, which he compared favourably with Wordsworth's, for example, and, since he had given so much to people, he felt, resting his head on his hands, they in their turn should help him, and this was the prelude, tremulous, fascinating, exciting, to talk; and images bubbled up in his mind.

«She's like a fruit tree—like a flowering cherry tree,» he said, looking at a youngish woman with fine white hair. It was a nice sort of image, Ruth Anning thought—rather nice, yet she did not feel sure that she liked this distinguished, melancholy man with his gestures; and it's odd, she thought, how one's feelings are influenced. She did not like

la décima parte de lo que podría haber hecho, y había soñado con hacer, cuando era un muchacho en Canterbury. Con una desconocida sintió una renovación de la esperanza porque no podían decir que no había hecho lo que había prometido, y ceder a su encanto le daría un nuevo comienzo ¡a los cincuenta! Había tocado la primavera. Los campos y las flores y los edificios grises gotearon en su mente, formaron gotas plateadas en las paredes macilentas y oscuras de su mente y gotearon hacia abajo. Con una imagen así comenzaban a menudo sus poemas. Sintió el deseo de hacer imágenes ahora, sentado junto a esta mujer tranquila.

«Sí, conozco Canterbury», dijo con reminiscencia, sentimentalmente, invitando, según le pareció a Miss Anning, a preguntas discretas, y eso era lo que le hacía interesante para tanta gente, y era esta extraordinaria facilidad y receptividad para hablar por su parte lo que había sido su perdición, según pensaba a menudo, sacándose los tacos y poniendo las llaves y la calderilla en el tocador después de una de estas fiestas (y salía a veces casi todas las noches de la temporada), y, al bajar a desayunar, volviéndose bastante diferente, malhumorado, desagradable en el desayuno para su esposa, que era inválida y nunca salía, pero tenía viejos amigos que la visitaban a veces, amigas mujeres en su mayoría, interesadas en la filosofía india y en diferentes curas y diferentes médicos, que Roderick Serle desairaba con algún comentario cáustico demasiado inteligente para que ella lo aceptara, excepto con suaves expostulaciones y una lágrima o dos; había fracasado, pensaba a menudo, porque no podía apartarse por completo de la sociedad y de la compañía de las mujeres, que le era tan necesaria, y escribir. Se había involucrado demasiado en la vida, y aquí cruzaba las rodillas (todos sus movimientos eran poco convencionales y distinguidos) y no se culpaba a sí mismo, sino que achacaba la culpa a la riqueza de su naturaleza, que comparaba favorablemente con la de Wordsworth, por ejemplo, y, puesto que había dado tanto a la gente, sentía, apoyando la cabeza en las manos, que ellos a su vez debían ayudarle a él, y este era el preludio, trémulo, fascinante, emocionante, para hablar; y las imágenes bullían en su mente.

«Es como un árbol frutal, como un cerezo en flor», dijo él, mirando a una mujer joven de pelo blanco y fino. Era un tipo de imagen agradable, pensó Ruth Anning; bastante agradable, aunque no estaba segura de que le gustara aquel hombre distinguido y melancólico con sus gestos; y es extraño, pensó, cómo influyen los sentimientos de uno. No le gustaba,

him, though she rather liked that comparison of his of a woman to a cherry tree. Fibres of her were floated capriciously this way and that, like the tentacles of a sea anemone, now thrilled, now snubbed, and her brain, miles away, cool and distant, up in the air, received messages which it would sum up in time so that, when people talked about Roderick Serle (and he was a bit of a figure) she would say unhesitatingly: «I like him,» or «I don't like him,» and her opinion would be made up for ever. An odd thought; a solemn thought; throwing a green light on what human fellowship consisted of.

«It's odd that you should know Canterbury,» said Mr. Serle. «It's always a shock,» he went on (the white-haired lady having passed), «when one meets someone» (they had never met before), «by chance, as it were, who touches the fringe of what has meant a great deal to oneself, touches accidentally, for I suppose Canterbury was nothing but a nice old town to you. So you stayed there one summer with an aunt?» (That was all Ruth Anning was going to tell him about her visit to Canterbury.) «And you saw the sights and went away and never thought of it again.»

Let him think so; not liking him, she wanted him to run away with an absurd idea of her. For really, her three months in Canterbury had been amazing. She remembered to the last detail, though it was merely a chance visit, going to see Miss Charlotte Serle, an acquaintance of her aunt's. Even now she could repeat Miss Serle's very words about the thunder. «Whenever I wake, or hear thunder in the night, I think 'Someone has been killed'.» And she could see the hard, hairy, diamond-patterned carpet, and the twinkling, suffused, brown eyes of the elderly lady, holding the teacup out unfilled, while she said that about the thunder. And always she saw Canterbury, all thundercloud and livid apple blossom, and the long grey backs of the buildings.

The thunder roused her from her plethoric middleaged swoon of indifference; «On, Stanley, on,» she said to herself; that is, this man shall not glide away from me, like everybody else, on this false assumption; I will tell him the truth.

«I loved Canterbury,» she said.

He kindled instantly. It was his gift, his fault, his destiny.

aunque le gustó bastante aquella comparación suya de una mujer con un cerezo. Fibras de ella flotaban caprichosamente de un lado a otro, como los tentáculos de una anémona marina, unas veces entusiasmadas, otras desairadas, y su cerebro, a millas de distancia, frío y distante, en el aire, recibía mensajes que resumía con el tiempo, de modo que, cuando la gente hablaba de Roderick Serle (y él era toda una figura), uno decía sin vacilar: «Me gusta» o «No me gusta», y su opinión quedaría formada para siempre. Un pensamiento extraño; un pensamiento solemne; que arrojaba luz verde sobre la esencia del compañerismo humano.

«Es extraño que usted conozca Canterbury», dijo Mr. Serle. «Siempre es una conmoción», prosiguió (la dama de pelo blanco había pasado), «cuando uno conoce a alguien» (nunca se habían visto antes), «por casualidad, por así decirlo, que roza los límites de lo que ha significado mucho para uno mismo, roza accidentalmente, pues supongo que Canterbury no era más que un bonito pueblo antiguo para usted. ¿Se quedó allí un verano con una tía?». (Eso era todo lo que Ruth Anning iba a contarle sobre su visita a Canterbury). «Y vio los paisajes y se fue y nunca más volvió a pensar en ello».

Deja que lo piense; al no gustarle, quería que huyera con una idea absurda de ella. En realidad, sus tres meses en Canterbury habían sido increíbles. Recordaba hasta el último detalle, aunque sólo había sido una visita casual, ir a ver a Miss Charlotte Serle, una conocida de su tía. Incluso ahora podía repetir las mismas palabras de Miss Serle sobre los truenos. «Siempre que me despierto, o escucho un trueno por la noche, pienso: "Alguien ha muerto"». Y podía ver la alfombra dura, peluda, con dibujos de diamantes, y los ojos pardos, parpadeantes, titilantes de la señora mayor, que sostenía la taza de té sin llenar, mientras decía eso sobre los truenos. Y siempre veía Canterbury, toda nube de truenos y lívidos manzanos en flor, y las largas espaldas grises de los edificios.

El trueno la despertó de su pletórico desvanecimiento de indiferencia de mediana edad; «Adelante, Stanley, adelante», se dijo a sí misma; es decir, este hombre no se deslizará lejos de mí, como todos los demás, con esta falsa suposición; le diré la verdad.

«Me encantó Canterbury», dijo.

Él se encendió al instante. Era su don, su culpa, su destino.

«Loved it,» he repeated. «I can see that you did.»

Her tentacles sent back the message that Roderick Serle was nice.

Their eyes met; collided rather, for each felt that behind the eyes the secluded being, who sits in darkness while his shallow agile companion does all the tumbling and beckoning, and keeps the show going, suddenly stood erect; flung off his cloak; confronted the other. It was alarming; it was terrific. They were elderly and burnished into a glowing smoothness, so that Roderick Serle would go, perhaps to a dozen parties in a season, and feel nothing out of the common, or only sentimental regrets, and the desire for pretty images—like this of the flowering cherry tree—and all the time there stagnated in him unstirred a sort of superiority to his company, a sense of untapped resources, which sent him back home dissatisfied with life, with himself, yawning, empty, capricious. But now, quite suddenly, like a white bolt in a mist (but this image forged itself with the inevitability of lightning and loomed up), there it had happened; the old ecstasy of life; its invincible assault; for it was unpleasant, at the same time that it rejoiced and rejuvenated and filled the veins and nerves with threads of ice and fire; it was terrifying. «Canterbury twenty years ago,» said Miss Anning, as one lays a shade over an intense light, or covers some burning peach with a green leaf, for it is too strong, too ripe, too full.

Sometimes she wished she had married. Sometimes the cool peace of middle life, with its automatic devices for shielding mind and body from bruises, seemed to her, compared with the thunder and the livid appleblossom of Canterbury, base. She could imagine something different, more like lightning, more intense. She could imagine some physical sensation. She could imagine——

And, strangely enough, for she had never seen him before, her senses, those tentacles which were thrilled and snubbed, now sent no more messages, now lay quiescent, as if she and Mr. Serle knew each other so perfectly, were, in fact, so closely united that they had only to float side by side down this stream.

«Le encantó», repitió él. «Ya veo que sí».

Sus tentáculos le devolvieron el mensaje de que Roderick Serle era simpático.

Sus ojos se encontraron; chocaron más bien, porque cada uno sintió que detrás de los ojos el ser recluido, que se sienta en la oscuridad mientras su ágil y superficial compañero hace todas las volteretas y señas, y mantiene el espectáculo en marcha, de repente se puso erguido; se quitó la capa; se enfrentó al otro. Fue alarmante; fue terrorífico. Eran mayores y estaban bruñidos en una suavidad resplandeciente, de modo que Roderick Serle iba, quizá a una docena de fiestas en una temporada, y no sentía nada fuera de lo común, o sólo lamentos sentimentales, y el deseo de imágenes bonitas —como esta del cerezo en flor— y todo el tiempo se estancaba en él, sin agitarse, una especie de superioridad respecto a su compañía, una sensación de recursos sin explotar, que le enviaba de vuelta a casa insatisfecho con la vida, consigo mismo, bostezando, vacío, caprichoso. Pero ahora, de repente, como un rayo blanco en la niebla (pero esta imagen se forjó con la inevitabilidad del relámpago y se alzó), allí había sucedido; el viejo éxtasis de la vida; su asalto invencible; porque era desagradable, al mismo tiempo que regocijaba y rejuvenecía y llenaba las venas y los nervios con hilos de hielo y fuego; era aterrador. «Canterbury hace veinte años», dijo Miss Anning, como se pone una sombra sobre una luz intensa, o se cubre un melocotón ardiente con una hoja verde, porque es demasiado fuerte, demasiado maduro, demasiado pleno.

A veces ella deseaba haberse casado. A veces la fría paz de la vida adulta, con sus dispositivos automáticos para proteger la mente y el cuerpo de las magulladuras, le parecía, comparada con el trueno y el lívido manzano de Canterbury, vil. Podía imaginar algo diferente, más parecido a un relámpago, más intenso. Podía imaginar alguna sensación física. Podía imaginar...

Y, extrañamente, ya que nunca antes le había visto, sus sentidos, esos tentáculos que se estremecían y desairados, ahora ya no enviaban mensajes, ahora yacían quiescentes, como si ella y Mr. Serle se conocieran tan perfectamente, estuvieran, de hecho, tan estrechamente unidos que sólo tuvieran que flotar uno al lado del otro por esta corriente.

Of all things, nothing is so strange as human intercourse, she thought, because of its changes, its extraordinary irrationality, her dislike being now nothing short of the most intense and rapturous love, but directly the word «love» occurred to her, she rejected it, thinking again how obscure the mind was, with its very few words for all these astonishing perceptions, these alternations of pain and pleasure. For how did one name this. That is what she felt now, the withdrawal of human affection, Serle's disappearance, and the instant need they were both under to cover up what was so desolating and degrading to human nature that everyone tried to bury it decently from sight—this withdrawal, this violation of trust, and, seeking some decent acknowledged and accepted burial form, she said:

«Of course, whatever they may do, they can't spoil Canterbury.»

He smiled; he accepted it; he crossed his knees the other way about. She did her part; he his. So things came to an end. And over them both came instantly that paralysing blankness of feeling, when nothing bursts from the mind, when its walls appear like slate; when vacancy almost hurts, and the eyes petrified and fixed see the same spot—a pattern, a coal scuttle—with an exactness which is terrifying, since no emotion, no idea, no impression of any kind comes to change it, to modify it, to embellish it, since the fountains of feeling seem sealed and as the mind turns rigid, so does the body; stark, statuesque, so that neither Mr. Serle nor Miss Anning could move or speak, and they felt as if an enchanter had freed them, and spring flushed every vein with streams of life, when Mira Cartwright, tapping Mr. Serle archly on the shoulder, said:

«I saw you at the Meistersinger, and you cut me. Villain,» said Miss Cartwright, «you don't deserve that I should ever speak to you again.»

And they could separate.

De todas las cosas, nada es tan extraño como las relaciones humanas, pensó ella, por sus cambios, su extraordinaria irracionalidad, siendo ahora su aversión nada menos que el amor más intenso y arrebatador, pero directamente se le ocurrió la palabra «amor», la rechazó, pensando de nuevo en lo oscura que era la mente, con sus poquísimas palabras para todas estas asombrosas percepciones, estas alternancias de dolor y placer. Porque, ¿cómo se podía nombrar esto? Eso era lo que ella sentía ahora, la retirada del afecto humano, la desaparición de Serle, y la necesidad instantánea que ambos tenían de encubrir lo que era tan desolador y degradante para la naturaleza humana que todo el mundo intentaba enterrarlo decentemente de la vista: esta retirada, esta violación de la confianza, y, buscando alguna forma de entierro decente reconocida y aceptada, dijo:

«Por supuesto, hagan lo que hagan, no pueden estropear Canterbury».

Él sonrió; él la aceptó; él cruzó las rodillas al revés. Ella hizo su parte; él la suya. Así las cosas llegaron a su fin. Y sobre ambos se cernió instantáneamente esa paralizadora ceguera del sentimiento, cuando nada brota de la mente, cuando sus paredes parecen de pizarra; cuando la vacuidad casi duele, y los ojos petrificados y fijos ven el mismo punto — un patrón, una carbonera— con una exactitud que es aterradora, ya que ninguna emoción, ninguna idea, ninguna impresión de ningún tipo viene a cambiarla, a modificarla, a embellecerla, puesto que las fuentes del sentimiento parecen selladas y a medida que la mente se vuelve rígida, también lo hace el cuerpo; descarnado, escultural, de modo que ni Mr. Serle ni Miss Anning podían moverse ni hablar, y sentían como si un encantador los hubiera liberado, y la primavera enrojeciera cada vena con torrentes de vida, cuando Mira Cartwright, golpeando arqueadamente a Mr. Serle en el hombro, dijo:

«Le vi en el Meistersinger y me evitó. Villano», dijo Miss Cartwright, «no merece que vuelva a dirigirle la palabra».

Y podían separarse.

Since it had grown hot and crowded indoors, since there could be no danger on a night like this of damp, since the Chinese lanterns seemed hung red and green fruit in the depths of an enchanted forest, Mr. Bertram Pritchard led Mrs. Latham into the garden.

The open air and the sense of being out of doors bewildered Sasha Latham, the tall, handsome, rather indolent looking lady, whose majesty of presence was so great that people never credited her with feeling perfectly inadequate and gauche when she had to say something at a party. But so it was; and she was glad that she was with Bertram, who could be trusted, even out of doors, to talk without stopping. Written down what he said would be incredible—not only was each thing he said in itself insignificant, but there was no connection between the different remarks. Indeed, if one had taken a pencil and written down his very words—and one night of his talk would have filled a whole book—no one could doubt, reading them, that the poor man was intellectually deficient. This was far from the case, for Mr. Pritchard was an esteemed civil servant and a Companion of the Bath; but what was even stranger was that he was almost invariably liked. There was a sound in his voice, some accent of emphasis, some lustre in the incongruity of his ideas, some emanation from his round, cubby brown face and robin redbreast's figure, something immaterial, and unseizable, which existed and flourished and made itself felt independently of his words, indeed, often in opposition to them. Thus Sasha Latham would be thinking while he chattered on about his tour in Devonshire, about inns and landladies, about Eddie and Freddie, about cows and night travelling, about cream and stars, about continental railways and Bradshaw, catching cod, catching cold, influenza, rheumatism and Keats—she was thinking of him in the abstract as a person whose existence was good, creating him as he spoke in the guise that was different from what he said, and was certainly the true Bertram Pritchard, even though one could not prove it. How could one prove that he was a loyal friend and very sympathetic and—but here, as so often happened, talking to Bertram Pritchard, she forgot his existence, and began to think of something else.

It was the night she thought of, hitching herself together in some

UN RESUMEN

Puesto que en el interior hacía calor y estaba abarrotado, puesto que en una noche como esta no podía haber peligro de humedad, puesto que los farolillos chinos parecían frutos rojos y verdes colgados en las profundidades de un bosque encantado, Mr. Bertram Pritchard condujo a Mrs. Latham al jardín.

El aire libre y la sensación de estar fuera de casa desconcertaron a Sasha Latham, la dama alta, guapa y de aspecto más bien indolente, cuya majestuosidad de presencia era tan grande que la gente nunca le daba crédito por sentirse perfectamente inadecuada y desmañada cuando tenía que decir algo en una fiesta. Pero así era; y se alegraba de estar con Bertram, en quien se podía confiar, incluso de puertas afuera, para hablar sin parar. Escribir lo que decía sería increíble; no sólo cada cosa que decía era insignificante en sí misma, sino que no había conexión entre los distintos comentarios. De hecho, si una hubiera cogido un lápiz y anotado sus propias palabras —y una noche de su charla habría llenado un libro entero— nadie podría dudar, leyéndolas, de que el pobre hombre era intelectualmente deficiente. No era ni mucho menos el caso, ya que Mr. Pritchard era un estimado funcionario y un Compañero del Baño; pero lo que resultaba aún más extraño era que casi siempre caía bien. Había un sonido en su voz, algún acento enfático, algún brillo en la incongruencia de sus ideas, alguna emanación de su redonda y rechoncha cara morena y su figura de petirrojo, algo inmaterial e inseparable, que existía y florecía y se hacía sentir independientemente de sus palabras, es más, a menudo en oposición a ellas. Así, Sasha Latham estaría pensando mientras él parloteaba sobre su gira por Devonshire, sobre posadas y caseras, sobre Eddie y Freddie, sobre vacas y viajes nocturnos, sobre crema y estrellas, sobre ferrocarriles continentales y Bradshaw, coger bacalao, coger un resfrío, la gripe, el reumatismo y Keats; pensaba en él en abstracto como en una persona cuya existencia era buena, lo creía mientras hablaba con una apariencia que era distinta de lo que decía, y sin duda era el verdadero Bertram Pritchard, aunque no se pudiera demostrar. Cómo se podía probar que era un amigo leal y muy simpático y... pero aquí, como ocurría tan a menudo, hablando con Bertram Pritchard, ella olvidó su existencia y empezó a pensar en otra cosa.

Ella pensaba en la noche, participando de alguna manera, echando

way, taking a look up into the sky. It was the country she smelt suddenly, the sombre stillness of fields under the stars, but here, in Mrs. Dalloway's back garden, in Westminster, the beauty, country born and bred as she was, thrilled her because of the contrast presumably; there the smell of hay in the air and behind her the rooms full of people. She walked with Bertram; she walked rather like a stag, with a little give of the ankles, farming herself, majestic, silent, with all her senses roused, her cars pricked, snuffing the air, as if she had been some wild, but perfectly controlled creature taking its pleasure by night.

This, she thought, is the greatest of marvels; the supreme achievement of the human race. Where there were osier beds and coracles paddling through a swamp, there is this; and she thought of the dry, thick, well built house stored with valuables, humming with people coming close to each other, going away from each other, exchanging their views, stimulating each other. And Clarissa Dalloway had made it open in the wastes of the night, had laid paving stones over the bog, and, when they came to the end of the garden (it was in fact extremely small), and she and Bertram sat down on deck chairs, she looked at the house veneratingly, enthusiastically, as if a golden shaft ran through her and tears formed on it and fell in profound thanksgiving. Shy though she was and almost incapable when suddenly presented to someone of saying anything, fundamentally humble, she cherished a profound admiration for other people. To be them would be marvellous, but she was condemned to be herself and could only in this silent enthusiastic way, sitting outside in a garden, applaud the society of humanity from which she was excluded. Tags of poetry in praise of them rose to her lips; they were adorable and good, above all courageous, triumphers over night and fens, the survivors, the company of adventurers who, set about with dangers, sail on.

By some malice of fate she was unable to join, but she could sit and praise while Bertram chattered on, he being among the voyagers, as cabin boy or common seaman—someone who ran up masts, gaily whistling. Thinking thus, the branch of some tree in front of her became soaked and steeped in her admiration for the people of the house; dripped gold; or stood sentinel erect. It was part of the gallant and carousing company a mast from which the flag streamed. There was a barrel of some kind against the wall, and this, too, she endowed.

un vistazo al cielo. Era el campo lo que ella olía de repente, la sombría quietud de los campos bajo las estrellas, pero aquí, en el jardín trasero de Mrs. Dalloway, en Westminster, la belleza, nacida y criada en el campo como era ella, la emocionaba por el contraste presumible; allí el olor a heno en el aire y detrás de ella las habitaciones llenas de gente. Caminaba con Bertram; caminaba más bien como un ciervo, con un poco de holgura en los tobillos, abanicándose, majestuosa, silenciosa, con todos los sentidos despiertos, los coches puntiagudos, olfateando el aire, como si hubiera sido alguna criatura salvaje, pero perfectamente controlada, dándose placer de noche.

Esta, pensó, es la mayor de las maravillas; el logro supremo de la raza humana. Donde había lechos de mimbre y coracles remando a través de un pantano, hay esto; y pensó en la casa seca, gruesa y bien construida, repleta de objetos de valor, zumbando de gente que se acercaba, se alejaba, intercambiaba sus opiniones, se estimulaba mutuamente. Y Clarissa Dalloway la había abierto en los desiertos de la noche, había colocado adoquines sobre el pantano y, cuando llegaron al final del jardín (de hecho, era extremadamente pequeño), y ella y Bertram se sentaron en las reposeras, miró la casa con veneración, con entusiasmo, como si un rayo de oro la recorriera y las lágrimas se formaran en ella y cayeran en profunda acción de gracias. Aunque era tímida y casi incapaz, cuando se presentaba de repente ante alguien, de decir nada, fundamentalmente humilde, sentía una profunda admiración por los demás. Ser ellos sería maravilloso, pero estaba condenada a ser ella misma y sólo podía de esta manera silenciosa y entusiasta, sentada al aire libre en un jardín, aplaudir a la sociedad de la humanidad de la que estaba excluida. Etiquetas de poesía en alabanza de ellos subían a sus labios; eran adorables y buenos, sobre todo valientes, triunfadores sobre la noche y los pantanos, los supervivientes, la compañía de los aventureros que, acechados por los peligros, siguen navegando.

Por alguna maldad del destino no pudo unirse, pero pudo sentarse y alabar mientras Bertram charlaba, él estaba entre los viajeros, como grumete o marinero común... alguien que corría por los mástiles, silbando alegremente. Pensando así, la rama de algún árbol frente a ella se empapaba y sumergía de su admiración por la gente de la casa; goteaba oro; o se erguía como centinela. Formaba parte de la gallarda y juerguista compañía un mástil del que pendía la bandera. Había un barril de algún tipo contra la pared, y esto, también, lo dotó ella.

Suddenly Bertram, who was restless physically, wanted to explore the grounds, and, jumping on to a heap of bricks he peered over the garden wall. Sasha peered over too. She saw a bucket or perhaps a boot. In a second the illusion vanished. There was London again; the vast inattentive impersonal world; motor omnibuses; affairs; lights before public houses; and yawning policemen.

Having satisfied his curiosity, and replenished, by a moment's silence, his bubbling fountains of talk, Bertram invited Mr. and Mrs. Somebody to sit with them, pulling up two more chairs. There they sat again, looking at the same house, the same tree, the same barrel; only having looked over the wall and had a glimpse of the bucket, or rather of London going its ways unconcernedly, Sasha could no longer spray over the world that cloud of gold. Bertram talked and the somebodies—for the life of her she could not remember if they were called Wallace or Freeman—answered, and all their words passed through a thin haze of gold and fell into prosaic daylight. She looked at the dry, thick Queen Anne House; she did her best to remember what she had read at school about the Isle of Thorney and men in coracles, oysters, and wild duck and mists, but it seemed to her a logical affair of drains and carpenters, and this party—nothing but people in evening dress.

Then she asked herself, which view is the true one? She could see the bucket and the house half lit up, half unlit.

She asked this question of that somebody whom, in her humble way, she had composed out of the wisdom and power of other people. The answer came often by accident—she had known her old spaniel answer by wagging his tail.

Now the tree, denuded of its gilt and majesty, seemed to supply her with an answer; became a field tree—the only one in a marsh. She had often seen it; seen the redflushed clouds between its branches, or the moon split up, darting irregular flashes of silver. But what answer? Well that the soul—for she was conscious of a movement in her of some creature beating its way about her and trying to escape which momentarily she called the soul—is by nature unmated, a widow bird; a bird perched aloof on that tree.

De repente, Bertram, que era inquieto físicamente, quiso explorar el terreno y, saltando sobre un montón de ladrillos, se asomó por encima del muro del jardín. Sasha también se asomó. Vio un cubo o quizá una bota. En un segundo la ilusión se desvaneció. Allí estaba Londres de nuevo; el vasto mundo impersonal y desatento; los omnibuses a motor; los negocios; las luces delante de los bares; y los policías bostezando.

Tras satisfacer su curiosidad y reponer, con un momento de silencio, sus burbujeantes fuentes de charla, Bertram invitó al Señor y a la Señora Fulano a sentarse con ellos, acercando dos sillas más. Allí se sentaron de nuevo, mirando la misma casa, el mismo árbol, el mismo barril; sólo que habiendo mirado por encima de la pared y echado un vistazo al cubo, o más bien a Londres que seguía su camino despreocupadamente, Sasha ya no pudo rociar sobre el mundo aquella nube de oro. Bertram hablaba y las personas —ni por lo más querido podía recordar si se llamaban Wallace o Freeman— contestaban, y todas sus palabras atravesaban una fina bruma de oro y caían en la prosaica luz del día. Miró la seca y espesa Casa de la Reina Ana; hizo todo lo posible por recordar lo que había leído en la escuela sobre la Isla de Thorney y los hombres en coracles, las ostras y el pato salvaje y las nieblas, pero le pareció un asunto lógico de desagües y carpinteros, y esta fiesta... nada más que gente en traje de etiqueta.

Entonces se preguntó, ¿qué visión es la verdadera? Podía ver el cubo y la casa medio iluminados, medio apagados.

Hizo esta pregunta a ese alguien que, a su humilde manera, había compuesto a partir de la sabiduría y el poder de otras personas. La respuesta llegaba a menudo por accidente... había sabido que su viejo spaniel respondía moviendo la cola.

Ahora el árbol, despojado de su color dorado y su majestuosidad, parecía darle una respuesta; se había convertido en un árbol de campo... el único que había en un pantano. Ella lo había visto a menudo; había visto las nubes enrojecidas entre sus ramas, o la luna partida, lanzando destellos irregulares de plata. ¿Pero qué respuesta? Pues que el alma —pues era consciente de un movimiento en ella de alguna criatura abriéndose paso a su alrededor y tratando de escapar a lo que momentáneamente llamó el alma— es por naturaleza no apareada, un pájaro viudo; un pájaro posado a distancia en aquel árbol.

But then Bertram, putting his arm through hers in his familiar way, for he had known her all her life, remarked that they were not doing their duty and must go in.

At that moment, in some back street or public house, the usual terrible sexless, inarticulate voice rang out; a shriek, a cry. And the widow bird, startled, flew away, describing wider and wider circles until it became (what she called her soul) remote as a crow which has been startled up into the air by a stone thrown at it.

Pero entonces Bertram, pasando su brazo sobre el de ella a su manera familiar, pues la conocía de toda la vida, comentó que no estaban cumpliendo con su deber y que debían entrar a la casa.

En ese momento, en alguna callejuela o casa pública, sonó la habitual y terrible voz inarticulada y sin sexo; un chillido, un grito. Y el pájaro viudo, sobresaltado, se alejó volando, describiendo círculos cada vez más amplios hasta que ella se volvió (lo que ella llamaba su alma) remota como un cuervo que se ha sobresaltado en el aire por una piedra que le han lanzado.

Rosetta Edu

CLÁSICOS EN ESPAÑOL

Esperamos que haya disfrutado esta lectura. ¿Quiere leer otra obra de nuestra colección de *Clásicos en español*?

En nuestro Club del Libro encontrarás artículos relacionados con los libros que publicamos y la literatura en general. ¡Suscríbete en nuestra página web y te ofrecemos un ebook gratis por mes!

Recibe tu copia totalmente gratuita de nuestro *Club del libro* en rosettaedu.com/pages/club-del-libro

Rosetta Edu

CLÁSICOS EN ESPAÑOL

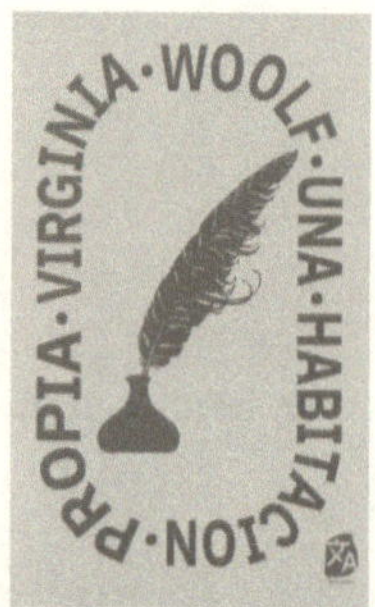

Una habitación propia se estableció desde su publicación como uno de los libros fundamentales del feminismo. Basado en dos conferencias pronunciadas por Virginia Woolf en colleges para mujeres y ampliado luego por la autora, el texto es un testamento visionario, donde tópicos característicos del feminismo por casi un siglo son expuestos con claridad tal vez por primera vez.

Oscar Wilde escribe una sola novela, *El retrato de Dorian Gray*; ésta fue el objeto de una crítica moralizante mordaz por parte de sus contemporáneos que no pudieron ver que dentro de una trama perfectamente compuesta se escondía toda la tragedia del romanticismo. Cien años después no ha perdido su impacto original y sigue siendo un texto fundamental para los debates sobre la estética y la moral.

Otra vuelta de tuerca es una de las novelas de terror más difundidas en la literatura universal y cuenta una historia absorbente, siguiendo a una institutriz a cargo de dos niños en una gran mansión en la campiña inglesa que parece estar embrujada. Los detalles de la descripción y la narración en primera persona van conformando un mundo que puede inspirar genuino terror.

rosettaedu.com

Rosetta Edu

EDICIONES BILINGÜES

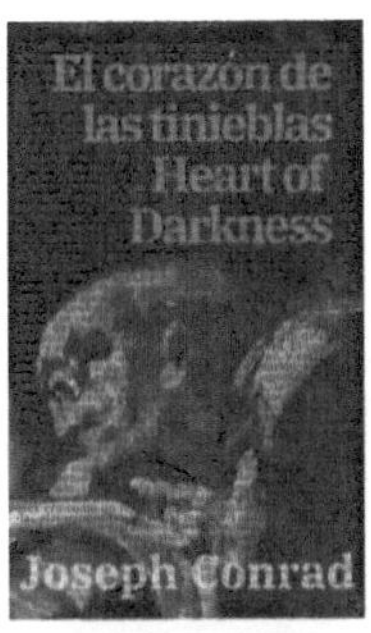

En una atmósfera constante de misterio y amenaza, *El corazón de las tinieblas* narra el peligroso viaje de Marlow por un río (sin duda el Congo aunque no es nombrado en el relato) africano. Lo que el marino puede observar en su viaje le horroriza, le deja perplejo, y pone en tela de juicio las bases mismas de la civilización y la naturaleza humana.

Durante décadas, y acercándose a su centenario, *El gran Gatsby* ha sido considerada una obra maestra de la literatura y candidata al título de «Gran novela americana» por su dominio al mostrar la pura identidad americana junto a un estilo distinto y maduro. La edición bilingüe permite apreciar los detalles del texto original y constituye un paso obligado para aprender el inglés en profundidad.

En *La señora Dalloway* Virginia Woolf relata un día en la vida de Clarissa Dalloway, una señora de la clase alta casada con un miembro del parlamento inglés, y de un ex-combatiente que lucha contra su enfermedad mental. La innovación de la novela es la corriente de consciencia: Woolf sigue el pensamiento de cada personaje, siendo excelente a la hora de narrar emociones, asociaciones y sentimientos.

rosettaedu.com

9 781916 939196